Adriaan van Dis

Ein feiner Herr
und ein armer Hund

Roman

Aus dem Niederländischen
von Marlene Müller-Haas

Carl Hanser Verlag

Die niederländische Originalausgabe erschien 2007
unter dem Titel *De wandelaar* bei Augustus in Amsterdam.

ISBN 978-3-446-23944-9
© Adriaan van Dis 2007
Alle Rechte der deutschen Ausgabe
© Carl Hanser Verlag München 2009
Satz: Fotosatz Amann, Aichstetten
Printed in Germany

Für Ellen

Der Hund hatte alles gesehen. Mit ihm muss die Geschichte anfangen. Wie er am Fenster tanzte und aus einem brennenden Haus sprang. Aber zuerst macht Herr Mulder einen Abendspaziergang. Der Polizei wird er einen anderen Namen nennen.

Es ist ein kühler Frühlingsabend. Mulder verlässt seine Wohnung im Dufflecoat. Die Eisenplättchen unter seinen Ledersohlen klackern auf dem Trottoir, er springt über die rauschenden Rinnsteine, um Spritzern auszuweichen, und trödelt vor den Schaufenstern der alten Graphikhandlung, deren Inhaber jede Woche eine andere Sammlung präsentiert – noch nie hat er einen Fuß hineingesetzt, obwohl er sich jeden Abend vornimmt, einen alten Parisplan zu kaufen, einen, in dem seine Straße eingezeichnet ist. Vom Kirchturm auf dem Platz schlägt es elf Uhr. Beim Café um die Ecke strafft Mulder unter den prüfenden Blicken auf der Terrasse den Rücken, auch wenn sich kein Mensch an sein Vorübergehen erinnern wird. Er fischt eine Feder aus dem Becken des Springbrunnens. Dann, beim Park, der nach Sonnenuntergang seine Tore schließt, beschleunigt er seinen Schritt, bis er an der alten Bauakademie vorbeikommt, wo er ganz kurz die untersten Einschusslöcher in der dunklen Fassade berührt – er findet sie blind. Er verlässt sein Viertel, stößt auf einen Boulevard, der bessere Zeiten gesehen hat, mit halbleeren, schlecht beleuchteten Restaurants, und grüßt die herausstarrenden Ober, die auf Abendgäste warten; er bleibt auch kurz vor einem Fenster stehen, hinter dem geknebelte

Hummer in einem Aquarium tanzen. Die Route ist festgelegt, die Handlungen sind immer dieselben, und die Wiederholung beruhigt ihn: Es ist seine tägliche Runde, die er vor dem Schlafengehen dreht – auf ärztliche Anweisung. Allein.

Aber er geht auch gern ein Stück mit einem taubstummen Chinesen, der einen schwerbeladenen Einkaufswagen schiebt, darin Material für die prächtigen Kokons, die er aus Pappschachteln faltet, jeden Abend einen neuen in einem anderen Hauseingang. Mulder bildet sich ein, eine schweigsame Freundschaft mit ihm zu pflegen. Er kennt keinen angenehmeren Verrückten als diesen Mann. Nach eingehender Prüfung entscheidet sich der Chinese für den Platz vor den Glastüren eines Reisebüros als Schlafplatz und beginnt, inspiriert durch die im Schaufenster hängenden Satellitenaufnahmen von sich ausfächernden Flussläufen, mit dem Bau eines Sputniks für eine Nacht. Ein Weinkarton wird sein Helm. Mulder überlässt den Chinesen seinen Wahnbildern und spaziert bis zum Denkmal des Marschalls, dort macht er kehrt, prüft aber zuvor die in den Sockel eingravierten Jahreszahlen. Als Gedächtnisübung versucht er, vierunddreißig Heldentaten zu behalten. Auf dem Rückweg zählt er sie leise auf. Aus Angst, die Schlacht um Alzheimer zu verlieren. Auch das gehört zu den Ritualen seiner Runde.

In der Ferne gellen Sirenen. Ein vertrauter Klang vor dem Schlafengehen, in der Regel verebbendes Unheil, aber heute Abend kriecht es näher. Die Sirenen schwellen an, umzingeln die Straßen, immer lauter und beklemmender. Autofahrer drosseln das Tempo, Fußgänger zögern am Zebrastreifen. Ein Blaulicht huscht über die Hauswände. Junge Kerle rasen auf Rollern vorüber, aber ihre Unruhe bleibt hängen: Lichter gehen an, Fenster auf, Stimmen ertönen. Jemand sucht einen Sender im Radio.

Ein paar Straßen weiter verfärbt sich der Himmel. Der Geruch von verbranntem Holz zieht an den Häusern entlang. Ein Radfahrer dreht sich grinsend um und zeigt auf den Feuerschein über den Kirchtürmen. Konturen, die Mulder in- und auswendig kennt, es ist der Blick aus seiner Wohnung, aber so schwarz und drohend wie an diesem Abend hat er die Türme noch nie gesehen. Besorgt, es könnte in seiner Straße brennen, nimmt er eine Abkürzung, verirrt sich jedoch in den winkeligen Gassen und landet zweimal an derselben Kreuzung. Eine ausgelassene Gesellschaft überquert grölend die Straße, unterwegs zu etwas Schlimmem. Klopfenden Herzens schließt er sich ihnen an. Gott sei Dank, seine Straße lassen sie links liegen.

Selten lief jemand so erleichtert auf einen Brand zu.

Als ein Krankenwagen trotz Blaulicht weder vor noch zurück kann und Jugendliche sich weigern, den Weg freizugeben, will Mulder umkehren, doch die Meute schiebt ihn weiter. An der nächsten Ecke riecht er die Hitze, und sein Widerstand schmilzt. Schon von weitem erkennt er das brennende Haus, ein besetztes Haus, dessen Haustür ständig offensteht. In der Dachrinne wankt ein schwarzer Mann, sprungbereit, im Stockwerk darunter hängen sich Frauen und Kinder weit aus den Fenstern. Auf dem Gehsteig stehen jammernde Menschen, schlotternd, halbnackt, mit verschmierten Gesichtern, *pompiers* transportieren Brandopfer weg. Der Löschzug schafft es kaum bis zur Hauswand, die Straße ist zu eng für großes Gerät.

Zuschauer drängeln um die beste Aussicht. Das Feuer springt aufs Nachbarhaus über, ein Dachstuhl stürzt ein. Hinter dem Rauch kreischen Stimmen um Hilfe. Eine Frau im dritten Stock droht ihr Kind aus dem Fenster zu werfen. Die Leitern reichen nicht hoch genug. Die Feuerwehrleute geben Anweisungen, formen ein Fangnetz aus Armen. Mulder wendet den Blick ab und hört einen dumpfen Schlag – ein Schrei ertönt aus Hunderten von Kehlen. Als ein Feuerwehrmann das Kind in einer Decke wegträgt, versucht er es noch nachträglich mit den Augen aufzufangen.

Eine seltsame Stille zieht durch die Straße. Die gedämpften Geräusche nach einer Panik: das Wegtragen der Verletzten, das Ausrollen von noch mehr Schläuchen, das Aneinanderkoppeln von Kupferringen, das Aufspannen der rot-weißen Absperrbänder, zischendes Wasser, erstickender Rauch. Auch die Schaulustigen schweigen, und ihre Erregung schlägt um in Scham.

Ein Feuerwehrmann tastet mit dem Scheinwerfer das besetzte Haus ab. Alle Augen suchen mit. Das Licht gleitet über eine geborstene Marmortafel unter einem Fenster im ersten Stock, Buchstaben leuchten auf. Mulder murmelt einen Namen. Einen Namen aus einer anderen Zeit. Und dann, auf einmal, wie vom Licht gerufen, taucht im Fenster darüber ein Hund auf. Er tänzelt auf den Hinterbeinen, hangelt nach den Armen eines Schattens. Oder läuft er aus eigener Kraft so? Die Leiter surrt nach oben. Aber der Hund will sich nicht retten lassen, er läuft zu einem anderen Fenster. Der Feuerwehrmann schwenkt mit. Die Pantomime zwischen Leiter und Hund packt auch die Zuschauer unten, das stumme Spiel schleicht sich in ihre Sprache: Sie sprechen mit Gebärden. Eine zweite Leiter schiebt sich hoch, aber der Hund wählt seinen eigenen Weg und springt. Allein, durch ein Fenster von Funken. (Oder wurde er geworfen?) Ein unterdrückter Schrei fährt durch die Reihen. Der Hund segelt an der Hauswand entlang, mit gespreizten Pfoten. Ein Feuerwehrmann auf halber Leiter fängt ihn, schwankt und verliert ihn aus den Händen. Aber der Fall ist gebremst, und der

Aufschlag bleibt aus: Dem Hund knicken die Beine ein, er wankt auf dem Asphalt, er taumelt und torkelt, rappelt sich wieder auf, schüttelt die Asche aus seinem Fell und tritt unversehrt aus einer Staubwolke hervor. Jemand klatscht Beifall. Der Hund bellt. Die Stille ist gebrochen, und der Schreck entlädt sich in Jubelgeschrei.

Ein Polizist schleicht heran und schnappt den Hund beim Nackenfell, aber der beißt sich los und flitzt knurrend in die Menge. Leute straucheln, zwei Frauen stürzen über das Absperrband. Auch Mulder tritt einen Schritt beiseite, zu spät, er kann nicht ausweichen, als der Hund an ihm hochspringt. Sein Mantel bekommt Schmutzstreifen.

»Gehört der Hund zu Ihnen?«, fragt der Polizist.

»Den seh ich zum ersten Mal«, sagt Mulder erschrocken.

»Aber er scheint Sie zu mögen.«

»Vielleicht hat der Rauch ihn geblendet.«

»Wissen Sie, wem er gehört?« Der Polizist starrt ärgerlich auf die Bissspuren in seinem Handschuh.

»Keine Ahnung.« Mulder weiß nicht, wo er hinsehen soll. Der Hund scheint ihn tatsächlich zu erkennen, er wedelt mit dem Schwanz, winselt, will in seine Arme springen. Wegstoßen hilft nicht. Das Tier verbeißt sich in seinem Mantel und in den Knöpfen, springt an ihm hoch. Mulder will ihn streicheln, schreckt aber vor dem schmutzigen Fell zurück, der Schwanz ist versengt, die Pfoten bluten. Der Hund schaut ihn flehend an. Mulder redet auf ihn ein, sagt Dinge, die er früher zu Hunden sagte. Und es hilft: Der Hund beruhigt sich. Oder beruhigen sie sich gegenseitig? Trotz Ruß, Geifer und Ekel kniet Mulder sich hin und nimmt das Tier auf seine Schulter. Leute stoßen sich an. »Siehst du, es ist sein Hund«, ruft eine rot angelaufene Frau.

Der Polizist hält das Absperrband hoch und geleitet Mulder und Hund aus der Sperrzone, an den Augen von Anwohnern, am Gemurmel vorbei. Ihre Stimmen vermischen sich mit dem betrunkenen Kommentar eines Berbers und der Telefoniererei eines jungen Motorrollerfahrers, der prahlt, dass er den Polizeisender abgehört hätte: »Zwei Häuser abgefackelt. Wenigstens elf Verletzte. Grade abtransportiert. Sie sagen, dass drinnen noch Leichen liegen.« Zu lange hat Mulder unter diesen Menschen gestanden, die Schuhe nass vom Löschwasser, lechzend nach Unheil, auch er. Er sieht noch einmal auf den Namen in der Marmortafel an der Hauswand und starrt weiter gedankenversunken darauf, aber der Hund, der ihm wie ein stinkendes Stück Stoff um den Hals hängt, tritt ihn wieder in die Gegenwart zurück. »Ich nehme ihn für heute Nacht mit«, sagt er zu dem Polizeibeamten. »Eine gründliche Wäsche wird ihm guttun.«

Sie laufen an einem Bus vom Katastrophenschutz vorbei, wo ein Priester neben einer Tragbahre kniet. Der Hund jault leise. Der Priester hebt den Kopf und winkt. »Er kennt den Mann«, sagt er, »lassen Sie ihn Abschied nehmen.« Der Hund reißt sich los und schnüffelt an der Trage. Ein Schwanzwedeln, zu mehr reicht es nicht. Sterbender und Hund werden gesegnet. Mulder steht im Weg, der Polizist ermahnt ihn, weiterzugehen: »Bringen Sie den Hund morgen Nachmittag auf die Wache.« Er braucht nur noch ein paar Angaben.

»Name?«

»Martin«, sagt Mulder, »Nicolas Martin.« Einfach so, aus einem Impuls heraus. Die Polizei macht Fotos von den Neugierigen, auch von ihm und dem Hund.

Nach dem Brand ging Mulder anders. Seine Schuhe waren durchgeweicht, und die Eisenplättchen unter seinen Sohlen klangen gedämpfter. Aber das war es nicht, er musste seinen Schritt mäßigen, weil ihn jemand beobachtete. Nicolas Martin. Mulder fühlte die Blicke in seinem Nacken brennen. Lächerlicher Gedanke. Es war natürlich dieser hinkende Hund mit seinem schmachtenden Blick. Dennoch war es Martin, der ihm einflüsterte, das Taschentuch in Streifen zu reißen und seine Blasen zu verbinden. Der Hund ließ es ruhig mit sich geschehen, wollte aber nicht erneut auf die Schulter genommen und auch nicht am Nackenfell auf die andere Seite einer vielbefahrenen Straße geführt werden. Trotz der Schmerzen stellte er seine eigenen Regeln auf: auf gleicher Höhe gehen, mit einem Meter Abstand, wie schwer es auch fiel.

Beim Araber an der Ecke kaufte Mulder eine Dose Hundefutter und eine Tube Shampoo. »Ah, der Herr, der sich des Hundes erbarmt hat«, sagte der Krämer, als er in den Laden trat. Er kannte den Mann kaum, aber der Hund wurde wie ein Held empfangen. Die Schneidemaschine sang, zwei Scheiben Schinken wurden für ihn abgeschnitten. Eine großzügige Geste, und das bei einem, der den doppelten Preis verlangte, weil er als Einziger im Viertel bis nach Mitternacht aufhatte. Der Krämer schüttelte ihm nochmals die Hand.

»*Monsieur*«, sagte er, »ich habe den Hund oft vor meiner Tür gesehen und nie gewusst, wem er gehört. Aber er wohnte auch wirklich in einem Taubenschlag, Sie machen sich keine Vorstellung, wie viele Leute in dem Haus ein und aus gingen. Zum größten Teil Frauen, von ihren Männern sitzengelassen, natürlich mit kleinen Kindern, in den Windeln noch niedlich, aber kaum können sie laufen, werden es kleine Diebe! Warum, denken Sie, liegt hier alles unter Netzen? Die Frauen tun mir sogar leid, sie arbeiten von morgens früh bis abends spät. Gute Kundinnen, aber was suchen die nur bei diesen nichtsnutzigen Kerlen. Was für ein Gesindel sich dort herumtreibt! Man verliert völlig den Überblick: einer wie der andere Großmäuler und Aufschneider, die nur die Hand aufhalten. Der Hund hier, Monsieur, der Hund wird es bei Ihnen bestimmt besser haben, das seh ich schon jetzt.«

»Aber dann wissen Sie, wie er heißt?«, fragte Mulder hoffnungsvoll.

»Woher sollte ich das wissen, Monsieur, ich konnte die Leute oft nicht mal verstehen, die sprechen die komischsten Sprachen miteinander. Und wenn sie hierherkamen, stellte ich mich taub, denn es war immer Zirkus, Streiterei und Schlägerei. Mich würde nicht wundern, wenn Vorsatz im Spiel wäre. Kurz vor dem Brand hat man jemanden schreiend aus dem Haus rennen sehen. Sie haben auch im Treppenhaus gekocht, auf wackligen Gaskochern. Kennen Sie das Haus hier nebenan? Ein ordentliches Haus, gehört den Damen aus dem Möbelgeschäft dort hinten. Über ihnen nichts als anständige Mieter. Was ist aus diesen Menschen geworden? Wissen Sie, dass eine von diesen Damen …«« Der Araber hatte noch Geschichten für eine ganze Nacht, aber der Hund zog Mulder am Ärmel aus dem Laden.

Morgen würde er eine Leine für ihn kaufen.

Das Hinken des Hundes beruhigte Mulder. Ab und zu tätschelte er ihm den Kopf, beiläufig, ohne sich zu bücken, denn der Hund reichte ihm bis zum Oberschenkel. Es war nicht etwa ein plumper Riese, im Gegenteil, er hatte einen zarten Körperbau und hohe Läufe, vermutlich ein Mischling, sehr schmutzig, mit Schorf auf den Ohren und einer hässlichen Narbe auf der Schnauze, aber mit einem Paar mandelförmiger Augen, gegen die kein Stammbaum ankonnte, so nobel und voller Mitgefühl. Nach jedem Streicheln leckte ihm der Hund die Hand, und sie sahen sich an. Dann liefen Hund und Mulder Schauer über den Rücken.

Sie blieben vor einer Tür stehen, aus der laute Stimmen schallten. Beide spitzten die Ohren: Brand, Brand, jeder sprach vom Brand. Ein Stückchen weiter, im Café am Platz, wurden Überstunden geschoben, für Straßenfeger in fluoreszierenden Kitteln, für Ordnungshüter, Mitarbeiter der *mairie* und für einen Haufen unersättlicher, sensationslüsterner Gaffer. Brand ... auch hier das Wort in aller Munde. Sobald einer von ihnen den Hund vorbeilaufen sah, winkten viele Hände. Mulder zögerte, aber der Hund ging ihm voran, und drinnen wurde beiden ein warmer Empfang zuteil. Der *patron* schnitt ein großes Stück Wurst für den Hund ab, und Monsieur durfte trinken, worauf er Lust hatte. Ein Ober klopfte ihm kumpelhaft auf die Schulter, derselbe Ober, der ihn sonst nie eines Blickes gewürdigt hatte, wenn er auf der beheizten Terrasse einen Kaffee trank.

Ein pechschwarzer Straßenfeger pellte dem Hund ein Ei, ein anderer füllte einen Eimer mit Wasser, und alle sahen ihm gerührt beim Schlabbern zu. »Wenn Sie wüssten, wo diese vier Pfoten schon gelaufen sind«, sagte ein Mann, der aus einer Schwade Zigarettenrauch hervortrat. »Über Eis, durch Savannen, über Berge, durch Schlammtümpel, auf den glühenden Wellblechdächern von Flüchtlingsbaracken, dieser Hund hat einen Sandsturm überlebt, einen Raub, einen Schiffbruch. Und wenn ich den Geschichten glauben darf, hat er sogar schwimmend die Küste der Kanarischen Inseln erreicht.«

»Ich kenne Sie von irgendwoher«, unterbrach Mulder.

Der Mann lachte: »Ich bin der Priester, der vorhin Ihren Hund gesegnet hat.«

Mulder blinzelte erstaunt… dieser Mann da, in dem ausgeleierten Pullover und den schlechtsitzenden Jeans?

»Ich durfte heute Abend im Löschwasser zwei Sterbenden die letzten Sakramente spenden.« Der Priester nahm einen Schluck von seinem Whisky und versuchte das Bild von dem Toten abzuschütteln.

»Sie kennen also den Herrn dieses Hundes?«, fragte Mulder.

»Er hat viele gehabt, aber er ist treuer als all seine Herrchen und Frauchen zusammen.« Der Priester hob sein Glas und ließ sich einen Whisky unverschämt voll einschenken. »Seien Sie gut zu dem Hund, er verdient es, er hat immer für andere gesorgt: Kinder zur Schule gebracht, Kranke und Frauen bewacht, Betrunkene verjagt. Was meinen Sie, was er da oben in dem brennenden Haus gesucht hat? Er muss dieses Baby aus der Wiege geholt und unten an die Treppe gelegt haben… Nicht seine Mutter, denn die ist im Schlaf erstickt. Es ist ein tapferes Tier.«

Blicke bewunderten den Hund.

»Hat er in dem besetzten Haus gewohnt?«, fragte Mulder.

»Er wohnt, wo es ihm beliebt, Monsieur, aber er ist kein Allerweltsfreund.«

Der Hund schnüffelte zwischen den Beinen des Priesters und bettelte um seine Hand, er wollte am Kopf gekrault werden, ein Streicheln der nikotingelben Hand mit schmutzigen Fingernägeln, die Sterbende gesegnet hatte. Und dann leckte er diese Hand auch noch. Mulder schüttelte sich. Ihm schien der Hund nicht besonders wählerisch. Was er wohl bei ihm suchte? Den Geruch von Seife und sauberen Hemden? Er blickte missbilligend auf den Priester. Bis er in einem der Spiegel seinen eigenen schmutzigen Kragen sah und die Schmierstreifen auf seinem Dufflecoat ihn erschreckten. Hatte der Hund ihn absichtlich beschmutzt?

»Warum nehmen denn *Sie* ihn nicht mit?«, fragte Mulder.

»Weil er sich für Sie entschieden hat«, sagte der Priester, »es ist ein eigenwilliges Tier.«

»Sie scheinen ihn gut zu kennen.«

»Ja, es ist meine Schuld, dass er in dem besetzten Haus gelandet ist.«

Er nahm einen Schluck und winkte zwei Straßenfeger zur Seite – sie sollten Platz machen für seine Geschichte. »Er kommt aus dem Tschad oder vielleicht aus Lappland. Ein Freund von mir, ein Missionar, bekam ihn als Welpen von zwei Nonnen geschenkt, und die hatten ihn wieder von einem norwegischen Seemann aus Douala. Aber das Tier war in der Missionsstation seines Lebens nicht sicher, Hunde gelten dort als Delikatesse. Außerdem war sein Fell zu dick in der Hitze. Als mein Freund hörte, dass zwei Männer aus dem Dorf mit einem R 4 nach Frankreich wollten, hat er ihnen den Hund mitgegeben und ihnen weisgemacht, das Tier würde ihnen bis Paris Glück bringen. Hunde stimmen Europäer milde, sagte er, selbst uniformierte Franzosen. Sie bekamen auch meine Adresse mit auf den Weg. Die Fahrt muss höllisch gewesen sein. Sie wurden bestohlen, eingesperrt, sie haben sich verirrt, aber der Hund hat ihnen jedes Mal das Leben gerettet: In der Wüste konnte er Wasser riechen, er sprang Dieben an die Kehle, er half ihnen, aus einem Flüchtlingslager zu entkommen. Schließlich hatten sie es nach zwei Jahren bis Paris geschafft. Man frage nicht, wie, eine Woche nach ihrer Ankunft starb einer der beiden. An Erschöpfung. Und so wurde der Hund bei mir abgeliefert, mit Grüßen von meiner alten Missionsstation. Sein Reisegefährte erzählte mir die Geschichte. Aber was soll ich in der Kirche mit einem Hund? Mein Leben ist ihm nicht aufregend genug. Außerdem erträgt er keine Orgel. Er ist kein Sitzhund, sondern ein Lä-Läufer.« Der Whisky machte seine Zunge schwer.

Wieder wurde das Glas gehoben, und der Patron schenkte nach, wie ein Küster, der das Weihwasserbecken auffüllt – sorgsam und scheinheilig. »Schließlich habe ich ihn einer Familie in dem Haus überlassen«, sagte der Priester, »Glückssuchern aus Nordkamerun, ihre Töne waren ihm vertrauter als der Hall meiner Kirche. Später ist er dort von Hand zu Hand gewandert.« Er lächelte bei der Erinnerung.

»Sie kannten das Haus also gut?«, fragte Mulder.

»Ja, ich bin schon gelegentlich dort gewesen.«

»Und der Name Nicolas Martin sagt Ihnen nichts?«

»Martin? Sollte ich ihn kennen?« Er zögerte. Ach, all die Namen und Anrufe, wer konnte daraus schlau werden. »Mein Klostername ist Bruno, Père Bruno.« Er hob sein Glas und machte damit, ohne einen Tropfen zu verschütten, ein Kreuzzeichen.

Der Hund lief zur Glastür und gähnte.

Draußen war die Ruhe noch nicht wieder eingekehrt. Es war schon weit nach Mitternacht. Nie schaffte Mulder es sonst so lange, und dennoch war er nicht müde. Der Brand glühte nach in seinem Kopf. Auch das Viertel schlief noch nicht. Die Polizei leuchtete mit Taschenlampen unter geparkte Autos und inspizierte Innenhöfe. Hinter dem Brunnen auf dem Platz schrillten Trillerpfeifen, zwei Polizisten rasten auf Mountainbikes vorbei. Rennen und Radau, Straße für Straße. Matsch spritzte, Mulder war, ohne es zu merken, wieder in die Straße der ausgebrannten Häuser eingebogen – der Hund hatte ihn zu seiner alten Bleibe geführt. Kein Wunder, woher sollte er den Weg zu seiner neuen Schlafstätte auch kennen?

Feuerwehrleute rollten die letzten Schläuche auf. Der Rauch war hängengeblieben, wie Nebelschwaden, kleine Rußflocken tanzten vorbei. Der Hund sprang hoch und schnappte danach, nach der Asche seiner Freunde, dachte Mulder. Auch er holte tief Luft, als er an der Absperrung vorbeiging, und füllte seine Lunge mit fühlbarem Tod. Er schämte sich seiner Lebenslust.

Männer in Overalls waren dabei, Türen und die untersten Fenster zu vernageln. Hammerschläge hallten von den Hauswänden wider. Der Hund duckte sich, mit angelegten Ohren, wollte aber nicht weiter, er wartete bis zum letzten Nagel, und erst als jedes Brett noch mit Schnur und Lack versiegelt war, stupste er mit seiner Schnauze an Mulders Hand zum Zeichen, dass der ihm den Weg zu seiner neuen Bleibe zeigen dürfe. An der nächsten Ecke hielt ihn eine Frau mit einem Mantel über dem Nachthemd an. Sie erkannte den Hund. »Toutou, Toutou.« Sie sprach ihn mit Koseworten an: »*Mon chouchou, mon chat, mon cheri.*« Ihr Gebiss klapperte. Sie bückte sich zu dem Hund, mit einem schrägen

Blick hinauf zu Mulder: Toutou wusste, wer das Feuer gelegt hatte, nicht wahr? Ein aufmerksamer Hund, ja, das war er. Nein, sie nannte keine Namen. Sie hatte nichts gehört. Nichts gesehen. Zu gefährlich. Aber Toutou kannte ihn. »Nicht wahr, *mon chouchou Toutou?*«

Die Frau roch nach Alkohol – wer nicht um diese Zeit –, aber der Hund rümpfte die Nase. Toutou! Mulder roch seinen Widerwillen. So wollte dieser Hund nicht heißen. So durfte er nicht heißen. Das Geräusch seiner Krallen auf dem Asphalt tickte einen anderen Namen.

In der Kirche brannte noch Licht. Matt glühten die Bleiglasfenster in dem nebligen Dunst. Mulder sah zu den zwei Türmen empor. Der linke war höher als der rechte, zu Hause, von seinem Schreibtisch aus, konnte er das sehr gut sehen. Aber der Dunst hatte sie gleich gemacht. Morgen würde er dem Hund seine Aussicht in voller Pracht zeigen. Von außen war die Kirche schöner als von innen. Mulder war nur einmal drinnen gewesen: selten so viele hässliche Bilder auf einem Haufen gesehen. Armer Père Bruno, ob er wohl unter all diesen Scheußlichkeiten die Beichte abnehmen musste? Kein Wunder, dass er beim Whisky Trost suchte.

Ein Schatten brach das Licht in einem der Fenster. Der Hund bellte. Eine Heiligenfigur, dachte Mulder, aber der Schatten bewegte sich.

Vor seinem Haus wiederholte er laut den Zahlencode des Schlosses. Er führte öfter Selbstgespräche, aber so laut? Der Hund sah den Schreck in seinen Augen. Keine Sorge, schien er zu sagen: Ich kann ein Geheimnis für mich behalten.

Die Turmglocken ließen die Scheiben erzittern. Anders klangen sie an diesem Morgen, schwerer als das vertraute Schlagen der vollen und halben Stunden, drohender als das Läuten vor der Messe. Diese Glocken trugen Trauer. Und so früh nach einer kurzen Nacht. Aber es waren nicht die Glocken, die Mulder geweckt hatten, neben seinem Bett winselte der Hund. Die Tür stand offen, und eine lädierte Schnauze stupste besorgt ans Kissen. Mulder rutschte ein Stück zur Seite, ließ den Hund auf die Decke und legte sich ein Kissen aufs Ohr. Ein süßer Geruch füllte sein Bett. Das Shampoo vom Araber.

Gleich nach dem Heimkommen hatte er ihn gewaschen, ein ziemliches Theater war das gewesen, er auf den Knien vor der Wanne, im Kampf mit dem Duschkopf, der Hund ausgleitend auf dem Email, pechschwarz vom Seifenwasser; wütend war er, und es gelang ihm auch noch, sich loszureißen. Das ganze Arbeitszimmer voller Schaum, alles nassgespritzt. Liebevoll hatte Mulder Möbel und Wände gesäubert, er, der Flecken nicht ertragen konnte. Der Hund bellte wie verrückt um ihn herum, ging mit dem Putzlappen auf und davon – mitten in der Nacht. Mulder hatte auch die Schorfkrusten mit Jod behandelt, verfilztes Fell entwirrt, dabei zwei Kämme zerbrochen und den Schwanz behandelt – das arme Tier war voller Brandblasen. Er küsste das schmerzende Fell und hoffte, dass es helfen würde, und tat, als sähe er die herumliegenden Hundehaare nicht. Obwohl er sich vor dem Schlafengehen doch nicht beherrschen konnte und seine Kleider noch kurz mit einer nassen Bürste bearbeitete.

Was hatte er sich da nur aufgehalst? Bald musste er den Hund abgeben. Sie waren noch keinen Tag zusammen und schon wusste er, dass er diesen bebenden Buckel neben sich vermissen würde. Allein schon die neuen Geräusche und das andere Aufwachen. Wann hatte er zum letzten Mal morgens im Bett mit jemand anders gesprochen als mit sich selbst? Aber seine Wohnung war zu klein für einen großen Hund, ein solches Tier gehörte ins Freie, und mit der ganzen Wascherei und Kämmerei wollte er der Polizei nur zeigen, dass man ihm vertrauen konnte und er nichts mit illegalen oder sonstwie anrüchigen Angelegenheiten zu tun hatte. Bitte schön, Herr Wachtmeister, schauen Sie: ein sauberer Hund. Jetzt können Sie seinen Herrn selbst suchen.

Und es gab noch einen Grund, um bei der Polizei einen guten Eindruck zu machen. Er musste erklären, dass in seinem Pass ein anderer Name stand. Danach würden sie sicher fragen.

Bestimmt fünfmal zog sich Mulder an diesem Morgen um. Sollte er mit oder ohne Krawatte? In Sakko oder Pullover, schwarze Schuhe, braune Schuhe? Und die teure Uhr musste ab – eine echte Breguet konnte sich kein Polizist je zusammenverdienen. Er bürstete seinen Dufflecoat, warf all seine alten Jacken auf einen Haufen. Kein Äußeres, das seinem Inneren entsprach. Schlichtheit suchte er an diesem Morgen, aber seine Kleider passten nicht dazu. Der Hund kühlte seine Ungeduld an einem kalbsledernen Schuh – dem teuersten aus seinem Schrank. Und er bellte bei jedem Überzieher: Er wollte raus.

Obwohl oder vielleicht, weil er sich sorgfältig kleidete, war Mulder in seinem Viertel ein unsichtbarer Mann, denn an ihm war nichts zu beanstanden. Hunderte Male hatte er schon den Platz vor der Kirche überquert, und noch nie hatte ihn jemand angesehen, aber mit dem Hund an der Seite fühlte er plötzlich alle Augen auf sich gerichtet. Nicht der Zitterschwanz, ein lädierter Stecken im Morgenwind, zog die Aufmerksamkeit auf sich, nein, sie schauten auf ihn, auf einen Herrn, der so tat, als sei er gar nicht da und seinen Hund dreist auf den Platz kacken ließ. Natürlich ohne Tüte oder Zeitung bei sich. Beim Kiosk nickten bereits zwei Damen in seine Richtung. Und natürlich, nun musste der Hund auch noch ausführlich pinkeln. Ein gelber Bach schlängelte sich um seine Schuhe. Die Damen stießen sich an. Jaja, nur keine Aufregung, er würde gleich eine Zeitung kaufen, um den Haufen wegzuräumen. Die konservativste aus dem Regal, eine Verfechterin von Ordnung und Anstand, um dem ganzen Platz zu zeigen, wie ordentlich er war. Blasiert bezahlte er beim Kioskinhaber, gewappnet gegen Kritik, aber die Damen empfingen seinen Hund überaus herzlich: »Da ist er ja.« »Bist du endlich da!« Sie bückten sich und wurden mit Schwanzwedeln begrüßt. Einer von ihnen waren beide Hände verbunden. »Bis auf den Schwanz bist du gut davongekommen«, sagte sie. Der Hund beschnüffelte sie schamlos. »Und dann müssen Sie Monsieur Martin sein, wir haben schon von Ihnen gehört«, sagte die andere. Mulder machte eine abwehrende Handbewegung, aber die Dame schwatzte weiter. Es war ein Wunder, dass der Hund noch lebte, nach all dem Rauch und der Hitze, und sie wusste, wovon sie sprach, sie war in dem brennenden Haus gewesen, sie spürte es noch in ihrer Lunge. Ja, für den Kioskinhaber waren diese zwei Schwestern Heldinnen, und auch die Kunden, die nach

Mulder kamen, um ihre Zeitung zu kaufen, schienen es zu wissen. Sie küssten die Schwestern, trösteten sie, erkundigten sich nach dem Schaden an ihrem Haus. Welch ein Mut, die Treppe hinaufzugehen und die schlafenden Kinder nach draußen zu tragen! Und wie gefährlich! Hatten sie denn keine Angst gehabt, als der Brand übersprang? Die Schwestern erzählten es immer wieder: Wie sie eine Frau aus dem besetzten Haus hatten hasten sehen, und wie sie dann bei den Nachbarn Alarm schlugen und die schmutzige, finstere Treppe hinaufstiegen, und dass das Feuer im dritten Stock ausgebrochen war, und wie die Flammen urplötzlich nach unten schlugen, gerade, als die jüngere Schwester auf dem Treppenabsatz stand. Das Letzte, was sie tun konnte, war, ein Mädchen in brennendem Nachthemd aus dem Haus zu tragen. Wie es ihr denn jetzt gehe?, fragte ein Passant. Ach, dieses verängstigte Gesicht, ihr Geschrei, ja, jeder hatte es gesehen! Mulder erinnerte sich an nichts von alldem. Sprachen sie vom selben Brand? Im obersten Stock sollen sogar vier Frauen gefunden worden sein, bewusstlos, erstickt … Die Mutter des Mädchens? Die Schwestern zuckten die Schultern, die Familienverhältnisse hatten sie nie durchschaut. Sie wussten, dass das Mädchen Fanta genannt wurde, aber wer ihr Vater war? Vielleicht Triple X … Der Hund spitzte die Ohren, zwängte sich zwischen Beinen durch und umkreiste die beiden nervös. »Sieh nur«, sagte die Schwester mit den verbrannten Händen, »er hört einen bekannten Namen.«

»Triple wer?«, fragte Mulder.

»XXXL.« Der Hund bellte. »Ein blondierter Neger in Basketballklamotten, drei Nummern zu groß. Ein bisschen ein liederlicher Vater, sagt man, mit vielen Geliebten. Ich fürchte, er hat es auch nicht geschafft. Die Polizei muss noch zwei Leichen identifizieren … Das arme Kind.«

»Passen Sie gut auf den Hund auf, Monsieur Martin«, sagte die andere Schwester. »Es wäre schön, wenn Fanta ihn noch einmal sehen könnte … ich glaube, sie hat nicht mehr so viele Verwandte.« Sie kraulte dem Hund den Kopf.

Wusste sie vielleicht, wie er hieß?

Nein, nein, so gut kannten sie ihn nun auch wieder nicht.

Im Vorraum der Polizeiwache ging es hektisch zu. Uniformen liefen ein und aus, Telefone klingelten, Männer in Zivil eilten die Treppe auf und ab, und an der Schranke warteten Leute aus dem Viertel, die sich nach Brandopfern erkundigen wollten. Mulder wurde in einen Nebenraum geschickt, er würde aufgerufen. Er war offenbar nicht der Einzige. Es gab keinen freien Stuhl mehr. Alle Farben waren vertreten, verschleiert, im Trainingsanzug oder in Lumpen. Babys quengelten, zwei ausgepumpte Berber waren Schulter an Schulter eingeschlafen. Ihre Armut stank.

»Guten Tag«, sagte Mulder. Man musterte ihn, nickte ihm zu, und er stellte sich direkt neben eine verschleierte Frau. Sie zupfte verlegen an ihrem Tuch. Die Männer starrten vor sich hin. Mulder lehnte sich an die Wand, betrachtete seine Schuhe.

Noch nie zuvor hatte ihn so viel Schweigen umgeben. Seine Brogues knarrten. Er zog sich ganz in sich zurück, um erneut das Wartezimmer zu betreten. Neutral, wie ein Spion. Seine Augen schlichen lautlos über die Gesichter. Gesichter, denen er täglich in der Nachbarschaft begegnet sein musste, alltägliche Passanten, doch in dem stickigen Zimmer wurden sie plötzlich zu Fremden und gaben sich größte Mühe, für ihn unsichtbar zu bleiben.

Die Angst lastete auf ihren Schultern. Niemand verriet sein Land, dennoch hörte er ihre Sprachen – Arabisch, Wolof, Hindi, Polnisch und eine Geheimsprache, die nicht abgehört werden konnte.

Der Einzige, der die Stille störte, war der Hund. Ungeniert schnüffelte er an allen Schuhen, wie sehr ihn Mulder auch zu sich herzog. Gleich nach dem Haufen auf dem Platz hatte er eine Leine angeschafft, aber der Hund war nicht zu halten. Witterte er die Gerüche seiner alten Wohnung? Auch die verschleierte Frau streichelte ihn. Den Hund ließ sie an sich heran, ihn schon. Er durfte sogar einem Kind die Ohren waschen.

Auf der anderen Seite saßen zwei schwarze Männer und kippelten mit ihren Stühlen. Sie stießen sich an. Zuerst unauffällig, mit den Ellbogen, bis sie zu schubsen begannen und die Füße in den Boden stemmten, um nicht vom Stuhl zu fallen. Der eine Mann wollte etwas von dem anderen. Riss ihm etwas aus der Hand ... eine hellblau gestreifte Plastikkarte mit einem unscharfen Foto. Sie kämpften um einen Personalausweis. Studierten in ihrer Handfläche das Foto.

»Das bin ich«, flüsterte der eine.

»Diesmal bin ich dran«, sagte der andere.

»Du bist nicht ich.«

Jeder schaute hin, keiner, der es gesehen oder gehört hätte.

Mulder wurde aufgerufen: »Monsieur Martin?« Ein Mann in Zivil schüttelte ihm die Hand, er habe die Akte von dem Polizisten übernommen. »Akte?«, fragte Mulder erstaunt. Ja, die Sache liege jetzt bei der Kripo. »Wir suchen den Besitzer des Hundes.« Er sah auf den Hund. »Ist er das?« Sich vorzustellen war offenbar nicht nötig. »Kripo«, damit musste sich Mulder zufriedengeben. Ob er bitte folgen wolle.

Sie betraten einen verlotterten Raum mit zerbrochener Jalousie und abgewetzten Sitzen. Die Bretter in den offenen Schränken bogen sich unter Ordnern und Papieren.

»Zur Sache«, sagte der Kriminalbeamte. Noch bevor Mulder ein Stuhl angeboten wurde, musste er eine Reihe von Fotos durchsehen: Männer und Frauen, die alle dasselbe Haus verließen. Die Tür des besetzten Hauses, erläuterte der Ermittler. Kannte er diese Leute?

»Nie gesehen«, antwortete er.

»Und diese Frauen? Auch nicht den schwarzen Mann mit der weißen Krause in diesem übergroßen Basketball-hemd? Doch ziemlich auffällig für die Gegend.«

»Wurde das Haus überwacht?«, fragte Mulder.

Der Ermittler blätterte einen Tagesbericht durch. »Der Hund hat Sie erkannt, aber Sie kennen den Hund nicht... und das Gebäude?«

»Ja, vom Vorbeigehen.« Er war ab und zu davor stehen-geblieben, verwundert über die Dutzende von Klingeln und eine ständig offene Haustür.

Und kannte er den Besitzer? Hatte er das Haus betre-ten?

Nein, nie. Schien ihm schmutzig dort drinnen. Es gab nicht einmal fließendes Wasser, das holten sie bei der Kirche. Man sah die Leute jeden Tag Wasser schleppen.

»Sie kennen sie also doch.« Der Kriminalbeamte bot Mulder einen Platz schräg gegenüber an und breitete die Fotos abermals aus.

Jaja, jetzt, wo er genauer hinsah... vielleicht hatte er eine von diesen Frauen einmal gesehen.

»Von vagen Erinnerungen haben wir nichts«, sagte der

Ermittler. »Wen haben Sie zum letzten Mal gesehen? Und wo?«

Der Hund seufzte laut, er wollte ins Freie. Mulder hielt ihm ein Foto vor. Keine Reaktion. Der Beamte zog ärgerlich die Tastatur zu sich heran und öffnete ein leeres Fenster. »Pass.« Er fragte es, ohne ihn anzusehen.

Zitternde Hände reichten ihm einen Pass.

Er blätterte, betrachtete das Foto, und dann erst Mulder. »Wie bitte? Wie, sagten Sie, war noch Ihr Name?«

»Mulder.«

Der Kriminalbeamte suchte in seinen Papieren: »Hier steht aber Martin.«

Mulder entschuldigte sich: Ja, das war ein Fehler, eine Dummheit. Er hatte sich etwas ausgedacht, um seine Ruhe zu haben. Das kam durch diesen Hund, der hatte ihn in Dinge hineingezogen, mit denen er nichts zu tun hatte. Nichts. Nicht mit dem Brand, nicht mit diesen Leuten auf den Fotos. In Restaurants nannte er immer einen französischen Namen, sonst saß man als Ausländer im Durchzug oder neben den Toiletten.

»Sie lügen also öfter«, konstatierte der Kripobeamte.

Ein mulmiges Gefühl beschlich Mulder. Dieser Mann verstand es, jede Antwort falsch aufzufassen. Wie konnte er ihm klarmachen, dass er kein Betrüger war? Es hatte mit diesem Namen zu tun. Sehr sonderbar. Ein Name auf einer geborstenen Marmortafel: *Nicolas Martin, héros et martyr de la Résistance, assassiné le 16 décembre 1943.* 16. Dezember 1943. Sein Geburtstag. Reiner Zufall. Ein Wachwechsel: Der eine muss gehen, der andere kommen. Er versuchte sich diesen Helden vorzustellen, in seiner Todesstunde in dieser schmalen Straße … Mulders Familie war vom Krieg gezeichnet, und er hatte auf seinen Spaziergängen schon öfter einmal bei

Gedenktafeln für gefallene Kämpfer innegehalten; im Zentrum hingen sie zu Hunderten, jeden II. November, am Tag des Waffenstillstands, gedachte die Stadt Paris dieser Toten mit einem Ehrenband und Blumen. Auch an den Todestagen sah er oft eine Blume hinter einer solchen Tafel – die Geste eines dankbaren Nachbarn. Aber dies hier war ein vergessener Stein, auf einem dunklen, baufälligen Gebäude für vergessene Menschen. Ein Brand brachte ihn wieder ans Licht. Und auch den Namen: Nicolas Martin. Ein eingemeißelter Name, der eine Stimme und ein Gesicht bekam, als Mulder gedankenverloren darauf starrte. Mach das mal jemandem klar.

»Sie wissen, dass Sie sich strafbar gemacht haben?«, fragte der Ermittler. Dafür setzte er sich aufrecht hin und tippte die Daten aus dem Pass ein. Monsieur Mulder sollte einmal alles beichten: Adresse, Beruf, warum er als Holländer in Paris lebte, wo er sich gestern Abend gegen zehn Uhr aufgehalten habe, was er am Brandort suchte, mit wem er so alles Umgang habe, und so weiter und so fort.

Zeile für Zeile tanzte über den Bildschirm.

Der Ermittler las zufrieden seine Tipparbeit durch. »So, allmählich bekommen Sie ein wenig Kontur für uns, ein klein wenig ... Mal sehen ... habe ich alle nötigen Fragen gestellt?« Er kursivierte laut einige Antworten: »Ledig. Schon Ihr ganzes Leben?«

»Es hat sich nicht ergeben.«

Der Ermittler lächelte verschmitzt. Er wollte auch noch wissen, was *Ohne Beruf* zu bedeuten hatte. Wovon lebte Monsieur denn eigentlich? Hatte er eine französische Bank? Währenddessen wurden seine Schuhe taxiert, das Markenzeichen auf der Brust seines Oberhemds, die Bügelfalten seiner Hose, seine Seidenkrawatte ... Dieser Blick, dieses Misstrauen.

Mulder würde dem Kerl sicher nicht erzählen, dass er von einer Erbschaft lebte, die es ihm ermöglichte, in Paris zu wohnen – der Stadt, in der er schon als Student glücklich gewesen war. Er roch förmlich den Sozialneid. Und trotzdem schämte er sich auf einmal. Am liebsten hätte er auf der Stelle einen Beruf erfunden. Nützlich sein wollen. Privatsekretär von Nicolas Martin. Ja, das könnte ihm gefallen. Oder der Sekretär seines Hunds. Er schrieb gern Briefe. Wenn er den Ermittler wenigstens mit Demut beeindrucken könnte: »Ich bin sein Mund, seine Hand, sein Dolmetscher.« Aber er zuckte blöde mit den Schultern und sagte: »Ich tue nichts. Absolut nichts.«

Der Kriminalbeamte gab die letzten Daten ein. Kopierte den Pass und kratzte an der eingehefteten Plastikkarte. »Modellnummer 006«, sagte er spöttisch. »Das sehen wir öfter.« Er streichelte den Hund. »Und was passiert mit dir? Was hältst du vom Asyl?«

»Dann soll er lieber bei mir bleiben«, rief Mulder empört.

»Im Untersuchungsgefängnis?«

Mulder wurde blass.

»Sie werden verstehen, dass ich Sie noch kurz hier behalte.« Der Ermittler druckte die Papiere aus und musterte ihn grinsend. »Ruhe, immer mit der Ruhe.« Er schlug vor Vergnügen auf den Tisch. »Sie können gehen, solange Sie sich beide zur Verfügung halten. Wir werden Sie und seine Nase noch brauchen. Er ist der wichtigste Zeuge. Schade, dass er nicht sprechen kann.«

Vor dem Revier atmete Mulder erleichtert auf. Den Namen war er los. Aber er war noch nicht um die Ecke gebogen, als er von einem Straßenkehrer mit »Monsieur Martin« angesprochen wurde. Wie es denn dem Hund gehe? Nicolas Martin hatte Mulder sichtbar gemacht. Der Hund machte ihn sichtbar.

Andermanns Name, andermanns Hund; vorläufig gehörten sie zusammen.

Die Graphikhandlung auf dem Weg zur Kirche hatte dem Hund ein Schaufenster gewidmet. Ein schön handkolorierter Fuchshund, zwei Bernhardiner, Terrier, Windhunde, Schäferhunde und ein Stich aus dem neunzehnten Jahrhundert mit einem Tierkrankenhaus – Hunde mit verbundenen Köpfen und Pfoten, die sehnsüchtig nach einem Herrn in Arztkittel Ausschau halten, der gerade ein stärkendes Mahl zubereitet. Glanzstück war der gerahmte Stich eines norwegischen Elchhunds. Stolz und mutig, lautete die Bildunterschrift. Obwohl Mulder seinen Hund schöner fand – weniger plump und nicht grau, sondern goldbraun –, sah er den Stich, ja, das ganze Schaufenster als Kompliment. Und es war nur schwer zu erkennen, wer von den beiden dann stolzer ging, Herr oder Hund. Eine zweiter Waschgang hatte wahre Wunder gewirkt, gespült und gebürstet, war das Fell wieder gelockt. Voller wirkte der Hund, bis auf den schorfigen Schwanz, und auch das Jod auf die Blasen hatte geholfen: Er hinkte weniger. Der Ober – »Bonjour, Monsieur Martin« –, der Mulder den Kaffee brachte, war *stupéfait*: nicht wiederzuerkennen, und das nach zwei Tagen!

Nur die Leine blieb ein Problem. Der Hund zog. Unangeleint lief er brav neben seinem Herrn, doch angeleint kannte er keine Manieren. Mulders Meinung war nicht gefragt, wenn auf der anderen Straßenseite jemand unbedingt begrüßt werden musste, wie der Mann im langen Kamelhaarmantel, der beim Gehen laut in einer fremden Sprache telefonierte. Ein unangenehmes Subjekt, mit geknotetem Gürtel und scharfem Schnurrbart, aber, nach dem Freudentanz zu schließen, ein guter Bekannter des Hundes. Der Mann sah das anders, denn als der Hund an ihm hochsprang, trat er ihn hart in die Flanke. Mulder schnappte nach Luft, doch bevor er ein Wort herausbrachte, hastete der Schuft schon weg, schimpfend.

Das Tier war offensichtlich verwirrt, aber der Zwischenfall hielt es nicht davon ab, Mulder weiteren Bekannten vorzustellen. Sie machten eine Runde durch das Viertel und blieben bei einem adretten Herrn stehen, der aus Müllsäcken aß, und bei einer Bettlerin, die geräuschvoll ihre abgeschnallte Beinprothese hochreckte. Er traute sich nicht, etwas hineinzuwerfen. Und vor den Parkgittern hielten sie bei einer Berberin, die ihm ungebeten ihre rechte Brust präsentierte. Ja, sie war schrecklich gestürzt, das Fleisch war ganz blau, das Hemd mit der Wunde verwachsen: Nein, er wollte ihre andere Brust nicht sehen. Aus Verlegenheit gab er ihr einen Euro.

Noch vor wenigen Tagen wäre er an diesen Menschen vorübergegangen, doch seit dem Hund schüttelte er viele schmuddelige Hände. Jeder steckte dem Tier etwas zu. War das denn alles Berechnung? Oder konnte ein Hund wirklich Menschen lieben? Diktierte ihm nicht sein Magen den Umgang? Seine Nase empfand jedenfalls nicht den Widerwillen, den Mulder überwinden musste – die Gerüche, die er einatmete, die schmutzstarrenden Hände, die er doch schütteln musste … Er stand sogar vor einem Buckligen, dem er unmöglich in die Augen sehen konnte, so tief hing ihm der Kopf, bis auf die Knie. Herrlich für den Hund, endlich ein ausgewachsener Mensch auf demselben Niveau, aber Mulder blickte auf einen Nacken mit Jahresringen aus angesetztem

Schmutz. Ihn ekelte, auch wenn er vorgab, es völlig normal zu finden.

Bei der *soupe populaire* stand er mitten in einem Knäuel von Berbern, Verrückten, Schwindlern, Illegalen – einer wie der andere Freunde des Hundes, vom Hunger zueinander getrieben.

Obwohl für jeden genug da war, schubsten sie sich gegenseitig von der Tür weg, aber dem Hund gegenüber zeigten sie sich von ihrer besten Seite. Und auch sie redeten über den Brand. Alle widersprachen sich, und die Zahl der Toten wuchs von Mund zu Mund. Mulder wusste nicht einmal von der Existenz dieser Suppenküche, wo Tag für Tag um Viertel vor zwölf an Obdachlose Essen ausgegeben wurde, keine fünf Minuten Fußweg von seiner Wohnung entfernt. Der Hund zog ihn in eine Welt, von der er nicht die geringste Ahnung hatte. Er wäre lieber verschont geblieben – von den Schwielen, die seine weichen Hände berührten, von ihren Flecken, die seine Makellosigkeit verhöhnten, vom Gestank ihrer Kleidung. Von ihren schlechten Zähnen, dem Rotz. Es griff ihn an, ihre Geschichten brachen bei ihm ein. Aber er konnte nicht mehr zurück. Nicht der Hund, sondern *er* lief an der Leine.

Und all diesen fremden Menschen, die er an diesem Morgen sprach, stellte er dieselbe Frage: Wie heißt der Hund? Médor, meinte der eine, Oscar, sagte ein anderer. Aber keiner, der es wusste.

Es schlug zwölf Uhr, für den Hund ein Signal zum Ausgehen. Seine Nase führte ihn zum Kirchplatz. Widerwillig gab Mulder nach, denn er sah schon von weitem, dass dort ein Stand aufgebaut war. Das Wetter musste nur eine Sekunde aufklaren, und sofort stellte die Kirche draußen einen Tapetentisch auf, um Geld für irgendeinen guten Zweck zu sammeln. Die hässlichsten Dinge wurden dort verkauft, mit den heitersten Gesichtern, als wäre es anstößig, Not mit Geschmack zu lindern. Schon allein aus diesem Grund machte er immer einen großen Bogen, und auch die Freude an guten Taten ging ihm gegen den Strich. Diesmal flatterte eine Gruppe junger Nonnen herum, aus Asien importierte Kicherlieschen. Selbst die Berufung zum Klosterleben wurde mit Gastarbeitern freigekauft. Ein Priester in Soutane packte eine Schachtel aus, der Hund erkannte den hochgewachsenen Rücken und sprang an ihm hoch. Die Soutane drehte sich um. Es war der Pater, Père Bruno, bleich, in würdigem Schwarz, schlicht. Er und die Nonnen hatten soeben einen Stand für die Brandopfer aufgebaut – eilig zusammengeraffter Krimskrams, bemalte Marmeladengläser, getöpferte Aschenbecher, von Schulkindern gemalte Bilder. Die Hausfrauen aus der Nachbarschaft hatten sich beim Quiche- und Kuchenbacken ins Zeug gelegt. Der Pater und die Nonnen wirkten sehr zufrieden. Der Hund schlug seine Zähne in einen Kuchen. Den musste Mulder wohl oder übel kaufen. Und während eine Nonne die Reste in Folie wickelte, fragte Mulder, ob Père Bruno eigentlich wisse, wie der Hund hieß.

Aber der zuckte mit den Achseln: »So viele Herren, so viele Namen. Im Viertel heißt er einfach *Le Chien*.«

Der Hund, wie, der Hund? Hatte er kein Recht auf einen eigenen Namen? Sollte der Mann, der ihn abgegeben hatte, den nicht kennen?

Père Bruno musterte Mulder misstrauisch. »Warum ist das so wichtig, Monsieur Martin?« Nein, er könne nichts weiter über den Hund erzählen, seine Beichtkinder warteten. Er drehte sich um, ordnete ein paar Gegenstände an seinem Stand und eilte zur Kirche. Seine Soutane flatterte über den

Treppen. Das ist also seine Kirche, dachte Mulder. Er schlägt mich also jeden Tag mit seinen Glocken aus dem Bett. Der Hund kennt meine Aussicht von innen. Von nun an würde er anders auf seine Türme blicken.

Eine Taube landete zwischen den Ständen und pickte die Krümel auf. Mulder steckte den Kuchen in die Tüte und wollte Père Bruno nachgehen, schauen, wie ein Whiskypater Sünder anlockte. Aber der Hund musste zuerst die Taube aufscheuchen und aus dem Springbrunnen saufen; die Mittagspause brach an, die Sekretärinnen kamen auf den Platz spaziert, und das bedeutete Betteln, Brotkrusten, den fetten Rand vom Schinken. Der Hund hatte eindeutig keine Lust, in die Kirche zu gehen. Aber dieses Mal bewies der Herr seinen Willen und zog den Hund die Stufen hinauf.

Nach dem Lesen der Kirchenordnung auf den Schwingtüren, in denen um Stille und dezente Kleidung gebeten wurde, fragte sich Mulder, ob ein Hund denn wohl in die Kirche durfte. Er zögerte an der voluminösen Weihwassermuschel – vielleicht musste er, um einen guten Eindruck zu machen, ein Kreuz schlagen? –, aber das Wasser war ihm zu trübe. Er wählte einen schlechtbeleuchteten Seitengang. Der Hund würgte sich fast aus dem Halsband frei. Erschrak er vor den Gemälden? Vor den düsteren Nischen mit den Heiligen? Auch bei der in Kerzenschein badenden Maria stemmte er die Pfoten in den Boden, und dabei lächelte sie doch so friedlich. Er knurrte die Kerzen an. Mulder ging in die Hocke, versuchte ihn flüsternd zu beruhigen – auf dem Marmor, Auge in Auge mit der Heiligen Jungfrau – und wusste nicht, ob er sich jetzt schämen oder ob er lachen sollte, denn sein Flüstern klang wie ein Gebet und sein Hocken wirkte wie Knien.

Hinten in der Kirche, in einer Seitenkapelle, stand Père Bruno unter zwei großen Gemälden und rüttelte an der Tür eines Kastens aus Rauchglas. Ein Aquarium für die Sünder. Für jedermann sichtbar. Ein paar Bänke weiter warteten die Beichtkinder. Alles Frauen. Verletzlich, die Hände im Schoß. Plötzlich begriff Mulder: Die Beichte musste sichtbar sein, damit niemand auf falsche Gedanken käme. Père Bruno ging in seinen Kasten und knipste eine Schirmlampe an. Ein Tisch und zwei Stühle wurden erleuchtet. Mulder spähte hinter einem Pfeiler hervor und suchte nach dem besten Platz: mit Blick auf die Sünder und nicht im Blickfeld des Paters. Nicht hinter seinem Rücken. Der Hund führte Mulder zu einer Holzbank vor dem Hauptaltar, dort konnten sie so tun, als wären sie ins Gebet oder in Schlaf versunken, und doch alle Beteiligten aus dem Augenwinkel beobachten.

Père Bruno öffnete die Glastür. »Guten Tag, Catherine.« Diesen Namen gab ihr Mulder, denn früher war einmal eine Catherine mit solch langen Beinen in sein Leben gelaufen. Eine Giraffe stelzte am Pater vorbei. Catherine setzte sich unmittelbar ihm gegenüber, fast Knie an Knie. Der Pater schob seinen Stuhl zurück. Er sah ihr in die Augen. Sie begann zu weinen. Der Hund spitzte die Ohren und fiepte. Mulder stopfte ihm mit Kuchen das Maul. Père Bruno schob Catherine eine Schachtel Papiertücher zu. Eine Papierharmonika zog sie heraus, eine Wäscheleine voller Geflenne. Schande, dachte Mulder, jetzt konnte er ihre Klagen nicht lesen. Ihre Tränen rührten ihn nicht … Seine Catherine hätte gelacht.

Es war schummrig in dem Beichtkasten, und die Lippensprache ließ viel zu raten übrig. Die Gesten begriff Mulder: gefaltete Hände, Kreuzzeichen, Kniefall. Aber was sie taten?

Père Bruno holte ein Blatt aus einer Schublade, schrieb etwas auf, kramte in einer Tasche auf dem Boden, überreichte einen Umschlag. Hinweise für ein besseres Leben? Ein Andachtsbildchen? Catherine wollte dem Pater danken, sie lehnte sich vor. Er wehrte sie ab mit seinem Segen.

Mulder setzte sich woandershin, in besseres Licht. Eine traurige Parade klopfte da an: eine Hausfrau (sorgenvoll hinein, gestärkt heraus); ein nervöses junges Ding (sechzehn, höchstens, Zauselhaar, schwanger). Père Bruno schüttelte den Kopf und zog sein Portemonnaie. Danach eine Alkoholikerin, die sich vor dem Hineingehen heimlich Mut angetrunken hatte (die in Papier gewickelte Flasche ragte aus ihrer Tasche), gefolgt von zwei afrikanischen Müttern (*fils, fils, fils* – das Wort sprang von ihren Lippen).

Je länger er dort saß, umso tiefer fraß sich Mulder in den Glaskasten hinein. Er wollte diese Frauen verstehen, wie fremd sie ihm auch waren mit ihrem Murmeln und Flehen, vielleicht erfand er darum gleich hier ihre Lebensgeschichten. Der Hund gähnte unter der Bank, er schien die Geschichten bereits zu kennen. In den wenigen Pausen, die sich Père Bruno gönnte, fächelte er den Atem der Beichtkinder mit einer gefalteten Zeitung von sich. Er gähnte. Eine Nonne brachte ihm ein Glas Tee. Sie baute sich vor ihm auf.

»Scher dich zum Teufel«, flüsterte Mulder.

Neue Beichtkinder kamen dazu. Unleserliche Sünden. Père Bruno nahm sich für jeden Zeit: fünf Minuten.

Schwingtüren klappten. Ein kleiner schwarzer Mann eilte durch den Mittelgang und klopfte an die Scheibe. Die Wartenden protestierten, aber der Pater schien den Mann zu kennen und kam sofort aus seinem Kasten. Fremdartige Laute. Sie sprachen nicht französisch.

Der Hund erwachte aus seinem Schläfchen, spitzte die

Ohren und kroch unter der Bank hervor. Seine Nackenhaare stellten sich auf, er knurrte. Mulder kraulte ihn hinter den Ohren. Zu spät, ertappt, der schwarze Mann spähte in ihre Richtung und verschwand schnell hinter dem Altar. Père Bruno blieb gedankenverloren zurück. Mulder beschwichtigte den Hund mit einem letzten Stück Kuchen, aber er schmatzte noch lauter, als er geknurrt hatte. Der Pater sah böse auf.

Ein anderes Geräusch weckte seine Aufmerksamkeit: Zwei Polizisten näherten sich. Er führte sie in seinen Kasten. Breite Rücken versperrten Mulder die Sicht. Eine Frau kündigte sich hinkend an: die Bettlerin mit dem Kunstbein. Der Pater ließ auch sie ein. Das Glas beschlug. Kurz darauf kamen die Polizisten lachend heraus, einer von ihnen hielt einen Brief in der Hand.

Die Bettlerin klammerte sich an den Pater, als er sie entließ. »*Feu*« sah ihn Mulder sagen, das einzige Wort, das er von den Lippen lesen konnte. Die Frau küsste ihm die Hände. Père Bruno musste ihre Finger von seinem Handgelenk pellen.

Ein letzter Schmatzer, und alle Kuchenkrümel waren aufgeleckt. Hinten in der Kirche hörte man Stimmen, ein Messdiener in Spitzenhemd holte eine Blumenvase vom Altar. Die Orgel begann zu spielen. Ein schreckliches Jaulen ertönte, zitternd auf allen vier Pfoten, ein gegen die hohen Töne klagendes Jaulen. Mulder schrumpfte vor Scham zusammen und hastete zum Ausgang.

Draußen, an einer der Säulen im Vorportal der Kirche, hingen drei Todesanzeigen, drei Namen mit einem Kreuz darüber. Ein Mann, eine Frau und ihr Kind. Gut für drei Begräbnisse und eine Messe. Eine beim Brand umgekommene

Familie. Ismael, Denada, Albana. Wo kamen die Leute her? Ihre Namen noch vor Augen, hörte Mulder am Kiosk von einer weiteren Toten, einem zweieinhalbjährigen Mädchen. Die Betstunde war noch am selben Nachmittag. »Wir Muslime begraben unseren Kummer so schnell wie möglich«, sagte der Kioskinhaber. Ob Mulder dort wohl willkommen war? »Aber sicher.« Der Mann gab ihm die Adresse.

Er hatte ein Minarett erwartet, aber Allah musste mit einem Schornstein vorliebnehmen. Die angegebene Adresse stellte sich als eine alte Fabrik heraus. Sie gingen durch einen Innenhof und hörten Gemurmel hinter einer mennigroten Schiebetür. Er klopfte. Die Stimmen verstummten, doch es wurde nicht geöffnet. Er zog am Riegel und atmete einen Spalt bitteren Honig ein. Schäbig gekleidete Männer auf Socken warteten auf das Öffnen der Moschee. Mulder wollte sich zu ihnen gesellen, wurde aber gleich zurückgehalten. Er war kein Muslim.

»Woran erkennen Sie das?«, fragte er einen Mann, der ein singendes Französisch sprach.

Der Mann kratzte sich den Bart. »Ihr Kopf ist nicht bedeckt.«

Mulder schwieg, aber sein Körper fluchte. »Der Hund kannte das Mädchen«, sagte er.

Ein Hund! Wo? Der Mann wollte ihn verjagen. »Hunde sind unrein.« Der Gebetsraum war nur für Gläubige.

Der Hund zitterte zwischen Mulders Beinen, eine Frau stürzte herbei und winkte ihm, zu einem Nebengebäude mitzukommen, wo das Trauermahl zubereitet wurde. »Ich bin ihre Tante«, flüsterte sie. »Hunde verjagen die Engel. Wenn sie Gebell hören, überhören sie unsere Gebete, und das Kind hat die Engel sehr nötig.«

»Wer nicht«, sagte Mulder, der sein Bestes tat, um gläubig zu erscheinen.

»Aber sie ist das Kind einer schlechten Mutter.«

Die Tante ging voran zu einer improvisierten Küche mit vergitterten Fenstern, wo eine Gruppe Frauen in schwarzen Gewändern und weißen Kopftüchern am Tisch saß. Auf dem Gaskocher dampfte Öl in einem Topf. Vor dem Fenster standen Schüsseln mit Kebab, Schalen mit Pastetchen und Süßigkeiten, sie tropften vom Honig.

»Sie haben Wahda gekannt?«, fragte die Frau. Er verstand nicht. Wahda war eines der verstorbenen Mädchen, auf dem Dachboden gefunden, zweieinhalb Jahre alt. Sie war ermordet worden, ja, aus Geldgier ermordet. Die Freundinnen stimmten ihr zu, auf Französisch, auf Arabisch – kehlige Laute der Entrüstung flogen hin und her. Mulder setzte sich neben die Gerüchte. Der Hauswirt, ja, der hatte das Haus angezündet, um die Mieter loszuwerden und aus den Wohnungen teure Appartements zu machen.

Der Hund war unter dem Tisch verschwunden und steckte die Nase in Taschen und Schachteln. Mulder wollte eingreifen, aber die Tante warf beim Erzählen einen Brocken Hackfleisch unter den Tisch. »Es ist ein gutes Tier«, sagte sie, »wir haben von ihm gehört.« Die Frauen kannten seine Heldentaten, schade nur, dass er Wahda nicht hatte retten können. Aber es sollte so sein. Allah wollte die Mutter strafen. Eine Abtrünnige war sie: Sie hatte ihren Mann verlassen.

»Warum diese Strenge, müssten Sie sie nicht trösten?«, fragte Mulder vorsichtig nach.

»Allah tröstet sie, indem er ihr Kind in den Himmel aufnimmt.«

»Aber nicht hoch in den Himmel«, sagte eine Freundin,

die Kebabklümpchen auf einen Spieß steckte, »sie hat zu kurz gelebt, um beweisen zu können, wie tugendhaft sie war.«

Was konnte einem zweieinhalbjährigen Kind zu vergeben sein?

»Hätte sie länger gelebt, dann wäre sie bestimmt eine Sünderin geworden, wie ihre Mutter. Deshalb hat Allah sie früher zu sich genommen, um sie zu retten.«

Das Quietschen von Gummirädern füllte den Innenhof. Der kleine Sarg wurde auf einem Palettenheber vorgefahren und von ein paar jungen Männern in die Moschee getragen. Stimmen dröhnten hinter der Eisentür. Die Frauen drängelten hinter dem vergitterten Fenster, um einen Blick auf den kleinen Sarg zu erhaschen, der, in weißes Leinen gewickelt, auf den Schultern von Männern mit gehäkelten Scheitelkäppchen schwankte. Der Hund schien Wahdas Anwesenheit zu fühlen: Er fiepte leise, mit schief gelegtem Kopf.

Wo war die Mutter?

Die Mutter, die ihren Mann verlassen hatte, einen guten Mann aus einer prominenten Familie? Nein, sie war nicht da. Der Vater würde das Kind in seinem Geburtsland Irak begraben. Schon heute Abend würde er aufbrechen. Das Kind sollte in Erde begraben werden, in der es willkommen war, nicht in Kälte und Demütigung, sondern unter Palmen, die Früchte trugen, an einem Ort, wo die Sonne schien und die Sterne leuchteten. Und die Mutter? Möge ihre Lunge sich mit Asche füllen und das Feuer noch lange in ihrem Herzen schwelen. Die Frauen spuckten ihren Hass auf den Boden – und auf den Hund ... aber das tat ihnen leid. Zum Trost durfte er ihre Hackfleischhände abschlecken.

Wenige Stunden später wurde Mulder beim Springbrunnen von einem Straßenfeger angesprochen: Die Afrikaner trafen sich um halb neun zu einer Gedenkfeier. »Zwei Schwestern, eine zehn, eine acht, sind an ihren Verbrennungen gestorben. Sie wollen Geld für das Begräbnis in Kamerun sammeln.« Der Mann, ein riesiger Senegalese, erklärte ihm umständlich, in welches Viertel und in welche Straße er musste, er bot sogar an, Monsieur Martin zu begleiten, doch davor schreckte Mulder dann doch zurück. Obwohl er das später bereute. Er kenne Paris, sagte er, jeden Winkel. Das Paris der sechziger Jahre. Vor allem die Gegenden, wo Afrikaner wohnten; als Student war er dort mehr als einmal hängengeblieben – in der Zeit, in der er große Reisen machen wollte und davon träumte, quer durch Afrika zu fahren. Er erinnerte sich an den Besuch einer farblosen Gaststätte mit dem Namen *La démocratie Africaine*, wo eine mollige Frau ihm einen Teller in Palmöl gebackener Mandioka servierte, seine erste afrikanische Mahlzeit. Das Lokal, stellte sich später heraus, war ein Treffpunkt politischer Flüchtlinge – *sans papiers*, schon damals. In dieser Kneipe waren alle lustig, als wäre es der schönste Ort auf Erden. Sie hatten ihm ein Wandgemälde im Hof neben dem Klo gezeigt. Afrika in Form eines Sargs mit Engelsflügeln. *Riche et pauvre égalité à la mort* stand darunter. Erst da begriff er den Namen der Kneipe. Er gab sich riesengroße Mühe, ein Lächeln hervorzubringen, aber es gelang ihm nicht. Gott, wie hatte er seine Steifheit verflucht.

Der Hund kannte den Weg besser als sein Herr. Er bog in Straßen ein, die Mulder normalerweise links liegen ließ, überquerte Plätze, wo junge Männer gelangweilt auf Bänken herumlungerten, knurrte zwielichtige Gestalten an. Allein schon deshalb musste Mulder ihm folgen, denn er fühlte sich nicht besonders wohl in seiner Haut. Am Ende einer Sackgasse wartete ein schwarzes Auto, geschmückt mit Spitzenschleifen, man hörte Hupen und laute Stimmen.

Eine Hochzeit, dachte Mulder. Aber der Hund wusste es besser. Hinter dem Lärm gab es eine Gasse, die zu einem verlotterten Speicher führte, in dem sich eine Gruppe Frauen für die Trauer schönmachte – sie halfen sich gegenseitig, schwarze Kopftücher festzustecken. Mulder wollte umkehren, er war der einzige Mann, der einzige Weiße, aber der Hund ließ sich streicheln und begrüßen. Die Frauen wollten gerade eine alte Lagerhalle betreten. Mulder sah sich erstaunt um, er war in eine andere Welt geraten, er roch Holzfeuer, Palmöl, er hörte das Geklapper von Töpfen und leere Flaschen klirren, gackernde Hühner. Das war nicht die Stadt, die er von seinen Spaziergängen kannte. Innerhalb des Rings schien es noch ein zweites Paris zu geben, verborgen hinter verfallenen Fassaden verlassener Fabriken, hinter den hohen Mauern ausrangierter Lagerhallen, ohne Wasser und Licht, eine Stadt, unsichtbar für das Auge des Gesetzes, hochgezogen aus Wellblech und Bauplanen, illegal bewohnt, mit eigenen Regeln, wo ein anderes Evangelium an die Wände geschmiert wurde: »Dieu en a marre. Dieu est aussi noir.« Gott hat die Schnauze voll. Gott ist auch schwarz.

Aber der schwarze Gott ließ Mulder nicht ein. Ein Mann in einem glänzenden Anzug hielt ihn an der Tür zurück. Oncle nannte er sich. Der Onkel der Mädchen. Der Onkel von jedem. Onkel Priester. Er sagte, der Tod sei eine Reise vom Sichtbaren zum Unsichtbaren, zur Welt der Geister. Und diese Geister würden alsbald angerufen. Ein Weißer würde diese Riten nicht begreifen, aber ein Beitrag sei immer willkommen. »Ohne materielle Kraft keine geistige Kraft.« Er hielt die Hand auf.

Der Hund drängte sich vor. »Darf er denn nicht Abschied nehmen?«, fragte Mulder. »Er kommt auch aus Afrika.«

Oncle kannte den Hund. Er dachte nach ... Hinter ihm schwirrten Stimmen, dröhnten Trommeln.

Jetzt, wo die Mädchen im Land ihrer Ahnen begraben werden sollten, war es wichtig, den Segen für ihre Überführung zu erbitten. Eine greifbare Erinnerung konnte dabei helfen, ein Opfer, ein Gegenstand ihrer Liebe, etwas, das sie oft in der Hand gehabt hatten, in dem all ihre Bewegungen steckten ...

Oncle betrachtete den Hund.

»Alles ist verbrannt«, sagte er. »Sogar ihre Ohrringe sind geschmolzen.«

Tiefes Seufzen. Ein Chor sang den Himmel auf. Die Trommler steigerten ihr Tempo.

Oncle konnte schon mal eine Ausnahme machen. Mulder entschuldigte sich, wollte sich vor allem nicht aufdrängen. Der Hund führe ihn, er suche nach Spuren seiner Vergangenheit.

Oncle wurde ungeduldig. Es ging nicht um den Herrn, sondern um den Hund. Nur der Hund dürfe hinein, stellvertretend für seinen Herrn. Zumindest wenn Monsieur bereit wäre ...

»Aber ich bin doch sein Herr«, sagte Mulder.

War das denn nicht der Hund von Triple X? Dieser Feigling! Wagte es nicht einmal, zur Trauerfeier seines eigenen Kindes zu kommen.

Der Hund spitzte angespannt die Ohren. Mulders Streicheln beruhigte ihn.

»Wir müssen die Geister milde stimmen«, sagte Oncle und nahm den Hund bei der Leine.

Mulder zögerte ... aber er gab ihn nicht her.

In dieser Nacht konnte Mulder kaum einschlafen. Er zählte die vollen und die halben Stunden seiner Türme, hörte aber auch die Glocken aus den versteckten Klostergärten, Gebimmel, das zur Matutin rief. Wie früh wurde doch hinter all diesen alten Mauern gebetet. Sein Viertel brillierte in Glaubensrichtungen. Seit Jahrhunderten. Er kannte die Türen der seltsamen Orden, der Altersheime für Klosterleute, das Seminar, er wusste von den Kapellen und einem Heiligen in einem Glasschrein, er war immer gedankenlos daran vorübergegangen, aber beim stundenlangen Liegen und Lauschen wurde er sich auf einmal all dieser Frömmigkeit bewusst.

Der Hund lag neben ihm, auf der anderen Betthälfte, auf der harten, seit Jahren unbeschlafenen Hälfte. »Was hast du mir nicht schon alles gezeigt?«, fragte Mulder. »Auf was für wilde Wege führst du mich?« Der Hund schenkte ihm einen liebevollen Blick, lauschte, bemühte sich sogar, ihm zu antworten, und zwar mit der Schnauze, die er runzelte und hin und her bewegte, einer Schnauze, die sagte: Das ist doch erst der Anfang.

Die Mairie hatte eine Kondolenzliste für die Brand-opfer ausgelegt, ein Obdachlosenverein rief zu einer Pro-testversammlung auf, wo zynische Hausbesitzer angeklagt werden sollten, und Buddhisten hielten in einem Vorort ei-nen Trauergottesdienst ab. Mulder las die Ankündigungen an den Laternenpfählen und Ladenfronten des Viertels. Auch Ismael, Denada und Albana bekamen noch ihre Messe – das Glockengeläut erinnerte daran. Die Entscheidung lag beim Hund. Aber als sie an der Kirche vorbeispazierten und die Orgeltöne durch die Bleiglasfenster schallten, begann er zu bellen und hob sein Bein an der Wand. Die Katholiken schie-den also aus.

Mulder überquerte die Straße, fort von Kreuz und Platz. Der Hund folgte fügsam, bis er Kinder vorbeirennen hörte. Ihr Lärmen lockte. Die fremdartigen Ausdünstungen her-beigeströmter Menschen. Zurück zur Kirche. Die großen Türen standen offen, und Hunderte hatten sich am Fuß der Treppe versammelt. Limousinen fuhren vor, und ihnen entstieg eine geschniegelte Gesellschaft. Lange Ledermän-tel, Haarlack und pompöser Schmuck. Und ging dort nicht der Mann, der seinen Hund getreten hatte, der Schuft mit dem Pornobalken-Schnurrbart? Blumen wurden gebracht, sich wölbendes Weiß mit bedruckten Schleifen, und Krän-ze – so viel der Ehre für drei arme Schlucker, denen vor dem Brand kein Mensch einen Blick gegönnt hatte? Fotografen blitzten, alle Bettler des Viertels waren aufmarschiert, die Frau mit dem Kunstbein hinkte dreist die Treppe hinauf.

Père Bruno wartete oben an der Freitreppe und begrüßte die Gäste.

Rufe des Entzückens brandeten auf. Menschen drängelten. Der Hund zog neugierig nach vorn, und Mulder folgte beschämt. Aber die Orgel setzte so laut ein, dass sich der Hund zitternd trollte. Diesmal gab die Leine nicht nach, sein Herr war eingeklemmt. Eine Limousine kam auf den Platz vorgefahren. Der kleine Minister stieg aus. Applaus. Wieder mit seiner Frau! Sie zupfte am schwarzen Pelzkragen ihres Kostüms und wandte sich kurz dem Publikum zu, selbst ihr Lippenstift trug Trauer. Und dort, dort! Finger zeigten zur Treppe: bekannte Fernsehgesichter. Sie küssten sich – sehr zurückhaltend. Der Wind spielte gemein mit dem implantierten Haar des Nachrichtensprechers. Die Prominenz hatte eine Tragödie entdeckt.

Ein Pfadfinder trat vor, ein Knirps in kurzen Hosen. Er verneigte sich vor den Särgen, die an einem Ehrenspalier von Schulkindern vorbei nach oben getragen wurden – zwei große und ein kleiner. Mädchen in weißen Kleidern, Jungen in kurzen blauen Hosen. Die Orgel verstummte, und der Pfadfinder blies auf einer Trompete. Mulder erstarrte. Er hasste Trompeten, er hasste Uniformen. Ein anderer Toter wurde in ihm losgeblasen, und er sah sich in kurzer Hose vor den steifen Klängen einer Militärkapelle strammstehen … Er ließ die Leine fallen, stieg, ohne sich umzusehen, die Treppen hinauf und schüttelte dem Pater die Hand, als wäre auch er ein hoher Gast. Dann schlossen sich die Türen hinter ihm.

Die Weihwassermuschel gähnte, gefüllt mit frischem Wasser – ein riesiges Ding, mit sicher einem Meter Durchmesser. *Menschenfressendes Weichtier*, stand auf einem Schildchen mit Erläuterung, *18. Jahrhundert*. Mulder kniff nicht, bekreuzigte sich mit tropfender Faust und versteckte sich hinter einer Säule. Père Bruno schritt durch den Mittelgang, in Spitzenhemd und Kasel aus Goldbrokat, sich der Hunderte von Augenpaaren bewusst – eine so überfüllte Kirche hatte er seit Jahren nicht gehabt. Politiker und Prominente saßen in der ersten Reihe, und die Schüler drehten noch schnell an den Schleifen die Beschriftung nach oben. Die Trauer musste sichtbar sein. Die drei Särge standen vor dem Altar, in einer Glut hoher Kerzen. Drei Balkanflüchtlinge, ohne Angehörige, vereinnahmt als Symbol der Solidarität, zuletzt untergebracht in Prunkhülsen für Maden und Knochen, solider als ihre letzte Wohnung.

Blauer Dunst schwebte im einfallenden Licht, Mulder bemerkte es kaum, wie ihm auch die Handlungen der Priester völlig entgingen – es waren plötzlich drei, die mit Buch und Weihrauchfass ihr Spiel aufführten. Die Särge verschwanden aus dem Blickfeld, die tiefen Töne der Orgel brandeten gegen die Wände, und Mulder spürte ein Vibrieren durch seine Beine wandern, über den Rücken, bis zum Scheitel. Ein Militärmarsch zog durch ihn hindurch. So bösartig laut, dass sich der Lärm wieder in Stille verwandelte und er hörte, wie er seine Angst hinunterschluckte. Er fluchte unterdrückt und verließ die Kirche. Seinen Hund fand er im Vorportal hinter einer Säule, mit der Leine im Maul und den Pfoten auf den Ohren, neben der Frau mit dem abgeschnallten Bettelbein.

»Monsieur«, rief sie. Mulder tat, als hörte er sie nicht, er konnte den blauroten Stumpf nicht ertragen, ein Blick genügte und schon fühlte er das Amputationsskalpell an seinem Oberschenkel. »Monsieur.«

»Ein andermal.«

»Kennen Sie den Pater?«

»Noch nicht«, sagte er mürrisch.

»Aber doch, ich habe gesehen, wie Sie ihm die Hand gaben.« Mulder ging weiter, aber die Frau zog sich hoch und hinkte hinter ihm her. »Hören Sie ... waschen Sie die Hand nicht.« Sie klapperte mit ihrer Prothese. Mulder suchte nach Kleingeld. »Sie haben einem Heiligen die Hand gegeben.« Sie sagte es flüsternd, in einer Schnapswolke: »Unser Bruno ist ein Heiliger.«

Mulder sah sie verblüfft an.

»Sie wissen doch, was man über ihn sagt?« Sie sah sich um, unschlüssig, ob sie ihm das Geheimnis anvertrauen konnte ... »Er kackt und pisst nicht. Haben Sie ihn je aufs Klo gehen sehen, wenn er die Beichte abnimmt? Er hört zu und er betet, aber er entfernt sich nie. Fragen Sie die Nonnen! Wirklich, er kackt und pisst nicht. Vielleicht ein Fürzchen, wie ein Engel.« Sie blickte verliebt nach oben. »Ja, unser Bruno ist ein herabgestiegener Engel.«

Mulder ließ eine Münze in ihr Bein fallen. Und er fragte sich, wie unglücklich man sein musste, um an Engel glauben zu können.

Der Hund witterte den Geruch der Vorstädte und lief zügig voraus. Die rauen Stimmen von den Balkonen der Wohnkasernen, die Windböen, die um blinde Mauern fegten, der aus dem verwilderten Bauland angewehte Flugsand, es störte ihn alles nicht. Vielleicht, weil es ihn an Afrika erinnerte. Mulder und er nahmen Abkürzungen, durch fahle, betonierte Innenhöfe. Die Langeweile dort hatte Narben geschlagen. Alles, was auf den Zeichentischen der Architekten als Verschönerung geplant war – Springbrunnen, Bänke, Spielplatz, Grünanlage –, war zerstört, verfallen und zur Kippe für Hausmüll verkommen. Aber die Hundenase war glücklich. Hier keine sauberen Rinnsteine und keine Straßenfeger, die Tag für Tag Wasser durch die Gossen strömen ließen, sondern Abfallberge, Junkfoodreste, Milkshakebecher. Er wühlte, leckte und kaute. Ihm das abzugewöhnen, hatte Mulder bereits nach einem Tag aufgegeben. Fressen, so viel er fressen konnte, schien dem Hund zur zweiten Natur geworden, aus Notwendigkeit, er hätte sonst die Reise in den Norden nicht überlebt. Sein Magen konnte sogar noch aus einer Papiertüte etwas Nahrhaftes destillieren. Er war stark, muskulös bis in die letzte Faser und – man sah es an seinem Gang, an seinem Blick – selbstsicher. Aber auch wachsam. Alle paar Meter blieb er stehen und spitzte die Ohren, das geringste Geräusch wurde nach Gut oder Böse beurteilt. Ganz anders als die Hunde aus Mulders Kinderjahren. Kein hochgezüchteter Rassehund, sondern ein Überlebenskünstler, bei dem alte Instinkte notgedrungen wieder aufgestiegen waren. Gefasst auf den Angriff, wo er auch saß oder lag, den empfindlichen Bauch immer abgedeckt. Nicht aggressiv, eher ein Hund, der Kämpfen aus dem Weg ging – ein Verteidiger. Doch wenn es sein musste, sprang er dem Feind an die Kehle. Und er roch die Gefahr … *Er* hatte den Jugendlichen mit dem Messer auf der anderen Straßenseite gesehen, und *er* zog Mulder, der gerade versuchte einen Graffititext zu entziffern (*police assassins*) und nicht begriff, dass nur wenige Meter weiter ein paar Diebe dabei waren, einen Motorroller zu stehlen, in ein Wartehäuschen. Kinder noch, aber flink und frech. Der Junge mit dem Messer stocherte das Schloss auf und startete den Roller. Herausfordernd knatterten sie abwechselnd damit herum, vor den Augen der Kassiererin der Tankstelle, wo der Roller abgestellt gewesen war. Sie rissen das Vorderrad hoch und bremsten schwarze Spuren, rasten an den Zapfsäulen vorbei, schlugen mit der Faust auf

tankende Autos. Die Kassiererin hämmerte an die Fenster-
scheibe, aber sie kamen trotzdem immer wieder.

Ein kleiner Lieferwagen hupte, er wollte tanken. Der
Roller schlitterte vor ihm entlang. Der Fahrer, ein baum-
langer Kerl, stieg aus und zog am Schlauch. Sie kämpften
darum. Der Fahrer trat gegen den Roller, aber die Rollerkids
traten zurück. Schnell und hart. Von vorn und von hinten.
Der Mann stolperte, sie traten weiter. Ein tankender Kunde
versuchte dazwischenzugehen, bis er ein Messer sah und
zurückwich. Der Hund bellte, riss an der Leine, aber Mulder wagte nicht, ihn loszulassen, und drückte ihm Kopf und
Körper auf den Boden, um das Bellen zu ersticken. Er lag auf
seinem Hund und biss ihn ins Nackenfell, aus Liebe, aus
Angst und um die tretenden Schufte wegzubeißen. Etwas
knackte. In dem Mann. Im Hund. In ihm.

Die Polizei kam mit heulenden Sirenen. Die Jungen
spritzten auseinander, alle Kunden waren auf und davon.
Mulder richtete sich auf: Der Fahrer des Lieferwagens lag
neben seinem Auto, sein Kopf blutete heftig. Ein Rettungs-
wagen fuhr vor. Feuerwehrmänner in blauen Hosen mit
Leuchtstreifen knieten neben dem Mann, sie holten eine
Sauerstoffmaske heraus. Mulder wollte hinlaufen, sich als
Zeuge melden. Doch unvermittelt stand einer der Bengel
vor ihm, mit unverschämtem Grinsen, er war zurückgekommen, um eine in der Eile verlorene Baseballmütze aufzuhe-
ben.

»Was suchst du hier?«, fragte er.

»Nichts«, sagte Mulder. »Nichts.«

Der Hund stemmte die Pfoten in die Erde, aber Mulder
ließ ihn an der Leine zappeln. Sie gingen schnell weiter.

Im Tempel kamen Herr und Hund keuchend zur Ruhe. Mulder hatte sich waschen können, der Hund leckte sich den Staub von den Pfoten. Knitterfalten und Flecke fielen in der schäbigen Gesellschaft nicht auf, die nach der Arbeit noch vorbeischaute, um sich von einem Toten zu verabschieden. Ausgelaugte Männer und Frauen kauerten auf Schilfmatten in einem gelben Raum, blau vom Weihrauch, noch im Mantel, bis auf den kahlrasierten Mönch, der seine mollige nackte Schulter zeigte. Hinten las eine Frau eine Zeitung mit Kringelzeichen, zwei Männer unterhielten sich flüsternd, ein Mädchen simste und draußen prallte ein Fußball gegen eine Wand – wie ein trauernder Gong. Mulder musste seinen Hund unsanft mit dem Halsband würgen, um ihn außer Reichweite des Essens zu halten, das auf dem Altar geopfert wurde. Jeden Teller, den der Mönch vor Buddhas Bauch stellte, verfolgte er mit offenem Maul, und er lauschte mit schief gelegtem Kopf den Gebeten, andächtiger als die Anwesenden, die ihre eigene religiöse Sprache nicht verstanden oder das monotone Murmeln zu oft gehört hatten, um sich noch darüber zu wundern. Erst als der Mönch in Französisch fortfuhr, schnellten die Trauernden hoch: Sie wurden angespornt, sich von den irdischen Gütern zu lösen und sich nicht von Reichtum und Überfluss blenden zu lassen. Wünsche störten die innere Ruhe. Der Hund ließ die Worte auf sich einwirken und fiel in einen tiefen Schlaf.

Dem Mönch zufolge steckte im ungezügelten Verlangen das allergrößte Unglück. Im Festhalten lag die Ursache allen Übels. Zum Tod gehört keine Trauer. War die Geburt nicht schlimmer? »In der Geburt liegt die Wurzel unseres Leidens. Alter, Krankheit und Tod sind die Zweige, Blätter, Blüten und Früchte unserer Geburt. Und von den Wurzeln bis zur Frucht schmeckt alles bitter.« Es war ein wohlbeleibter

Mönch, den dieser Geschmack des Lebens nicht gehindert hatte, sich bei Tisch reichlich zu bedienen. Auch an seiner Sprache war viel hängengeblieben.

Dem Altar gegenüber saß eine Frau, kerzengerade und allein, in sich gekehrt, sich ihrer Schönheit nicht bewusst. Sie musste die Witwe sein. Eine Putzfrau, die arbeiten war, als das Feuer ihren Mann im Bett überraschte. Die anderen Gläubigen kannten sie noch nicht lange. Sie wussten von dem Brand und von der verkohlten Leiche, sie sprachen sehr nüchtern darüber. Gesättigt vom Elend, wie sie waren, empfand keiner wirkliches Mitleid. Sri Lanka verband sie. Und Buddha. Der Mönch hatte sie zusammengetrommelt. Leider bekamen sie nicht einmal etwas zu essen. Was konnte man bei einem Illegalen auch erwarten? (»Sie ziehen uns alle mit nach unten«, sagte ein alter Mann. »Wir können auch nicht für sie sorgen.«) Es gab kein Geld, um den Toten in seine Heimat zurückzuschicken, auch keines, um ihn in Paris gebührend einzuäschern. Er befand sich noch in einer Leichenhalle. Die Entscheidung lag bei den städtischen Beamten.

War das etwa das Loslassen, von dem der Mönch sprach? Oder half die Armut mit?

Plötzlich stand die Witwe auf und wandte sich an die Anwesenden. »Nehmt es mir bitte nicht übel, aber die hier sprechen, wissen nicht, was dort passiert ist, und die, die es wissen, sprechen nicht, deshalb lasst uns schweigen. Trauern kann man auch ohne Stimme. Mein Mann und ich liebten die Stille, sie war unser bester Freund, und sie hat uns nie verraten. Was gibt es noch zu sagen? Gedanken sind wichtiger als Worte. Buddha lehrt es uns: Das Glück ist einfach, das Unglück auch. Ich war verheiratet, aber der Brand hat mich wieder ledig gemacht. Kümmert euch nicht um mich. Kümmert euch um eine Leiche. Ich komme allein zurecht.« Sie zündete ein Räucherstäbchen an und setzte sich.

Die Besucher nickten zustimmend. Der Mönch seufzte, suchte etwas im Bauch seines Flickenmantels und holte eine Banane heraus. Er begann eine Banane zu schälen! Mulder stupste seinen Hund wach, er musste seine Verwunderung und seine Bewunderung für diese Frau mit jemandem teilen. Ihre Augen flammten, aber der Mönch lächelte. Und der Buddha grinste.

Alle schwiegen. Ein Schweigen, das dauerte und dauerte. Der Hund klopfte mit dem Schwanz. Nach dem Erlöschen des Räucherstäbchens erhob sich die Frau und ging zur Tür. Mulder musste an sich halten, um ihr nicht nachzulaufen. Aber sein Hund war schneller als er. Er erkannte sie im Vorübergehen, riss sich mit einem Ruck los. Auch sie reagierte überrascht. Sie ging in die Knie und ließ sich von ihm trösten. Nannte sie ihn bei seinem Namen?

Claude, 32 Jahre, grundlos getötet, las Mulder am nächsten Morgen in der Zeitung. Ein Sportler, Rugbyspieler, Vater von vier Kindern, gestorben an den Folgen eines Fußtritts gegen seine Schläfe. Vermutlicher Täter: ein Junge, der sich an der Tankstelle mit seinem Roller vordrängte. Siebzehn Jahre alt. Die Polizei sucht Zeugen.

Der Bericht färbte auf ihre Spaziergänge ab. Und der Hund drehte sich unterwegs mehr denn je nach ihm um. »Tu was«, schien er zu sagen, »tu doch was.«

Mulder zauderte. Seit Tagen. Er versuchte auf der Couch liegend ein Buch zu lesen, mit dem Hund neben sich ausgestreckt, aber er behielt kein einziges Wort. Der Hund las mit, er stupste mit der Schnauze die Seiten um. Mulder überlegte, zur Polizei zu gehen, aber er sah sich schon wieder einem argwöhnischen Polizisten gegenübersitzen, was hatten sie von seinen vagen Beschreibungen von Rüpeln auf einem Roller? Ganz davon abgesehen, dass er als Lügner im Computer stand, nun würden sie auch noch herausfinden, dass er ein Feigling war – ein Gaffer, der untätig einen Mord beobachtet hatte. Dennoch ging er an der Wache vorbei, blieb vor der Tür stehen, legte imaginäre Erklärungen ab und zog ziellos weiter, im Frühlingswind, der ihn noch unruhiger machte. Ein Wind, der nach einem langen Spaziergang zum Sturm wurde und den Himmel verfinsterte. Es begann zu hageln. Dröhnend trommelte es auf Autodächer und Sonnenschirme. Die Deckel von Gullys, die das Wasser nicht ableiten konnten, schossen hoch. Mulder und Hund suchten Schutz unter dem Vordach eines Blumenstands. Es blitzte, der Hund drängte sich zitternd an ihn, Ohren angelegt, aber Nase in die Höhe. Sie schnupperten den süßen Duft eilig hereingetragener Eimer voller Rosen und bibberten vor Kälte. Zur Metro waren es nur zwanzig Meter, aber sie wagten sich nicht an die kurze Strecke, die Hagelkörner waren zu groß. Die Straßen wirkten wie ausgestorben, Autos und Busse warteten am Straßenrand ab, Spaziergänger stellten sich unter, wo es nur ging, die Lokale quollen über.

Der Hagel ließ nach. Ein Blitz schlug in die vergoldete Kuppel einer Kapelle ein. Funken sprühten. Und in diesem Moment des Atemanhaltens – keine Bewegung, keine Stimmen, kein Hupen, nur das Pieseln in den Rinnsteinen und Regentropfen – stieg eine einsame Gestalt die Metrotreppe herauf. Ganz langsam. Ein großer, schwarzer Mann. Auf halber Treppe blieb er stehen, Kopf im Nacken, als wollte er den letzten Hagel kosten. Der Hund bellte ihm zu. Der Mann blickte verblüfft um sich, sah den Hund, machte auf der Stelle kehrt und rannte die Treppe wieder hinab. Mulder wurde unter dem Vordach weggerissen, der Hund machte sich bellend an die Verfolgung. Mulder ließ sich verblüfft mitziehen, rannte durch die Pfützen, schlitterte fast die glatten Stufen hinunter. Zeit, nach seinen Fahrkarten zu suchen, wurde ihm nicht gegönnt, der Hund schlüpfte unter dem Drehkreuz durch und bellte ihn aus – was für ein steifer Bock er doch war. Mulder war eingeklemmt, mit Mühe und Not kletterte er heraus, dabei die Kommentare der Zuschauer beschwichtigend. Der Hund war nicht mehr zu halten. Weg mit der Leine. Und er flitzte davon. Mulder trottete dem Gebell hinterher und fand den Hund bald am anderen Ende des Bahnsteigs wieder, wie er um einen schwarzen Mann mit Häkelmütze, in viel zu weiter Sportkleidung, herumtanzte. Der Zug fuhr ein, Hund und Mann sprangen in denselben Waggon. Mulder rannte nach vorn und schaffte es gerade noch hinein, mindestens zehn Wagen von den beiden entfernt. Keuchend lehnte er am Fenster. Wen hatte der Hund wiedererkannt? Triple X?

An jeder Haltestelle spähte Mulder den Bahnsteig entlang, er wagte nicht auszusteigen und nach vorn zu laufen, die Metro war überfüllt, die Fahrgäste drängten sich vor den Türen. Nach einigen Haltestellen stürmte der Mann hinaus.

Aufgeregt rannte der Hund hinter ihm her. Mulder drängte sich nach vorne, rempelte einen Musikanten an, lief mitten durch das Kabel, das die Ohren von zwei Verliebten an einem iPod verband, und holte den Hund ein. »Triple X«, rief Mulder. Aber der Mann sah sich nicht um. Der Hund zauderte zwischen zwei Herren, sprang an beiden hoch.

Draußen war der Verkehr wieder in Gang gekommen, Autos fuhren durch Pfützen, ein Eisenwarengeschäft pumpte seinen Keller aus, das junge Grün war von den Bäumen gepeitscht, Gehsteige wurden saubergefegt, und mitten durch das ganze Gewühl rannte Mulder hinter einem Hund und einem schwarzen Riesen her. Auf durchgeweichten Sohlen glitschend, vollgespritzt. Er spürte ein Stechen in der Brust und fiel immer weiter zurück, irrte sich in einer Seitenstraße – wie immer, wenn er in Panik war –, wurde aber wieder zurückgebellt. Seine Türme winkten, er landete in seinem eigenen Viertel. Und dort, in der Mittagspausenhektik, verlor er seinen Hund aus den Augen. Niemand hatte ihn gesehen, wen er auch fragte, die Kellner in der Kneipe, den Kioskinhaber, einen Straßenkehrer – alle zeigten sich gleichermaßen abwesend. Weg war er. Aus seinem Leben gerannt.

Er ging zur Soupe, wo noch die Stadtstreicher aus der Nachbarschaft herumlungerten, aber sie wussten nicht einmal, wer er war ohne Hund und streckten ihm benommen eine Hand entgegen. Auch der Araber, der seine Kisten hinausstellte, schenkte ihm kaum einen Blick. Mulder fühlte sich wieder unsichtbar werden …

Gebell, er hörte Gebell, irgendwo hinten in einem Hof, ja, das war sein Hund, das musste er sein. Er folgte seinen Ohren und blieb vor einer massiven Holztür stehen, aber alle Innenhöfe waren verschlossen, er konnte die Richtung nicht erkennen, drehte Runde um Runde durch die Gassen und rief nach einem Hund ohne Namen: »Wo steckst du? Wo bist du?« Erneutes Gebell. Seine Ohren führten ihn zu der Straße mit dem ausgebrannten Haus – eh er sich versah. Er starrte zu den vernagelten Totenkopffenstern empor. Ob er wohl dort…? Er hätte es sich denken können. Die Bretter vor der Tür waren eingetreten, die Sträuße unsanft zur Seite geschoben. Mulder steckte den Kopf durch das Loch und blickte in eine ausgebrannte Höhle. Er rief. Hörte aber nur Wasser über die Mauern rinnen. Er konnte kaum etwas erkennen, obwohl mattes Licht durch das zerborstene Dach ins Treppenhaus fiel. Er zerrte ein Brett weg und tastete sich ins Haus. Er versank in Ruß und Grus, sein Fuß blieb hängen… die Treppe war eingestürzt. Schritt für Schritt tappte er wieder zurück und riss sich die Jacke an einem Nagel auf. Verdreckt und durchnässt stampfte er vor dem besetzten Haus den Schmutz von seinen Schuhen.

Tu was.

Was denn? Auf einen Winkelriss in seiner Jacke starren. Stumm vor einem ausgebrannten Haus auf einen Hund warten.

Das besetzte Haus war zum Wallfahrtsort geworden. Vor dem Eingang lagen Blumensträuße mit angehängten Briefen, Kinderzeichnungen und Teddybären – Botschaften vorgestanzter Trauer. An den Hauswänden hingen Tafeln mit Fotos vom Brand, in Plastikhüllen mit Reißzwecken befestigt. Mulder graute vor all dem zur Schau gestellten Gefühl, aber sein Hund war ganz verrückt danach, es zog ihn jeden Abend dorthin. Der Ort war nicht zu umgehen. Als ob er noch jemanden erwartete. Seinen wahren Herrn. Und jetzt arrangierte Mulder trotz innerer Widerstände die zertretenen Sträuße wieder neu und fuhr mit dem Finger die Opferliste entlang, die kürzlich von der Mairie freigegeben worden war. Die Toten hatten endlich Namen bekommen. Triple X stand nicht dabei. Ein vernageltes Fenster links neben der Tür war zum Himmelsbriefkasten befördert: Dort hing die Post an Gott. Unter einem Stück Plastik. Voller Rechtschreibfehler und Wasserflecken. Als hätten die Schreibenden Gott schluchzend ihre geheimsten Sehnsüchte anvertraut. Darunter war ein Zettel eines kleinen Jungen, der seit dem Brand seinen Hund vermisste: BRAUN, GROSS UND LIEB, ER HEISST VICTOR. Die Sirenen hatten ihn erschreckt. Mulder wollte den Zettel laut vorlesen. Aber wem?

Er rief nach seinem Hund. Nach Victor. Ein Passant sah ihn an, als ob er verrückt wäre. Ein Mann mit dem Kopf unter einer Plastikfolie ruft nach Victor.

Er rief lauter: »Chien, chien.« Als riefe er nach Gott.

Das erlösende Bellen blieb aus.

Er fluchte.

Er fluchte, weil er einen dummen Hund liebte, der so unbedingt einem Neger nachlaufen musste. Und er verfluchte die Zettel. Ihren nötigenden Ton. Den Hochmut, zu glauben, dass ein Gott für so viel Einfältigkeit Zeit haben sollte.

Aber war er denn einen Deut besser? Auch er schrieb in Gedanken flehende Bittbriefe. Er flehte, dass der Junge einen anderen Hund suchte. Flehte, dass sein Chien sich für *ihn*, für Mulder, entscheiden würde. Und von wem erbat er das? Von diesem blöden Briefkastengott. Er stand einfach da und betete wie ein Kind. Vor einer schwarzversengten Klagemauer. Angesteckt von dem Virus unter der Plane.

Und sein Rufen wurde auch noch erhört. Eine Pfote kratzte an seiner Hose. Auf einmal stand er neben ihm: *Le Grand Chien*. Rußverschmierte Schnauze, mattes Fell und schmutzige Augen. Als wäre er abermals einem Brand entkommen.

Keine Spur von dem Mann. Waren sie gemeinsam aus dem Haus gekrochen? Das hätte er doch hören müssen. Mulder kniete sich hin, küsste den Hund auf die Schnauze: »Du armes Tier, was hat er mit dir gemacht?« Der Hund setzte sich und gab ihm eine Pfote. Sie blutete.

Die Eisenplättchen unter Mulders Schuhen waren abgelaufen, aber ihm fehlte das eitle Klickklack keine Sekunde, er lauschte lieber den tickenden Krallen seines Hundes. Sie waren schon ziemlich viel herumgestreunt seit dem Brand, der Hund lebte nun einmal gern auf der Straße, und durch ihn wurde Mulder gezwungen, ebenfalls ein Leben im Freien zu führen. Doch in den letzten Tagen traten sie auf der Stelle: Der Hund hinkte zu stark. Seine Pfotenballen waren entzündet. Mulder cremte sie schon seit einer Woche ein, und es brachte gar nichts. Ihm machten jetzt auch seine eigenen Füße zu schaffen. Hühneraugen. Die dicken Ledersohlen taugten nicht für so viele Kilometer. Zum ersten Mal in seinem Leben hatte er sich Sportschuhe angeschafft, mit fluoreszierenden Streifen und Luftpolstern in den Absätzen. Sie bissen sich mit seinen Füßen, und der Schmerz wurde davon nicht besser.

Die Terrasse schmunzelte, wenn sie so dahergehinkt kamen.

»Sie müssen zum Tierarzt«, hatte der Patron gesagt. Er kannte einen, der galt als prima, einer seiner Stammkunden.

Mulder konnte noch am selben Nachmittag vorbeikommen, aber kaum saß er im Wartezimmer, da wollte er schon wieder umkehren: Die fleckige Schürze des Tierarztes gefiel ihm nicht, und in der Luft hing ein widerlicher Äthergeruch. Der Hund roch es offenbar nicht, und auch die Blutspritzer auf der Tapete störten ihn nicht. Ein kurzatmiger Hamster auf dem Schoß seines Frauchens weckte seine Aufmerksamkeit, und als dann auch noch zwei Katzen in einem vergitterten Tragekorb hereingebracht wurden, hatte er nur noch Nase für sie. Die Tür des Behandlungszimmers flog auf, ein farbloser Tisch kam ins Blickfeld und ein Emailbehälter mit Injektionsspritzen und Zangen. Der Hamster durfte hinein. Der Tierarzt wischte noch schnell seinen Tisch mit einem Papiertuch sauber – wie ein Metzger seinen Ladentisch. Die Tür schloss sich wieder, aber die Geräusche nahmen zu. Pfoten kratzten auf Metall, eine Hand grabbelte in Eisenwaren. Der Hund verkroch sich zwischen Mulders Beinen. Eine beruhigende Stimme (der Arzt), ein Schluchzer (die Frau), Fiepen (der Hamster). Der Hund seufzte. Mulder starrte auf die Schwelle und roch einen Schwall Äther. Die Frau kam mit leeren Händen heraus. In Tränen. Sie ließ die Tür des Behandlungszimmers einen Spalt offen. Mulder sah, wie der Arzt den Hamster beim Nackenfell packte und in einem Treteimer deponierte. Papiertücher drauf. Der Nächste bitte. Der Hund hatte es ebenfalls gesehen und begann so wild zu bellen, dass die zwei Katzen vor Angst in ihren Korb pinkelten. Mulder beschwichtigte ihn mit Koseworten.

»Haben Sie keinen Maulkorb?«, fragte der Tierarzt.

Mulder sah ihn beleidigt an. »Er ist ein ganz Lieber«, sagte er entschieden.

Der Hund ignorierte den Mann und ließ sich absichtlich vom Behandlungstisch rutschen, wie ein zu großer Pudding von einem zu kleinen Teller. Von Temperaturmessen wollte er nichts wissen. »Er hat kein Fieber«, sagte Mulder noch. Aber hier gehörte es zur Prozedur. Der Hund knurrte. Schnappte nach dem Thermometer. Worauf der Arzt zeigte, wer der Stärkere war: Hintern im Haltegriff und wupps, Thermometer rein, tief und ohne Pardon. Mulder ächzte. Der Hund biss den Arzt in die Hand.

»Das ist Ihre Schuld «, sagte der Tierarzt. »Sie machen ihn zu nervös.«

Wie würdest du dich fühlen, wenn ich dir eine Fahrradpumpe in den Arsch jagen würde, dachte Mulder.

»Verlassen Sie bitte den Raum!«

»Ich?«

»Sie sind in den Hund verliebt.«

Mulder stritt das ab, obwohl er rot wurde.

Sie hätten ein »symbiotisches Verhältnis«, sagte der Arzt, was das auch immer heißen sollte. Mulder versetze sich zu sehr hinein in den Hund. »Sie haben sich schon beim Anblick des Thermometers völlig verspannt. Lassen Sie mich das allein zu Ende bringen.«

Mulder war tief gekränkt. In einem Gestank von Pisse und Äther, Katzen und tödliche Blicke im Rücken, lauschte er gespannt darauf, wie sein Hund gleich den Arztkittel zerreißen, die Mordwerkzeuge von sich wegstoßen würde … Aber alles, was er hörte, war das Öffnen eines Schränkchens, die Schneidegeräusche einer Schere.

Wenig später konnte er den Hund im Flur in Empfang nehmen. Ruhig und würdevoll stand er da, in hübschen Gummisocken. Er sprang an Mulder hoch, leckte ihm die Hände und machte ein Tänzchen, als hätten sie sich Tage nicht gesehen.

»Sie müssen ihn loslassen «, sagte der Tierarzt.

»Aber dann hört er gar nicht mehr.«

»Geistig, Monsieur.«

Ja, aber eigentlich war es gar nicht sein Hund, das wusste das ganze Viertel.

»Vielleicht klammern Sie sich deshalb zu sehr an ihn, weil Sie wissen, dass Sie ihn wieder verlieren.«

Ein Ekel war das, dieser Tierarzt.

Fand der Hund auch. Sie beschlossen, künftig seine Straße zu meiden.

Die Bemerkung des Tierarztes nagte an ihm. Klammerte sich Mulder zu sehr an den Hund? Wie groß war die Chance, dass ein anderer Anspruch auf ihn erhob? Der kleine Junge, der seinen Victor suchte? Oder einer der Verletzten? Vielleicht musste er die Krankenhäuser abklappern. Hatten die beiden Damen vom Nachbarhaus nicht von einem afrikanischen Mädchen gesprochen, das viel mit dem Hund herumgezogen war? Es stimmte, sein Leben war aus den Fugen. Er taugte nicht zum Herrn. Es gab nur einen Mann, mit dem er über die Vergangenheit und Zukunft seines Hundes sprechen konnte: Père Bruno. Er konnte noch einen Versuch wagen, zu einer Zeit, in der der Pater keinen Besuch ablehnen durfte: in der Beichte.

Mulder lauschte unter dem Kirchenfenster, ob die Orgel spielte. Kein Ton. Wieder war der Hund die Treppen nicht hinaufzubekommen, seine Rückenhaare standen senkrecht in die Höhe. Aber Mulder würde ihm zeigen, wer in der Kirche der Herr war, und zog die Leine würgstramm.

Drei Frauen saßen vor dem Glaskasten und warteten. Von Père Bruno war noch nichts zu sehen. Vor der Maria brannten schon ziemlich viele Kerzen. Mulder ging auf sie zu, obwohl der Hund widerstrebte und wild in die Leine biss. »Was ist denn nur, dass du Angst vor ein paar Kerzen hast?« Er packte den Hund am Nackenfell und zwang ihn, in die Flammen zu sehen. »Du musst deine Angst vor Feuer überwinden.«

Ein kleiner schwarzer Mann wand sich hinter der Marienstatue hervor – der komische Kauz, den sie schon öfter in der Kirche hatten herumwerkeln sehen. Er kratzte den Marmor sauber. Der Hund duckte sich, den Kopf zwischen den Schultern. Mulder erkannte die Hingabe eines Putzers. Behutsam und zugleich zwingend zerrte er seinen Hund zu dem kleinen Altar, der kleine Mann verkroch sich schnell wieder. Mulder wollte vor der Maria eine Kerze anzünden. Vielleicht konnte sie den Hund beruhigen. Er suchte eine mittelgroße aus und hielt sie über eine Flamme, aber der Hund fiepte so laut, dass seine Hand es sich anders überlegte: Die Kerze verschwand in der Innentasche seines Jacketts.

Die Turmglocke schlug. Beichtstunde. Mulder ging mit durchgedrücktem Kreuz zum Glaskasten.

Der Pater öffnete gerade die Tür. »Sie wieder? Sie wissen, dass ich den Hund nicht gern in der Kirche sehe.«

»Ich bin ein Suchender«, scherzte Mulder.

Das Gesicht des Paters hellte sich auf.

»Nach dem Besitzer des Hundes.«

Der Hund erbettelte ein Streicheln über den Kopf.

»Ich würde mich gern einmal mit Ihnen unterhalten«, sagte Mulder.

»Wenn Sie beichten möchten, müssen Sie sich zu den Damen setzen.«

»Mein Hund hat es schwer.«

Der Pater lächelte. »Oder Sie mit ihm?«

»Es ist ein sehr menschlicher Hund.«

Sie durften beide vorbeikommen. »Bei uns«, hatte Père Bruno gesagt. »Bei uns« war das Haus der Dominikaner.

Eine Stunde vor der Verabredung trank sich Mulder im Café Mut an. Whisky, ein Geruch, der dem Pater nicht auffallen würde. Er fragte beiläufig nach Père Bruno. Wie lange war er

66

schon in der Gemeinde, und kam er noch gelegentlich hierher? Hohngelächter. Die Solidarität von kurz nach dem Brand war passé, auf den Pater konnten sie verzichten. Er tat mehr für diese Leute als für seine eigene Pfarrei! Der älteste Kellner zeigte Mulder einen Zeitungsausschnitt. Hier, war das zu glauben? Père Bruno grinsend neben dem starken Mann der Rechten. *Ihrem* Mann. Aber derselbe Pater war ein richtiger Negerfreund und hatte dafür gesorgt, dass die Mairie diese Leute in Hotels unterbrachte. Nicht arbeiten, aber die Hand aufhalten, und jeden Tag frische Bettwäsche – von ihren Steuergroschen.

Mulder gab ihm einen aus und bekam im Gegenzug die jüngsten Gerüchte zu hören. Bei Aufräumarbeiten habe man noch eine Leiche im Keller gefunden, an demselben Tag, an dem der Eigentümer ein Schild mit ZU VERKAUFEN auf die Hauswand genagelt hatte. Der Mafia gehörte das Haus. Nein, sie waren keine Freunde ihrer Pfarrei. Lauter Fremde drückten sich dort herum, zu viele Fremde.

»Es brennt immer Licht, bis tief in die Nacht «, sagte der Ober.

»Im Turm?«

»Da wimmelt es vor Negern.«

Der Hund kannte das Haus der Dominikanermönche, er blieb vor der richtigen Tür stehen und schnüffelte gieprig an der Schwelle. Auch Mulder speicherte die Klostergerüche in seinem Gedächtnis, als Père Bruno durch ein Labyrinth von Gängen vor ihm herging: Tabak, aufgewärmte Restchen, nasse Waschlappen, schaler Alkohol. Einen Moment lang befürchtete er, sich in einen Saal zu den Klosterbrüdern setzen zu müssen, aber der Pater empfing ihn allein, in einem völlig verwohnten Raum. Tapete, Farbe, orangefarbene Vorhänge – die sechziger Jahre in Fetzen und Splittern. Der braune Teppich trug die Spuren fester Gewohnheiten: ein Pfad zum Waschbecken, wo ein Wasserkocher und ein Glas Pulverkaffee standen, ein kahler Fleck vor dem überquellenden Bücherschrank, Brandlöcher und Flecken zu beiden Seiten eines Polstersessels, der menschliche Formen angenommen hatte – die Sitzfläche war eine Kuhle, Nacken und Armlehne glänzten. Père Bruno gebot Mulder, sich an den hohen Tisch zu setzen, ihm gegenüber. Er kippte Zeug von einem Stuhl, fegte einen Stapel Briefe und Papierkram beiseite. Der Hund legte sich unter den Tisch. »Sein Stammplatz«, sagte Père Bruno.

Wie lange hatte der Hund bei ihm gewohnt?

»Nicht mehr als einen knappen Monat.«

Mulder schob seinen Stuhl zurück und sah, dass der Hund es sich mit seiner Schnauze auf den Schuhen des Paters bequem gemacht hatte, sabbernd vor Freude. Aus Angst, seine Eifersucht zu verraten, wagte er es nicht mehr, das Thema Hund anzusprechen. Triple X verschwand genauso schnell vom Tisch: Er lebte, aber seit dem Brand hatte niemand mehr etwas von ihm gehört. Der Pater heuchelte Gleichgültigkeit. Weiterzufragen hatte keinen Zweck. Verdächtige?

Verhaftungen? Und diese verkohlte Leiche, die man Tage nach dem Brand in dem besetzten Haus entdeckt hatte? Nein, Père Bruno konnte nichts zur Aufklärung beitragen. Übrigens, was ging es ihn an? Ein Priester hat sein Beichtgeheimnis. »Der Hund«, sagte er ungeduldig, »deswegen sind Sie doch gekommen? Wollen Sie ihn etwa loswerden?«

»Nein«, sagte Mulder entschieden. »Aber habe ich ein Recht auf ihn? Fehlt er nicht einem anderen?« Und er erzählte von seiner Suche und den Trauerfeiern und dem Trost, den die Menschen offenbar bei ihren Göttern fanden.

Père Bruno betrachtete ihn schweigend. »Wer sucht keinen Trost?«, fragte er.

Hinter ihm hing ein schwarzes Kruzifix an der Wand, ein widerliches Ding. Mulder versuchte nicht hinzusehen, aber die Figur drängte sich ihm so auf, dass er es nötig fand zu sagen, er sei ein überzeugter Atheist.

Der Pater lächelte entschuldigend. »Keine Angst, ich werde nicht versuchen, Ihre Seele zu retten.«

Sie wechselten hölzerne Sätze. Pausen traten ein. Das Wetter wurde durchgesprochen: Der Frühling... Ja, es war milder geworden, endlich. Paris konnte grau sein im Winter, aber jetzt, mit dem Grün in den Bäumen... Der Pater zündete sich eine Zigarette an und kratzte eine Kruste von seiner Jeans, sein Hemd franste an den Ärmeln aus, und auch sein Pulli hatte das Armutsgelübde abgelegt.

Mulder blies eine Fluse von seinem hellgelben Pullover. Ihre Kleidung biss sich. Was gab es nach Hund und Brand noch Gemeinsames?

Eine Flasche Whisky.

Père Bruno holte sie grinsend aus dem Schrank. »Zur Malariaprophylaxe.« Ja, er hatte zweiunddreißig Jahre als Missionar im Tschad gearbeitet.

»Das war aber ein harter Übergang.«

»Ich *musste* zurück. Afrika hatte mich ausgelaugt. Obwohl Paris auch eine Wüstenei ist, das können Sie mir glauben.«

»Aber hier verhungert keiner«, sagte Mulder heiser. Der Torf brannte in seiner Kehle.

»Hier hungern die Menschen nach Wahrhaftigkeit.«

Wahrhaftigkeit in einer Kirche? Mulder schaute, als wäre

ihm der Leibhaftige begegnet. Aber er wagte es nicht, den Pater zu fragen, was er darunter verstand. Er brauchte mehr Whisky, um dieses Wort hinunterzuspülen. Ein ordentliches Glas voll … Wahrhaftigkeit! War dieses pompöse Hochamt für drei verbrannte arme Schlucker vielleicht auch wahrhaftig?

Der Pater musterte Mulder erstaunt. »Jetzt, wo Sie es sagen, was haben Sie als selbst erklärter Atheist denn dort gesucht?«

»Ich bin nur ganz kurz geblieben«, sagte Mulder, »der Hund hatte so einen miesen Typen erkannt. Da hatte sich ja eine nette Gesellschaft eingefunden …«

»Schöne Menschen«, lachte Père Bruno. »Sie werden die Geschichte bestimmt gehört haben, das ganze Viertel tratscht darüber.« Er zuckte mit den Schultern. Was konnte er dafür? Ein vermögendes Ehepaar hatte die Toten für sich beansprucht, die Presse beeinflusst, die Politiker. Die Eigentümer des Gebäudes, wie sich herausstellte, albanische Mafia. Eine undurchsichtige Situation, im Nachhinein fühlte sich jeder veräppelt. »Ja, dafür habe ich mich hergegeben. Ich sehe Sie das denken. Aber ich bin ein guter Bettler, deshalb habe ich mich auch für Paris entschieden, für eine kleine, aber reiche Pfarrgemeinde. So kann ich aus der Ferne noch etwas für die Kirche in Afrika tun.«

»Haben die im Tschad keine eigene Religion?«, fragte Mulder.

Es klang aggressiver, als es gemeint war.

»Oh, viele Religionen «, sagte Père Bruno. »Muslime im Norden und traditionelle afrikanische Religionen im Süden. Die Ahnen werden verehrt, die Geister angerufen, nein, an Religion mangelt es nicht. Nur haben all diese Religionen vergessen, in unserer Gegend Krankenhäuser zu bauen und

Brunnen zu graben. So viele Krankheiten lassen sich heute bekämpfen, indem man den Leuten ein bisschen Hygiene beibringt. Kindern fehlen in ihren ersten zwei Jahren die notwendigsten Nährstoffe, ihr Gehirn leidet Mangel, und das sind nun die Menschen, die demnächst Afrika regieren sollen. Wir ernähren die Kinder, wir bekommen diese Knochengerippe zugeschoben, wir, die katholische Mission. Und natürlich helfen wir ihnen, weil unser Glaube uns dazu verpflichtet. Christus verlangt das von uns. Wir retten auch Animisten, die sonst von muslimischen Rebellen aus dem Sudan ermordet würden. Glauben Sie denn wirklich, dass wir während all dieser Blutbäder Seelen fangen? Wenn wir vergewaltigte zwölfjährige Mädchen pflegen, faseln wir nicht über die Heiligkeit des ungeborenen Lebens. Unser Glaube ist ein praktischer Glaube. Wir handeln aus Nächstenliebe. Ja, wir geben ein Beispiel. Was haben Sie dagegen?« Aufgebracht drückte er seine Zigarette aus und nahm ärgerlich einen Schluck und noch einen. »Wenn ich fragen darf, Monsieur Martin, was tun Sie denn eigentlich?«

»Nichts«, sagte Mulder herausfordernd. »Monsieur Martin tut absolut nichts.«

»Ein Mann, der nicht arbeitet, wirft meiner Kirche vor, dass wir Menschen in Afrika helfen. Interessant.«

Mulder zupfte beschämt am Tischtuch. Auch die Religion sollten sie besser ausklammern.

Aber der Whisky war anderer Ansicht. Ein Glas später sagte Mulder: »Man kann doch auch heilen, ohne mit Gott anzukommen.«

»Sie vielleicht, ich nicht.«

Sie beschwichtigten das Thema mit einem dritten Glas, einem vierten. Mulder lobte den Geruch des Whiskys.

»Religion spielt in Afrika eine wichtige Rolle«, sagte

Père Bruno abwesend. »Man sagt, dass Gott dort seine Geheimnisse bewahrt.« Er sah vor sich hin, auf eine staubige Missionsstation in seinem Kopf.

Der letzte Schluck aus der Flasche wirkte Wunder. Sie lächelten sich zu. »Ich kann nicht an einen Gott glauben«, seufzte Mulder.

»Man kann nur glauben, wenn man auch den Zweifel kennt.«

Was für eine abgedroschene Phrase, dachte Mulder, so kann man aus dem Teufel einen Heiligen machen, wenn man raffiniert genug mit Worten klingelt. »Ich möchte Sie nicht angreifen«, sagte er so freundlich wie möglich, »aber beruht Ihr Glaube nicht wie jeder Glaube auf einem Märchen? Einem wunderbaren Märchen in Ihrem Fall, mit einer gewaltigen Tradition, die große Denker und Künstler hervorgebracht hat, aber wohl doch einem Märchen. Und es geht auch nicht ohne ihn, wie sollen wir sonst unserem Leben einen Sinn geben? Man könnte Ihre Religion als eine Art gelehrten Animismus bezeichnen. Beseelter Wein, beseeltes Brot, beseelte Gestalten. Überall auf der Welt, in den fernsten Winkeln, suchen Menschen nach einer Erklärung für ihre Geburt und ihren Tod. Als Richtschnur für ihr Leben. Und die Antwort kommt immer von oben, aber alles hat man sich auf Erden ausgedacht.«

Père Bruno hörte es kopfschüttelnd an. »Woher wissen Sie denn das alles so sicher, kennen Sie keinerlei Zweifel?«

»Ich komme um vor Zweifeln. Aber zufälligerweise nicht vor Zweifeln an der Religion und noch weniger an der Entstehung des Menschen.« Mulder musste über sich selbst lachen. »Ich bin davon überzeugt, dass der Mensch ein außer Kontrolle geratener chemischer Prozess ist. Wir sind aus einer Explosion irgendeiner Supernova entstanden und als mutierte Zellen eines anderen Planeten auf die Erde herabgesunken.«

»Also doch von oben!« Père Bruno erhob brüsk seine Hände zum Himmel, sein Schlabberpulli blieb hängen und zog versehentlich auch das Tischtuch mit. Der Aschenbecher fiel zu Boden, ein Stapel Papiere hinterher. Der Hund schnellte unter dem Tisch hervor.

»Aber nicht überirdisch. Es ist eine irdische Wissenschaft.«

»Was verstehen Sie unter Richtschnur?«

»Ein Verlangen nach Regeln, nach Halt. Das Einordnen der Unterschiede zwischen Gut und Böse. Das Definieren von Begriffen wie Ehrlichkeit, Solidarität, Versöhnungsbereitschaft, Strafe.«

»Klingt nicht sehr chemisch«, sagte der Pater. »Sind das Begriffe, die man in eine Formel fassen kann? Hören Sie doch auf! Kein Wissenschaftler kann beweisen, dass es keinen Gott gibt, wie wir auch Güte, Wahrheit, Selbstlosigkeit und Liebe nicht unters Mikroskop legen können. Trotzdem gibt es sie, sogar für einen Ungläubigen wie Sie. Vielleicht ist das gerade der Kern dessen, was wir Gott nennen.«

Père Bruno stand auf und holte eine weitere Flasche aus dem Schrank. Er streckte sie triumphierend hoch, zufrieden mit seinen Argumenten, füllte er mit fester Hand die Gläser nach. Für Mulder ein Tropfen zu viel, denn er brauste giftig auf: »Und in der Zwischenzeit jagen Menschen sich und andere im Namen Gottes in die Luft. Die widerlichsten Politiker lassen sich von Gott vorsagen. Rassisten berufen sich auf *Sein Wort.* Ein schöner Gott!«

»Ja, ich weiß, Religion kann schlechte Menschen schlechter machen. Und gute Menschen besser.«

»Und was macht Religion mit intelligenten Menschen?

Widersprüche in der Bibel so interpretieren, dass Gott ein noch größeres Mysterium wird? Wie kann jemand bei vollem Verstand niederknien vor einem Mann an einem Folterwerkzeug? Eine mythologische Figur. Wenn Jesus aufgehängt worden wäre, würde die Kirche dann einen Strick anbeten?« Mulders Stimme überschlug sich, er musste sich an der Tischkante festhalten.

»Wir dürfen froh sein, dass es ein Kreuz geworden ist«, sagte Père Bruno matt. Er war müde, fand aber auch kein Ende. »Warum machen Sie es so banal?«

»Das Leben ist banal.«

»Für Sie. Weil Rationalisten wie Sie Gott kaltgestellt und nicht viel Besseres an seine Stelle gesetzt haben. Konsumismus, ja. Schöner Glaube: sonntags ins Möbelparadies. Oder den dekadenten Materialismus von Kaufen, Haben und Behalten. Auch so ein schöner Glaube. Besitz als höchstes Gut. Im Namen des wirtschaftlichen Wachstums die Welt verschmutzen und dann mit all seinem Wissen auf ein Loch in der Ozonschicht starren. Was für eine Ödnis. Gott übersteigt die Logik. Er geht über unsere Erfahrung hinaus.« Père Bruno holte das Kruzifix von der Wand und hielt es wie ein Apostel hoch. Mulder wandte den Blick ab. »Dieses Kreuz hat ein Leprakranker für mich geschnitzt. Mit zwei Stümpfchen Hand. Er hat jahrelang daran gearbeitet, bis er blutete. Es ist ein beseeltes Stück Holz. Und das fühle ich. Natürlich ist es Einbildung, aber eine bereichernde Einbildung. Es gibt mir Energie, wenn ich davor bete. Göttliche Energie. Hoffnung. Und die braucht man in Afrika. Dort habe ich erst wirklich beten gelernt.« Seine Stimme brach, und er ließ das Kreuz sinken. »Wissen Sie, es ist sehr schwer, gut und ehrlich zu leben, es verlangt viel Übung. Aber diese Übung macht das Leben nicht banal. Sie steigert unser Leben.«

Mulder war zu blau für einen Einwand.

Der Pater hängte Christus an die Wand zurück – schief. Eine Glocke bimmelte, es war Mitternacht. Die Brüder versammelten sich in der Kapelle. »So spät noch?«, fragte Mulder.

»Und gleich um vier Uhr wieder. Nicht, dass ich daran teilnehmen müsste, ich habe andere Aufgaben, meine Kirche, aber ich schließe mich ihnen trotzdem gern an, um die Qual des frühen Aufstehens mit ihnen zu teilen. Der Schlafmangel verlangt das Äußerste von einem Gläubigen, manchmal ist man so erschöpft, dass man gegen die Dämonen in seinem Kopf kämpfen muss.«

»Wie halten Sie das durch?«

»Es hindert mich nicht daran, sehr glücklich zu sein.«

Die Audienz war beendet. Der Pater ging zur Tür, auf dem Teppichpfad. Mulder schüttete sich die letzten Whiskytropfen auf den Kopf und schlug ein Kreuzzeichen. Hinter seinem Rücken, Auge in Auge mit dem Leprosenkruzifix. Er wollte auch glücklich sein.

Der Hund sah es.

Mulder schwankte und suchte Halt an der Leine. Der Hund schleppte ihn voran. Nicht nach Hause, sondern zum Springbrunnen. Er knurrte vor Durst – er hatte den ganzen Abend nichts zu trinken bekommen. Der Brunnen lag schwarz und tot da. Mulder ließ sich auf den feuchten Steinrand des Beckens fallen und löste die Leine, der Hund spritzte vor Aufregung mehr im Wasser, als dass er trank. Wellen schwappten über. Aber nicht ein nasser Hintern war es, der Mulder nüchtern machte, die seltsame Stille jagte ihm Schauder über den Rücken, die gedämpfte Dorfstimmung auf dem sonst so lebendigen Platz… Wie konnte es nur so dunkel sein, trotz des Vollmonds? Es dauerte einen Moment, bis er es begriff: Die Fontäne fehlte, die Beleuchtung war ausgeschaltet.

Mulder hatte seit Tagen nicht mehr beim Springbrunnen gesessen. Ob der Kater wohl noch lebte, der den Tauben auflauerte? Als Mulder noch nicht mit einem Hund spazierte, kam der Kater gelegentlich auf einen Schwatz zu ihm. Ein verkrüppeltes Tier – einäugig, dreibeinig, bucklig –, aber reizvoll in seiner Hässlichkeit. Einmal hatte er es von einer riesigen Zecke befreit. Und das Tier hatte das zugelassen. Mit Tierliebe hatte das wenig zu tun. Es war der Putzfimmel. Die Hände juckten ihn beim Anblick von Schmutz.

Auf dem Wasser schaukelten Federn ... Das beruhigte ihn.

Es war eine wolkenlose Nacht, die vier Frauenfiguren in der Brunnenmitte spiegelten sich im Wasser. Sie sollten die vier Windrichtungen darstellen, aber ihre Gesichter waren zerfressen, ihre Haare mit Säure gewaschen, ihre Gewänder zerzaust – bedroht von ihrem eigenen Element. Der Mond gab ihnen ihre alten Züge wieder, weicher als bei Tageslicht. Eine Taube krönte das Haupt jeder Figur, ihre Augen weinten weißen Taubendreck. Die wilden Tiere zu ihren Füßen – ein Löwe, ein Eisbär, ein Büffel und ein Mammut – lagen friedlich da.

Lange saß Mulder dort. Sogar das Rauschen der Boulevards drang nicht bis hierher. Er schaute auf die Türme. In einem schmalen, hohen Fenster brannte Licht. Ein Fleckchen in der Finsternis. Die Schalllöcher zeichneten sich schwärzer als sonst ab. Sie waren zu groß für die Kirche, die Relationen stimmten nicht, das ganze Gebäude war ein architektonischer Irrtum und, nach dreieinhalb Jahrhunderten, noch immer nicht fertig. Türme zum Dranpissen. Aber als

Aussicht hatte er sie doch lieben gelernt. Sie waren seine Baken. Seine Spottbaken. Zwei Riesenpfeifen schienen es in der Nacht, Pfeifen des Großen Rattenfängers. »Spiel«, flüsterte Mulder. »Spiel doch, aber fang mich nicht.« Er stand auf, ging einen Schritt nach vorn und fauchte wie ein Kater – den Kopf weit im Nacken. Die Türme lösten sich von der Kirche. Sie schwebten zum Mond. »Spiel doch. Spiel!«

Der Hund stellte sich neben ihn, auch er schaute nach oben. Mit gespitzten Ohren. Beide warteten auf das Wunder.

Ein Schrei.

Der Kater? Mulder sah sich erschrocken um und stieg auf den Beckenrand, um den Platz zu überblicken. Neben dem Kiosk, jenseits der Straße, sah er eine Frau vor einem Schaufenster knien – sie baute ihr Bett für die Nacht. Sie wimmerte, immer lauter. Der Hund rannte bellend auf sie zu. Es war die Berberin mit der verfaulten Brust.

Nein, Mulder musste ...

Sie legte ihre Lumpen ab. Eine eiternde Wunde kam zum Vorschein, blauschwarz. Krochen dort Maden aus ihrem Hemd?

»Monsieur, helfen Sie mir, helfen Sie mir. Sie holen mich. Helfen Sie mir.«

Mulder suchte nach einem Geldstück.

»Hören Sie sie? Sie reden in meinem Mund.« Sie streckte die Zunge heraus – ein graugrüner Lappen. Mit blutigem Schleim.

Mulder gab ihr sein Taschentuch, nicht aus Freundlichkeit, sondern aus Ekel, um dieses Maul zu bedecken. Sie spuckte hinein, nuckelte auf dem gestickten Monogramm. Gott habe sie verlassen, sagte sie. Böse Geister ergriffen Besitz von ihr. Sie streckte die Hände aus – speckig vor Schmutz. Mulder trat einen Schritt zurück. Sie schüttelte den Kopf und wälzte sich in ihren Lumpen. Wimmernd. Der Hund beugte sich über sie und leckte ihre Wangen.

Mulder lief zur Polizeiwache, vielleicht musste er Bescheid geben, dass eine Frau … Aber da kam er gerade recht, der Mann mit den zwei Namen, und außerdem war es ein milder Abend, wie viele Leute lagen nicht nachts in einem Hauseingang und jammerten? Vor allem in seinem Viertel. Damit sie morgens als Erste bei einer der vielen Kirchen die Hand aufhalten konnten. Und immer jammern und auf das Gemüt schuldiger, verzweifelter oder einfach gläubiger Menschen spekulieren, die nach einer Messe, einem Gebet oder einer angezündeten Kerze noch ein gutes Werk verrichten wollten. Der eine Wahnsinn zog den anderen nach sich.

Irgendwo hinter einer hohen Mauer wurde eine Glocke geläutet. Die Turmuhr schlug zwei. Hatte er hier schon so lange herumgesessen? Das Schlagen wollte nicht aufhören. Welche Dämonen mussten dort verjagt werden?

Er hörte Gesang. Stimmen, die das Jammern der Frau übertönten. Stimmen, die nach Regelmaß lebten. Singen beten arbeiten schlafen singen beten arbeiten. Regelmaß hinter verschlossenen Türen. Ob er das könnte? Er ging zum Brunnen zurück, schnupperte das junge Grün der Kastanien, rührte mit der Hand im lauen Wasser, holte eine Feder aus dem Wasser und spritzte sich damit nass. Mulder wollte erhoben werden, etwas Großes erleben. Aber die Türme spielten nicht. Er pustete die Feder trocken. Sie flog auf, wirbelte im Mondlicht… wurde wieder zur Taube. Das konnte er glauben.

Zwei große Brände, in einer Woche. Diesmal am Stadtrand, in einem billigen Hotel und in einem Übergangsheim für Asylbewerber. Wieder waren Illegale und Flüchtlinge unter den Opfern. Die Schlagzeilen schrien: Schande! Vorsatz wurde nicht ausgeschlossen. Der kleine Minister forderte eine Erhebung aller überbelegten, baufälligen und feuergefährdeten Gebäude. In den Zeitungen wurden Grundrisse und Listen abgedruckt. Hauswände mit Drohungen beschmiert. Vor laufenden Kameras garantierte der Bürgermeister all den Bewohnern eine sichere Bleibe, die auf Anordnung der Feuerwehr ihre Wohnungen räumen mussten. Es kursierte das Gerücht, dass jeder, der keine gültigen Papiere besäße, ausgewiesen würde. Seither waren ganze Familien auf der Flucht. Die Polizei führte in den Außenbezirken strenge Personenkontrollen durch. Ein Mann war niedergeschossen, ein unschuldiges Kind verwundet worden. Anwohner versammelten sich. Und um der Unzufriedenheit nachdrücklich Ausdruck zu verleihen, wurden an den Wochenenden mehr Autos als sonst in Brand gesteckt.

Die Unruhen sickerten bis in die Innenstadt. Schweigemärsche für Opfer endeten in Schlägereien. Polizeiautos wurden mit Steinen beworfen. Jugendliche rotteten sich auf Märkten und Plätzen zusammen. Im Café klopften die Kellner starke Sprüche.

Und Mulder?

Mulder flanierte mit seinem Hund und blieb unter dem hellgrünen Dach einer zum Sonnenschirm gestutzten Platane stehen. Er bewunderte die Akrobatik der Gärtner, die mit meterhohen, rotierenden Hippen Reihen von Kastanien einen Kommiss-Schnitt verpassten, inspizierte die Arbeiten im Obstgarten des Senats, wo die sprießenden Zweige nach festen Mustern angebunden wurden – flach gespreizt wie ein aufgeschlagenes Buch, in Form eines Dreiecks oder einer Menora. Was mit den Menschen nicht gelang, lebte die Stadt in ihren Parks aus. Die Vorstädte durften brennen, doch das Rasenbetreten war verboten. Nichts wurde besser bewacht, eingezäunt und gehegt. Mulder sah nur das Adrette.

Und der Hund?

Der hüpfte auf die hüfthohe Mauer, die den Park umgab, um seinem Herrn in die Augen sehen zu können. Sie gingen auf gleicher Höhe. Wange an Wange. Es war, als wollte ihm der Hund etwas sagen. Aber Mulder wandte sich ab. Auch abends im Bett wich er den fragenden Augen am Fußende aus und warf dem Hund eine Decke über den Kopf. Der schüttelte die Augenbinde jedes Mal wieder ab und starrte ihn an. Das raubte Mulder den Schlaf. Er verkroch sich hinter einem Buch, ärgerte sich aber über das Schnaufen hinter dem Umschlag, er verputzte eine ganze Schachtel Pralinen, köpfte eine Flasche Wein, schmierte fetten Käse auf die Cracker, dachte an sein Cholesterin und verfütterte die Hälfte an seinen Hund. Das machte sie beide so wach, dass eine zweite Flasche daran glauben musste – ein bleischwerer Bordeaux. Und die Nacht zog sich hin.

»Was willst du von mir?«, rief er völlig ratlos aus.

Der Hund schwieg. Aber seine Augen sagten: Ich lecke einen Bettler, und du wäschst mir die Schnauze.

Du siehst, wie jemand totgetreten wird, und machst dir Sorgen um die Bügelfalten in deiner Hose.

Du gibst Berbern Geld, aber nicht die Hand.

Du streichelst mich, aber du streichelst auch die dreißig Jacketts in deinem Schrank.

Du kleidest dich für die anderen, lässt aber niemanden in dein Leben.

Du rümpfst die Nase über Säufer und trinkst solo zwei Flaschen leer.

Du ziehst über zwielichtige Gestalten in der Kirche her und stiehlst der Maria eine Kerze.

Du sagst, dass du nicht an Gott glaubst. Aber nach wem rufst du mitten in der Nacht?

Am nächsten Morgen erwachte Mulder mit einer Frage:

Wann tust du endlich etwas? Eine Frage, bei der er sich unbehaglich fühlte. Sollte er seine Aktien verkaufen und ein modernes Armutsgelübde ablegen? Einen Asylanten bei sich aufnehmen? Sein Hund betrachtete ihn abwartend.

Etwas tun.

Er führte den Hund aus. Trank Kaffee auf der Terrasse. Las in der Zeitung: »Wut bei Immigranten«. »Ein Drittel der Bevölkerung möchte nicht neben einem Muslim oder einem Schwarzen wohnen.« »Fünfzehn Afrikaner vor der maltesischen Küste ertrunken. Fischer fanden die Leichen ... die Haut von Sonne und Salzwasser gebleicht und die Augen von Seemöwen ausgepickt. In jüngster Zeit wurden so viele angefressene Leichen angespült, dass die ortsansässige Bevölkerung auf den Verzehr von Fisch verzichtet.« Mulder betrachtete eingehend ein Foto von zwei schwarzen Händen auf beiden Seiten eines Zauns: die eine in Freiheit, die andere in Gefangenschaft.

Er bestellte Apfelkuchen. Sein Hund bekam den Rand. Er lauschte den Gesprächen von Studenten. Sie plapperten die Zeitungen nach, rissen dieselben dummen Witze über Politiker, wiederholten dieselben Klatschgeschichten. Zu seinem Erstaunen forderten sie überdies noch die Sicherheiten ihrer Eltern: Lebensstellung, Bankkredit, Rente mit sechzig. Die Herrscher von morgen wollten sich ihrer Privilegien sicher sein.

Sein Hund konnte es nicht länger mit anhören. Sie standen auf, gingen weiter und blieben vor dem Schaufenster eines Waffenhändlers stehen. Mulder versuchte sich vorzustellen, wie tief man sich einen Gewehrlauf in den Schlund schieben konnte. Das kalte Metall am Zäpfchen und den Finger am Abzug, der gespannte Hahn. Er bekam eine Erektion, spazierte sie aber wieder weg. Im Schaufenster von *Au vieux campeur* fiel sein Auge auf eine kleine Axt. Nicht größer als eine Hand. Rot. Mit der man gleich Reisig sammeln gehen konnte, für ein knisterndes Lagerfeuer. Er betrachtete sie lange. Und sein Hund erlaubte es ihm, seine Nase tat sich an einem vielbesuchten Laternenmast gütlich. Mulder wog die Axt in Gedanken in der Hand, fuhr mit der scharfen Schneide über seine Haut. Spürte einen Grat. Er murmelte vor sich hin, Spuckebläschen in seinen Mundwinkeln. Er ging ins Geschäft und kaufte sie. Keine Ahnung, was er damit sollte, er hasste es zu zelten. Aber die Axt machte an diesem Morgen seinen Schritt leichter. Die Plastiktüte stupste fröhlich gegen die Leine.

Dunkle Wolken zogen über die Stadt. Ein schwerer Regen fiel. Es kümmerte ihn nicht. Er wollte Kälte spüren, die regelmäßigen Tropfen auf seinem erkahlenden Kopf. Sein Hund bellte, aber er beachtete ihn nicht. Sie stiegen über Berber, die vor Schaufenstern Schutz gesucht hatten, in einer Schmutzlache lagen, zu betrunken, um ihre Beine einzuziehen.

Lichter sprangen an, die Restaurants füllten sich fürs Dejeuner. Die *voituriers* der berühmtesten Brasserie der Stadt rannten mit Schirmen hin und her. Wer dort speiste, wurde nach Geld und Ruhm taxiert. Mulder hatte darüber gelesen – vorn musste man sitzen, *au paradis*, dann gehörte man dazu. Der obere Stock hieß *l'enfer*, dort aßen die Touristen.

Die Fensterscheiben im Paradies waren beschlagen. Neben der Drehtür brachen Männer in Stiefeln und blauen Kitteln tonnenweise Austern auf. Schalen mit Fruits de mer wurden hineingetragen. Der Hund warf ihm einen flehenden Blick zu. Mulders Jacke war durchnässt. Die Drehtür stieß Böen warmer Luft nach draußen.

Sie traten ein und reihten sich ein in die Schlange vor dem Geschäftsführer, einem kahlen Mann, der die Gäste platzierte. Der Hund bestand darauf, sein Fell trockenzuschütteln; Mulder mahnte ihn in strafendem Ton. Eine Dame vor ihm beklagte sich über Spritzer auf ihrem Rock. »Für Hunde verboten«, sagte sie. Er erkannte ihre Stimme: die Sprecherin der Achtuhrnachrichten. Sie lächelte, trotz ihres Ärgers. Ihre neuen Wangen saßen zu hoch, die gespitzten Lippen waren zu straff. Aber Mulder fand sie schön. Wie einen hochgebundenen Apfelbaum.

Ein Geschäftsmann mit einem Orden im Knopfloch musterte stirnrunzelnd Mulders Sportschuhe. Die Streifen leuchteten. Kinn hoch, dachte Mulder, und ein Blick, als wäre es die normalste Sache der Welt. Selbstvertrauen. Er rollte die Plastiktüte so eng wie möglich zusammen und versteckte sie unter seinem Jackett.

Kein Tisch mehr frei. Sogar Gäste mit einer Reservierung mussten warten. Die Damen bekamen im Winkel unter der Treppe einen Stuhl und ein Glas Champagner angeboten. »Reservierung?«, fragte der Geschäftsführer. Er blickte verwundert auf den Hund, der sich vorbildlich hingesetzt hatte – Kopf schief, Pfote erhoben, als wäre er vom Zirkus.

»Ja, auf den Namen … Martin.«

Der Geschäftsführer sah auf seine Liste. »Martin … steht hier nicht.«

»Meine Botschaft hat angerufen.«

Der Ober kratzte sich mit dem Stift am Hinterkopf, sah um sich und schickte ihn vorübergehend zu einem Hocker unter der Treppe. Mulder bestellte eine Flasche Champagner – die beste Marke – und bot der Nachrichtensprecherin ein zweites, besseres Glas an, im Namen seines Hundes und mit Entschuldigungen. Die Kellner flitzten. Der Geschäftsführer zog einen Tisch gegenüber der Spiegelwand aus der Reihe: Er bekam einen Platz auf der Bank. Unten. Im Paradies.

Eine Schale Wasser! Tatar für den Hund. *Œufs de saumon* für Monsieur. *Confit de canard*. Einen schönen Saint-Estèphe, grand cru. Der Monatslohn eines Straßenkehrers wurde aufgetischt. Hund brav unterm Tisch. Mulders Axt hinterm Rücken.

Nach dem halben Saint-Estèphe sah er in den Spiegeln gegenüber, dass er unter einer Kolonialszene speiste: Löwenjagd in Afrika. Tatatataa. Er wurde selbst zum Jäger, auf Prominenz lauernd – die Nachrichtensprecherin kam in sein Visier. Sie saß schräg gegenüber, neben einer Freundin, die später hereingefegt war. Er ließ einen weiteren Champagner überbringen. Die Damen hoben ihr Glas auf seinen Hund.

Das Gras in Afrika begann sanft zu wogen, die Nachrichtensprecherin blies ihm einen Kuss zu, die Ober wurden immer entgegenkommender. Aasgeier flogen durch einen goldenen Himmel.

Sein Ausblick änderte sich. Eine Frau setzte sich ihm gegenüber. An seinen Tisch. Haare nass vom Regen, ihre Mascara zerlaufen. Sie tuschelte mit einem Ober. Mulder protestierte, rief nach dem Geschäftsführer. Der schenkte ihr einen Champagner ein – von der teuren Sorte.

»Entschuldigung?« Mulder deutete auf einen freigewordenen Tisch etwas weiter. Aber sie prostete ihm dreist zu. Sie verlangte noch ein zweites Glas. Und er bestellte, der Trottel. Die Ober flitzten zufrieden – sie trieb die Rechnung in die Höhe. Ihr Knie schob sich zwischen seine Beine, so weit, dass sie dabei dem Hund auf die Pfoten trat. Sie sah unter den Tisch. Ein schwarzer Tropfen rann in ihr Dekolleté.

»Es geht nicht ohne«, sagte sie.

»Hunde?«

»Regen.« Es war ein trockenes Frühjahr gewesen.

Mulder musste zustimmen.

»Wasser ist wie Liebe«, sagte sie tiefsinnig. Sie klopfte mit dem Nagel an ihr Glas. Baggerte. Ob er verheiratet sei? Ob es nicht langweilig sei, allein zu sein … Sie zwinkerte ihm zu.

»Wissen Sie, was langweilig ist«, sagte Mulder, »zu lange zusammen zu sein. Früher, in Zeiten von Krieg, Pest und Tod im Wochenbett, waren vier Jahre Ehe schon viel. Mehr halten wir noch nicht aus.«

Darüber musste sie nachdenken. Ihr Leben war eine Abfolge von Scheidungen gewesen.

»Sich zu trennen ist natürlich«, sagte Mulder.

Sie suchte Trost bei einem kleinen Rest Saint-Estèphe. Bettelte nach einer neuen Flasche, ein Jahr älter, zwei Straßenkehrer teurer. Zu lange hatte Mulder keiner Frau mehr gegenübergesessen, er war die Konversation nicht mehr gewöhnt. Ihre ruinierte Frisur lenkte ihn ab. Zu schwarz gefärbt. Zu groß geschminkte Lippen. Er musste sie ansehen. Sie glaubte, er fände sie nett.

Die Nachrichtensprecherin stupste ihre Freundin an.

Ein Bein angelte nach Mulders Bein, aber die Frau an seinem Tisch tat, als gehöre das Bein nicht ihr, sie tunkte ihr

Baguette in seine Sauce und verschmierte ihr Glas. Als die Rechnung kam, studierte sie die Löwenjagd.

Draußen schmiegte sie sich an ihn, wollte unter seiner Jacke Schutz suchen. Es nieselte nur noch. Er wusste nicht, wo er seine Axt lassen sollte, winkte damit nach einem Taxi. Alle besetzt.

»Ich wohne ganz in der Nähe«, sagte sie.

Er tat, als hörte er nicht.

Der Hund stieß seine Schnauze an ihren Hintern. Sie kicherte. »Wenn du ein Herr bist, bringst du mich nach Hause.«

Er ging mit. Der Hund lief zwischen ihnen und blickte ihn erwartungsvoll an. Sie auch. Er umklammerte seine Axt.

»Was hast du in der Plastiktüte?«, fragte sie.

»Einen Knochen für den Hund«, sagte er.

Es war fürchterlich. Er musste mit nach oben. Sie bestand darauf, und nein sagen fand er so unangenehm. Er wollte nicht, dachte er, bis sie ihn aufs Bett zog. Sie nahm sich nicht einmal Zeit, sich richtig auszuziehen. Aber sein Hund mischte sich ein und biss ihn in die Zehen. Danach ging nichts mehr.

Hatte er denn keine Achtung vor ihr? Sie ließ sich nicht einfach so … und sie hatte es schon so schwer, schluchzte sie auf der Bettkante. Ob er ihr vielleicht etwas leihen könnte? Mit zwei Fünfzigern gab sie sich nicht zufrieden, sie bettelte um mehr. Machte einen Luftsprung beim vierten Schein, beim fünften. Er ließ sich rupfen und wehrte sich nicht.

Die Farben des Boulevards waren verblasst. Das Blau der Polizeibusse und Mobilen Einheiten schimmerte auf dem nassen Asphalt. Das Blau der Uniformen mit den weißen

Zahlen auf dem Rücken. Das Blau der Gauloises. Scheiben waren eingeworfen. Der Geruch von verbranntem Gummi hing in der Luft. Der Regen hatte aufgehört. Angeblich waren Banden aus den Vorstädten im Anmarsch. Aber bis dahin klopfte die Polizei Karten, trank Kaffee, löste Kreuzworträtsel und las Illustrierte. Noch junge Kerle. Im Plastikkürass, Pistole und Gummiknüppel an der Hüfte. Schlaggeil.

Sein Hund bellte sie an, er roch ihre Helfer mit Maulkorb. »Weitergehen!«, schnauzte ein Polizist, seine Faust umklammerte den Gummiknüppel. Mulder schreckte vor seinen Augen zurück: Sie glühten vor Hass. Aber wen hasste er? Ihn, Mulder, der in dem Stadtteil wohnte, den er, der Polizist, beschützen sollte, in dem teuren Viertel, das er sich nicht leisten konnte? Oder hasste er das Lumpenpack mit einer anderen Farbe, einer anderen Religion, das sein Land verändert hatte und mit dem er Metro und Treppenhaus teilen musste? Die Straßen waren so leer. Ein herrlicher Wind brauste durch die Kastanien. Kaffeebecher schaukelten in den von der Stadt aufgestellten Plastiksäcken – durchsichtigen, damit dort keine Bombe ticken konnte. Die Tauben gurrten auf den Dächern. Friede in den Dachrinnen. Sirenen nur in der Ferne. In den Augen des Polizisten las er eine Prophezeiung. Sturm, großes Gemetzel.

Erst jetzt merkte er, dass er seine Axt bei der Hure hatte liegenlassen.

Mulder ging in Gedanken versunken. Seine Füße wollten nicht nach Hause, sie liefen um den Park, an den Einschusslöchern an der Bauakademie vorbei, sie passierten Restaurants, in denen die Ober noch Tische eindeckten, stockten bei den geknebelten Hummern im Aquarium und umrundeten das Denkmal des Marschalls, aber keine Fassade wurde gestreichelt, kein Ober gegrüßt, keinem Hummer Mut zuge-sprochen, keine Jahreszahl memoriert. Er machte seinen ver-trauten Rundgang – zu einer anderen Zeit, in einem anderen Licht. Seit dem Feuer war er nicht mehr auf dem Boulevard gewesen, weil ihn der Hund immer zu dem abgebrannten Haus zog.

Er traf wieder den taubstummen Chinesen, der Papp-schachteln für die bevorstehende Nacht sammelte. Der Hund sah ihn zuerst und tänzelte kläffend um den Einkaufs-wagen. Sie waren offenbar alte Bekannte. Auch Mulder freute sich, ihn wiederzusehen. Sie begrüßten sich mit einer Ver-beugung. Es traf ihn, wie gutaussehend der Chinese war, ein feines Gesicht, trotz der gegerbten Haut, ohne jede grobe Linie. Sie waren sich noch nie so früh begegnet. In der Däm-merung wirkte er auch weniger gestört, obwohl er merk-würdige Lappen trug, um jeden Fuß eine Plastiktüte vom Supermarkt *monsieur Ed*. Seine Augen waren klar. Würde er keine flachgedrückten Pappschachteln mit sich herum-schleppen, könnte man ihn für einen Tänzer halten, so mus-kulös wirkte er und doch graziös und zierlich.

Der Chinese deutete auf die Gummisöckchen, die der Tierarzt dem Hund verpasst hatte. Er inspizierte eine Vor-derpfote und suchte etwas in dem zerrissenen Futter seiner Regenjacke. Das Innenfutter diente als Tasche – vollgestopft mit Deckeln, Korken und Schnüren. Nach langem Wühlen kramte er ein kleines, weißes Töpfchen heraus und deutete mit einer Handbewegung an, dass der Inhalt dem Hund gut-tun würde. »Chinesische Medizin«, sagte er.

Mulder fiel der Kiefer herunter. Der Mann sprach! Er war gar nicht taubstumm. Aber warum hatte er dann früher immer geschwiegen, wenn sie ein Stück zusammen gingen? Lag es an Mulder? Hatte er denn je mit ihm gesprochen?

»Chinesische Medizin, sehr gut «, wiederholte der Chinese. Sein Französisch war ein weicher Singsang. Er pries eine Salbe an, die angeblich alle Wunden heilte. Er selbst schien sie nicht zu verwenden: Seine rechte Hand war entzündet. Als er das Töpfchen hochhielt, sah Mulder ein offenes Geschwür auf dem Mittelfinger. »Dagegen müssen Sie etwas tun«, sagte er erschrocken. »Nicht der Hund, Sie brauchen die Salbe.« Er studierte die Wunde – sie stank und sie nässte. »Damit müssen Sie auf der Stelle zu einem Arzt.«

Der Chinese schüttelte lachend den Kopf.

»Zu einem chinesischen Arzt.« Mulder wunderte sich über seine Tatkraft.

Der Chinese zog erschrocken die Hand zurück.

Mulder ließ nicht locker. War es wegen des Geldes? Er würde es bezahlen, die Apotheke, alles.

Der Chinese schwieg.

Hatte er keine Papiere?

Keine Reaktion.

»Ein Arzt verrät nichts, das darf er nicht. Lassen Sie mich Ihnen helfen«, flehte Mulder. »Ich habe Geld.«

Der Chinese sah ihn verwundert an. »Ich lebe ohne Geld.«

»Aber auf der Straße lehnen Sie es nicht ab.«

»Ich nehme nur Essen und Schachteln, mehr brauche ich nicht.«

»Bitte, lassen Sie uns zu einem Arzt gehen.«

Der Chinese gab seinem Wagen einen Stoß und ging weiter.

»Wie heißen Sie?«

»*Le Chinois.*«

»Sie haben doch einen Namen?«

»Mein Name ist: Le Chinois.« Sein Wortschatz war erschöpft. Er sagte nichts mehr, wie sehr Mulder auch drängte.

»Aber ich will etwas tun!«, rief er. Hund und Passanten sahen ihn verwundert an. Und diesmal war es nicht die innere Stimme. Das erschreckte Mulder sehr.

Sieben Schläge dröhnten über die Dächer. Der Deckenstuck erzitterte davon, eine Gipspflaume platzte auf und ein Splitter bröselte auf die Zudecke. Mulder öffnete die Fensterläden, ließ die kühle Morgenluft herein und grüßte seine Türme. Gegenüber, ein paar Fenster tiefer, schüttelte eine Frau ein gelbes Staubtuch aus. Minutenlang. Als ließe sie ein Entenpaar aus ihrem Tuch entwischen, so heftig knallte der Flügelschlag des Echos gegen die Mauern. Mulder seufzte und wünschte, er hätte Flügel. Aber er hatte Blei in den Armen und hängende Schultern. Zwei Hundeaugen hatten ihn die ganze Nacht lang angestarrt. Abgekämpft war er. Und dennoch verlangte der Tag nach Taten.

Etwas tun. Sein Haus feudeln. Den vergangenen Tag aus seinem Gedächtnis wischen. Seine Fenster putzen, den Badezimmerspiegel mit einer alten Zeitung blankpolieren – er wollte sich wieder in die Augen sehen können. Der Hund vergnügte sich mit dem Papierball. Ein fettgedrucktes Wort rollte vorbei: Einäscherung. Mulder hob den Ball auf und las: »Streit über Einäscherung. Behörden unschlüssig über rituelle Begräbnisse von Brandopfern.«

Er rief bei der Mairie an und fragte nach dem Namen der Putzfrau aus Sri Lanka und wo sie untergebracht wäre. Der diensthabende Beamte durfte es ihm nicht sagen. Er rief erneut an, aber diesmal in der Eigenschaft als Zweiter Sekretär der Botschaft von Sri Lanka, und verlangte mit einem dicken Akzent den höchsten verantwortlichen Beamten zu sprechen. Er bekam unverzüglich die verlangten Auskünfte. Bürokratie zwingt zu Lügen. Daraufhin schrieb er der Putzfrau einen Zweizeiler: »Chère Madame Srimathie Ramdunu, mir ist zu Ohren gekommen, dass Ihr Mann noch immer nicht eingeäschert ist. Als Anlage ein Betrag, der Ihnen helfen soll, seinen irdischen Abschied gebührend zu gestalten.« Und darunter eine unleserliche Unterschrift. Er schrieb einen Scheck aus – viermal den Preis einer Hure – , überlegte es sich aber doch anders: Ein Illegaler kann keinen Scheck eintauschen. Außerdem wollte er anonym bleiben. Einfach Geld per Post zu schicken schien ihm zu riskant. Jemand musste ihr persönlich das Geld übergeben.

Etwas tun.

Madame Ramdunu wohnte in einem Hotel hinter dem Autobahnring, in einem Außenbezirk, weit weg von ihrem Tempel. Sollte er es noch einmal wagen? Es waren bestimmt mehrere Stunden Fußweg, gut für sein Herz. Vor kaum einem Jahr hatte ihn ein Kardiologe als faul abqualifiziert, er müsse sich mehr bewegen, weniger essen und trinken. Was ein Mensch nicht alles tun musste, um etwas sein zu lassen. Zu viel. Aber laufen, das tat er, vor allem seit seinem Hund.

Etwas tun, noch diesen Morgen.

Der Hund ahnte, dass etwas geschehen würde, lief mit zum Kleiderschrank. Gemeinsam wählten sie aus: eine Jeans mit vergilbter Bügelfalte, aus sentimentalen Gründen nie aussortiert, ein T-Shirt und ein Knitterhemd. Mulder rasierte sich nicht, wechselte seine teure Breguet gegen eine billige Swatch und nahm die Kreditkarten aus seiner Geldbörse – so rüstete er sich für die Vorstädte.

Der Hund ließ sich von einer Morgenbrise erheben. Mulder zuckelte hinter ihm her, die Jeans kniff in seinen Schmerbauch, er fühlte sich plötzlich sehr alt. Aber als sie hinter dem Gefängnis einen Platz mit großen Bäumen überquerten, wo der Hund alle paar Meter eine Geruchsspur hinterlassen wollte, bekam er wahrhaftig einen Anflug von Jugendlichkeit. Er kannte den Platz nur allzu gut, einen Platz in Form eines Tortenstücks. Jahrelang hatte er es geschafft, ihn zu meiden, hier war er 1969 seiner großen Liebe begegnet. Catherine. Es blieb für immer ihr Ort. Sie saß neben ihm in dem Tabac und aß ein Eclair, mit übereinandergeschlagenen Beinen – Beinen, die nie zu enden schienen. Sie küsste das Törtchen. Eine Woche später zog sie bei ihm ein. Sie blieben Tag und Nacht zusammen, er, der geglaubt hatte, sich selbst genug zu sein, konnte keine Minute mehr ohne sie auskommen. Nach Monaten voller Glück fand er eines Nachmittags einen Zettel: Sie sei gegangen. Einfach so. Sie hatte nur ihre Lehrbücher mitgenommen. Ihr weißes Nachthemd hing noch am Badezimmerfenster. Er suchte sie überall, lief in jedes Tabac in der Umgebung. Verzweifelt war er. Wütend. Aber das Hemd ließ er hängen. Ein Trost beim Nachhausekommen, als erwarte sie ihn hinter dem Fenster. Nach einem Monat saß sie wieder im Zimmer, mit übereinandergeschlagenen Beinen, mit zwei Eclairs aus dem Café. Sie küssten sich mit vollem Mund. Er bekam keine Gelegenheit zum Schmollen, er vergaß den Schmerz – glücklich war er. Und sie so leicht und so fröhlich. Sie sang beim Kochen. Ein halbes Jahr später war sie wieder auf und davon. Dreimal verlor er sie. Sie lachte über seine Vorwürfe. »Dein Verlangen erstickt mich«, sagte sie. Er verzieh ihr und sie ihm. Sie liebten das Bett kaputt. Bis sie endgültig verschwand. Und er nicht aufhörte, sie zu lieben. Jeder hielt ihn für verrückt, aber er konnte einfach nicht an andere Frauen denken, ließ keine einzige mehr an sich heran. Catherine war sein Maß aller Dinge – die Einzige, die er lieben konnte. Sie hatte keinen Geruch. Er konnte mit der Nase zwischen ihren Schulterblättern liegen und nichts riechen. Das reinste Nichts.

Er trank einen Kaffee im Tabac. Organisierte Wasser für den Hund. Das Eclair stand noch immer auf der Karte. Und er wartete. Catherine konnte jeden Augenblick hereinkommen. Er sah ihre langen Beine durch das Sommerkleid schimmern. Ihren lustigen Zwetschgenpo, der ein Eigenleben führte.

Aber der Hund sah es nicht, roch sie nicht, und wollte weiter.

Mulder ließ sich wieder mitziehen und tauschte seine Studentenzeit gegen eine Erkundung der steinernen Träume der siebziger Jahre ein: die bezahlbaren Hochhäuser an den Rändern der alten Stadt – verwohnt und vom Betonfraß befallen. Eine blinde Wut loderte in ihm auf, er hasste Hässlichkeit, aber das war schon sein Leben lang so, zum ersten Mal dachte er jetzt auch an die Menschen, die dort wohnen mussten, und er hasste die Verachtung, die aus diesen Bauwerken sprach. »Hier, das ist für euch«, atmeten diese Entwürfe, »Verschläge für die Minderwertigen.« Und er entwarf in Gedanken Bomben, aber seine Wut machte ihn müde und ängstlich. Nach dem Anblick der ersten Reihe ausgebrannter Autos versteckte er das Geld für Madame Ramdunu unter seinem T-Shirt – es zeichnete sich überdeutlich in seiner Jeans ab. Beim Gehen fühlte er es über seinen Bauch zu seiner Seite wandern, wie eine kitzelnde Hand. Er dachte an sie, an ihre dunklen Augen, an ihren Stolz, und versuchte sich vorzustellen, wie ihr Blick sein würde, wenn sie den Brief las. Ob sie eine anonyme Gabe wohl annahm? Wie sollte sie sonst an Geld kommen, hatte sie Arbeit? Wie wohnte sie? Brannten auch unter ihrem Fenster Autos? Und seinen Hund, wie lange kannte sie den schon? Fragen, die er nicht stellen würde. Noch nicht. Aber beim Gedanken an sie ging es sich um einiges leichter.

Ein Rauschen brandete gegen die Häuserblocks – sie näherten sich dem Stadtring. Auf der Brücke, über einem lärmerfüllten Graben, meinte Mulder in der Ferne eine Moschee zu erkennen, ein rotes Minarett vor einem Glutschein von Fabriken und Schmelzöfen. Das Minarett winkte, es kam nicht näher; sie mussten ständig Umwege nehmen und wurden von grimmigen Bewachern hinter Eisengittern verjagt. Industriegebiet. Durchgang verboten. Der Hund konnte die Bewacher jedes Mal besänftigen, er kannte die Schleichwege in diesem Niemandsland, er strahlte das Selbstvertrauen eines Führers aus. Und obwohl Mulder sich unbehaglich fühlte, wusste er, solange der Hund neben ihm lief, würde ihm niemand den Weg versperren.

In der Ferne stieg eine neue Stadt auf. Zuerst mussten sie ein Areal überqueren, auf dem in kreisrunden Bassins Millionen Liter Scheiße gerührt wurden. Dreck aus den Abwasserkanälen. Nicht einmal der Hund hielt es aus. Er nieste ständig, und ihm tränten die Augen, so spürbar war die widerliche Luft. Auf die Dauer gewöhnten sich ihre Nasen notdürftig daran, aber da wussten sie schon nicht mehr, wo sie waren, und das Betonlabyrinth gegenüber schnürte ihnen die Kehle zu. Der Hund hatte seinen Orientierungssinn verloren – nicht die Nase, sondern die Augen täuschten ihn: Alle Ecken waren gleich, überall standen zum Verwechseln ähnliche Gebäude. Er stellte sich hinter seinen Herrn, der musste es dann eben entscheiden. Auch Mulder sah verzweifelt um sich, Straßenschilder fehlten, das einzige Auto weit und breit weigerte sich, anzuhalten, Fußgänger waren nicht in Sicht.

Ein Junge spielte Ball. Sie gingen auf ihn zu. Ein Hotel?

96

Hier war 9-3. Nach *neuf-trois* kamen keine Touristen. Mulder verstand ihn nicht. Der Junge riss ihm den Zettel aus der Hand. Wo wollten sie hin? Er buchstabierte laut Namen und Straße. Schnappte sich den Ball und ging vor ihnen her, dabei ständig den Ball prellend. Der Hund hielt es für ein Spiel, und Mulder keuchte hinterdrein. Schließlich kamen sie zu einem Wohnblock, von dem die Hälfte abgerissen war und wo Warntafeln hingen: ASBESTGEFAHR. HELMPFLICHT. In dem Teil, der noch stand – Haus G –, waren die unteren Stockwerke vernagelt. Auf den kleinen Balkonen darüber hingen Satellitenschüsseln, und da und dort flatterte Wäsche. Die Aufzüge funktionierten nicht. Keine Namensschilder. Der Innenhof war eine Müllhalde. »Wie können sich die Menschen hier gegenseitig finden?«, fragte Mulder.

Der Junge gab keine Antwort, öffnete eine mit einer Stahlplatte verstärkte Tür, die Zugang zu einem Treppenhaus gab, und tippte den Ball Stufe für Stufe nach oben – unermüdlich. Er hatte einen Stiernacken und muskulöse Pobacken. Sogar dem Hund fiel es schwer, mit ihm Schritt zu halten, Staubflocken klebten an den Gummikappen unter seinen Pfoten. Sieben Stockwerke kletterten sie hinauf, und dann weiter zu einem anderen Treppenhaus, und dann noch einmal sieben. Und je höher, desto schwüler und heißer wurde es. Mulder war schweißgebadet. Sie hängten sich über das Geländer eines schmalen Flurs, einer gläsernen Brücke zwischen zwei Gebäuden, und blickten über ein Labyrinth weißer Blöcke. Grabplatten. Ausgestorben wirkte alles, und doch mussten dort unten Tausende Menschen wohnen. Mulder presste die Stirn an die schmutzigen Fenster.

»Vorsicht!«, rief der Junge.

Ein Mann kam angerannt und fuchtelte mit Armen wie Windmühlenflügel. »Was soll das denn werden?« Er schimpfte dem Jungen den Buckel voll – den schwarzen Buckel. Ja, er kannte die Sorte, dieses Pack, zur Genüge. Seine Schlüssel klapperten, an der Schlaufe seiner Tarnhose baumelte ein Knüppel, und er trug hohe Schnürstiefel. Er nannte sich Hausmeister und war von einem Wachdienst angeheuert, obwohl er die Pranken eines Einbrechers hatte und drei Punkte in der Daumenfalte – ein Souvenir aus dem Gefängnis. Er hätte den Daumen auf »dem Pack«, sagte er. Wortwörtlich. Deshalb halte er sich auch hier oben auf. Je weiter unten, umso gefährlicher. Unten war man seines Lebens nicht sicher. Und wenn Mulder es nicht glauben wolle, solle er sich doch mal an die Rahmen lehnen, denn die seien verrottet. »Ich warne nicht jeden.« Er grinste den Jungen gemein an. Als der Hund ebenfalls die Zähne zeigte, lenkte er ein.

Madame Ramdunu kannte er nicht. »Die Leute wechseln bei jedem Umzug ihren Namen.« Ohne ein Einzugsdatum könne er nichts machen. Und selbst wenn er es wüsste, es sei seine Aufgabe, diese Leute vor Eindringlingen zu schützen. Er hatte plötzlich einen sehr edelmütigen Blick.

Mulders Demut machte keinen Eindruck. Ein Zehneuroschein und der knurrende Hund wohl. Na, dann wollen wir mal nicht so sein. Wenn schon Weiße sich nicht mehr vertrauen können … Madame Ramdunu teilte sich eine Wohnung im dritten Stock. »Eine der wenigen, die arbeiten«, sagte der Wachmann.

Sie klopften an ihrer Tür. Hörten zuerst eine Katze miauen. Der Hund fiepte sehnsuchtsvoll. Sie warteten, der Hund, platt auf dem Bauch, beschnupperte die Schwelle. Er musste niesen. Mulder setzte sich auf sein Taschentuch. Der Junge lungerte herum, auch nachdem Mulder ihm nachdrücklich gesagt hatte, dass er gehen könne. Er schwieg, schaute. Starrköpfig und verlegen. Vor Unbehagen begann Mulder mit seinem Hund zu reden, auf Französisch – sie hatten nun einmal in dieser Sprache angefangen.

»Da sitzen wir also«, sagte er, » beide auf unbekanntem Gebiet.«

Der Hund blickte ihn mit schiefgelegtem Kopf an, aber es war der Junge, der antwortete:»Ich bin hier geboren.«

»In diesem Haus?«

»Nein, in *le neuf-trois*...« Die Zahl sang in seinem Mund. »Neun-drei« war sein Departement. Der Junge teilte seine Welt in Codes und Nummernschilder ein: 9-3 war Spitze!

»Was ist daran so besonders?« Auch das fragte Mulder seinen Hund und streichelte ihn, in der Hoffnung, den Jungen so zu ermutigen.

»Die Luft «, sagte der Junge. Viel mehr Luft als in Paris. Paris war ein Gefängnis. »Und die Plätze.« Wo er seine Freunde traf. Der Junge zählte mit den Fingern und gab seiner Ode einen Rhythmus: »Und Buffalo Grill, McDo und Quick, Quick ist besser, Pizza Hut, Hippopotamus.« Ganz 9-3 aß dort. »Der Fußballplatz. Die Fresken.«

»Die was?«

»Wandbilder.« Jede Woche ein anderes, zumindest wenn er genug Geld für eine neue Spraydose hatte. »Die Farben.« Ocker, Karamell, Elfenbein, Schwarz. Die Farben von 9-3. Paris – 75 – war ihm zu weiß.

Der Junge fuhr über die Stoppeln seines rasierten Schädels. Ja, 9-3 war Spitze.

Madame Ramdunu tauchte einfach nicht auf. Der Hund knabberte an seinen Gummikappen. Pizza, McDo ... Worte, die ihn hungrig gemacht hatten. Der Junge bot an, Hamburger zu holen. Fünfzig Euro gab ihm Mulder mit, er hasste großes Geld mehr als kleines. Den seh ich nie wieder, dachte er. Eine halbe Stunde später brachte der Junge drei lauwarme Schwämme und eine Handvoll Wechselgeld. Mit Quittung.

Sie warteten. Der Junge tippte Spiele auf seinem Handy und ließ ein Männchen kreischend von Hochhäusern springen, quälend lange. Der Himmel über 9-3 begann golden zu glühen. Frauen schleppten sich mit Taschen ab, Kinder quengelten im Treppenhaus. Der Wachmann klopfte mit seinen Schlüsseln auf das Geländer. Überall Leben und Lärm, nur nicht bei Frau Ramdunu. Kein Mitbewohner meldete sich. Mulder sah auf seine Swatch – noch eine Stunde und es würde dunkel werden. Er holte den Umschlag unter seinem T-Shirt hervor und strich ihn glatt. In ihrem Namen war ein Fleck – von seinem Schweiß –, aber man konnte nicht sehen, dass er Geld enthielt; es war ein stabiler, amtlicher, nicht durchsichtiger Umschlag. Ob der Junge ihn Madame Ramdunu geben wolle? Und nur ihr persönlich. »Ich vertraue dir. Es ist sehr wichtig. Und frag sie, wie der Hund heißt, sie kennt ihn aus dem Haus, wo sie früher gewohnt hat, einem abgebrannten Haus.« Er fragte den Jungen nach seiner Telefonnummer. Morgen werde er ihn anrufen, ob es geklappt hätte.

Der Junge wollte kein Geld nehmen. »Das machen wir nicht in 9-3.«

»Heuchler«, sagte Mulder. »Du musst nicht zu ehrlich sein, das bringt nur Enttäuschung – für dich und für mich.« Er steckte ihm das Wechselgeld von den Hamburgern zu.

Der Junge errötete. Mulder hatte nicht gewusst, dass Schwarz so tiefrot werden konnte.

Ein Brief von der Polizei (für Mulder) und ein Brief von der Kirche (für Nicolas Martin), brüderlich vereint im Kasten. Mulder warf beide ungeöffnet auf den Küchentisch. Auf den Stapel. Kontoauszüge öffnete er zweimal im Jahr. Steuerbescheide schickte er unbesehen seinem Steuerberater weiter, er würde schon hören, wenn sein Geld aufgebraucht war. Dann konnte er immer noch in die Seine springen. Selbstmord als wertbeständige Altersvorsorge: An einem Tag, an dem das Schmelzwasser aus den Bergen den Fluss anschwellen ließe, dort, wo die Ufer am höchsten waren – weit weg von rettenden Händen. Mulder knurrte. (Vom Hund übernommen.) Post konnte ihm den ganzen Tag verleiden. Ans Telefon ging er selten, er liebte es, nicht erreichbar zu sein, stand auch nicht im Telefonbuch, keiner kannte seine Nummer, außer Televerkäufern mit Plastikkippfenstern im Angebot. Aber jetzt musste er verdammt noch mal den Jungen anrufen, fragen, ob es geklappt hatte mit dem Geld. Seltsame Töne hörte er, er wurde zu einer Blechstimme weiterverbunden: *Diese Nummer wurde wegen Diebstahls gesperrt.* – So machte man das in 9-3.

Als dann auch noch zwei Tage später ein zweiter brauner Umschlag mit den gespiegelten P's der *Préfecture de Police* in den Briefkasten fiel, musste er eine Herztablette unter seine Zunge legen, so sehr regte es ihn auf. Trotzdem warf er auch diesen Brief auf den Stapel, obwohl sein Name dreimal rot unterstrichen war. Zur Gewissensberuhigung riss er dann den von der Kirche auf. Eine Drucksache mit einem blauen Kreuz im Briefkopf: die Ankündigung eines Lunch-konzerts, ausgeführt von Orgelstudenten des Konservatoriums. Die Einnahmen für Afrika. Darunter eine handschriftliche Zeile von Père Bruno: *Gebt heilige Dinge nicht den Hunden!*

Was meinte er jetzt wieder damit, glaubte er vielleicht, dass er seinen Hund mit Hostien fütterte?

Mulder ging hin. Allein. Wenn auch nur, um eine Erläuterung zu erbitten. Der Pater trug ein afrikanisches Hemd über seiner Soutane. Ein grünes Krokodil hing über seinen Schultern. (Gesegnet seien die ohne Geschmack.) Er gab eine Einführung über die Orgel als Symbol: Keine Harmonie ohne schwarze und weiße Tasten. Albert Schweitzer hatte als Student darauf geübt. Schöne Worte. Anschließend Straßenkollekte. Nicht nur die Kirche, das ganze Viertel würde demnächst daran glauben müssen.

Die Bleiglasfenster klirrten unter den ambrosianischen Hymnen. Mulder zog das dazu passende Gesicht. Aus Angst vor unechten Gefühlen dachte er wieder an sehr irdische Dinge: Der Durchlauferhitzer musste gereinigt werden, an der Badezimmerdecke waren braune Ringe zu sehen. Währenddessen schweifte sein Blick durch die Kirche, und er bewunderte das hochstrebende Mauerwerk, die Bögen und das offene Gewölbe aus Tausenden von Steinen. Im Himmel schimmelte es. Er schielte zu den Anwesenden – brave Weiße, mit einem Ohr für Orgel und einem Herzen für Afrika. Natürlich kein schwarzes Gesicht weit und breit. Oder doch … im Seitengang, bei der Maria, schlurfte wieder das schwarze Männchen herum. Bestimmt für die Kollekte herbeizitiert. Die Gemälde wagte Mulder nicht einmal genau zu betrachten, aus Angst, angesichts der meterhohen Seelen im Fegefeuer loszulachen – einer mittelalterlichen

Plakattafel für Pizza Hut. Spott. Er konnte nichts dran ändern, wie sehr er sich auch bemühte: Er sah nur die Geschmacklosigkeit, hörte nur die falschen Töne – die Hymnen pumpten Gift und Galle in ihm hoch. Er hätte diesen Umschlag nie öffnen dürfen.

Wenn er nur weg könnte... Gerade als er den Mut zum Aufstehen zusammengerafft hatte, warf es ihn in den Stuhl zurück. Donnergrollen im Ohr. Schauder über den Rücken. Hier keine Starre, sondern Wirbel, endlich ein Student, der sich die Orgel unterwarf, einer, der nicht Noten spielte, sondern Musik. Keine Ahnung, was – durch den Schock war ihm das Programm von den Knien gerutscht. Die Töne trugen Mulder empor. Er schloss die Augen und schwebte.

Die Kollektekörbe gingen von Hand zu Hand. Mulder suchte nicht nach Geld, sondern nach einem Taschentuch, den Korb gab er gedankenlos weiter. Er ließ seine Herzpillen klappern, ein paar Münzen, und kramte schließlich ein kleines weißes Töpfchen heraus – die Salbe des Chinesen. Offenbar hatte der es heimlich in Mulders Jackentasche fallen lassen. Die Leute erhoben sich. Mulder merkte es nicht. Eine Nachbarin las sein Programm vom Boden auf und legte es ihm auf den Schoß. Die Kirche leerte sich. Der Kerzenmann blies die großen Kerzen aus und sammelte sie in einer braunen Papiertüte.

Die Glocken schlugen zwei Uhr. Noch schlimmer, sie läuteten wie verrückt. Sie läuteten für Afrika. Die Orgelstudenten tobten sich an den Glockenseilen aus – das Viertel wurde zur Freigebigkeit aufgefordert. Mulder ließ das Läuten über sich ergehen. Breitbeinig, den Kopf im Nacken, mit offenem Mund. Er rang nach Atem.

Eine Hand legte sich auf seine Schulter. »Und?«

Mulder öffnete die Augen und blickte mitten in Père

Brunos Grinsen. Er sprang auf. »Was für ein Lärm«, sagte er.

»Lärm, der bewegt«, sagte der Pater.

»Nein, Lärm, der mich erschlägt.«

Ein paar Studenten kamen laut redend durch den Mittelgang, halbtaub von ihrem eigenen Läuten. Mulder fragte, wer das letzte Stück gespielt habe. Ein blasser Pickelkopf meldete sich. »Einen Choral von Bach, *Schmücke dich, o liebe Seele*.«

Mulder hätte ihn am liebsten ans Herz gedrückt, beließ es aber bei einem festen Händedruck. »Au!«, sagte der Student und zeigte die Blasen in seinen Händen.

»Von Bach?«

»Nein, von den Glockenseilen. Quasimodos Rache.«

Mulder holte das Salbentöpfchen aus seiner Tasche und reichte es dem Jungen. »Chinesische Medizin, sehr gut.« Ohne sich vom Pater zu verabschieden, schlich er sich von der ausgelassenen Gesellschaft fort. Doch er war noch nicht an der Tür, da wurde er zurückgerufen: »Wenn Sie wirklich erschlagen werden wollen, kann ich Ihnen die Glocken aus nächster Nähe vorführen.«

»Bei mir ist Hopfen und Malz verloren«, sagte Mulder.

»Im Turm wartet seit Jahren eine Flasche Whisky. Ohrentrost.«

Sie liehen sich jeder bei der Maria eine Kerze und stiegen zusammen die Treppe hinauf.

»Vorsicht, gleich kommt ein dunkles Stück«, sagte Père Bruno, »lassen Sie Ihre Kerze nicht ausgehen.« Mulder folgte drei Stufen tiefer, im Schatten eines Krokodils und einer Soutane. Der Lichtkreis der Flamme ließ seine Füße im

Finstern tasten, nur auf den Treppenabsätzen brannte eine Glühbirne. Staub wirbelte auf, und es war dort so stickig, dass Mulder bei jedem Luftloch für die nächste Runde tief einatmen musste. Die Kastanienbäume lagen bereits tief unter ihnen, der Platz schimmerte matt und der Springbrunnen plätscherte unhörbar – Schritt für Schritt entstiegen sie dem Rauschen der Stadt.

»Was knackt denn unter meinen Füßen?«, fragte Mulder.

»Tauben«, sagte der Pater. »Manche liegen schon seit mehr als hundert Jahren hier.« Er schob eine mit der Schuhspitze beiseite. Ein federleichtes, ausgetrocknetes Skelett.

»Wir sind auf der Hälfte.« Père Bruno ging zu einem Treppenabsatz vor, einem Ruhepunkt in der Rundung der Treppe. »Hier gibt es Kammern und Lagerräume, wo nie einer hinkommt. Wir machen sie gerade sauber, mal sehen, wie es vorangeht.« Sie betraten einen dunklen Raum, in den drei Türen mündeten. Staubfrei, alles aufgeräumt. »Hier hat früher der Glöckner gewohnt.« Père Bruno streckte den Kopf um eine Türecke, und Mulder blickte über seine Schulter auf eine Balkendecke. Sie standen auf der Schwelle zu einem runden kleinen Zimmer mit einem schmalen Fenster und einem Bett und einem Tisch. Es roch nach Kerzenwachs, und an der Wand hingen ein paar stümperhaft gezeichnete Landkarten. »Hier wohnt jemand!«, sagte Mulder erstaunt.

»Offiziell nicht«, sagte der Pater. »Die Putzbrigade macht es sich hier manchmal allzu bequem.«

Er schloss schnell die Tür und ließ sein Kerzenlicht in andere dunkle Ecken schweifen. Auch dort Zeichen von Leben ... ein Paar Schuhe, Stiefel.

Der Pater bemühte sich, Mulders Aufmerksamkeit abzulenken: »Sehen Sie nur, in dieser Nische liegt ein Engel aus Holz, der muss eigentlich mit nach unten. Letztes Jahr habe ich im linken Turm noch eine Madonna aus dem fünfzehnten Jahrhundert gefunden.« Er hatte sie versteigern wollen, für Afrika – »ihre Augen verlangten es«, sagte er –, aber der Bischof hatte die Figur schon kassiert. Sie stiegen weiter die Stufen hinauf, in immer engeren Kreisen. Die Mauern schabten an Mulders Schultern, ihn schwindelte, und er spürte einen leichten Krampf um sein Herz. Staub klumpte am Saum der Soutane. Ein kühler Wind wirbelte durch den Treppenschacht, sie mussten ihre Kerzen immer wieder anzünden, und dennoch stolperte Mulder über schlampig aufgerollte Seilstücke. Im Glockenstuhl tanzten Flecken Sonnenlicht zwischen den Balken, und durch die Ritzen sahen sie Wolken jagen. Ihre Sohlen knirschten auf den Dielenbrettern. Rost, von den Klöppeln abgeschlagen. Mulder spürte die Höhe im Bauch.

Die Glocken gähnten über ihren Köpfen. »Das ist Charlotte«, sagte der Pater, »gut zweihundert Jahre alt.« Mulder sah nach oben und stand Auge in Auge mit einem schweigenden Schrei. »Man sollte es nicht meinen, aber sie hat ein reines A.« Père Bruno stellte auch die anderen Glocken vor: »Henriette, das ist Monsieur Martin. Valérie, Pauline, Thérèse…« Er kannte Geburtsjahr und Ton einer jeden. Ihre bronzenen Röcke schienen leicht im Wind zu wiegen.

Der Pater sah auf seine Uhr, bedeutete Mulder, sich an die Wand zu stellen, und presste die Finger auf die Ohren. Sie warteten und sahen sich an, bereit für das Dreiuhrschlagen. Ihre Gesichter waren schmutzverschmiert. Mulder keuchte, der Pater grinste.

Charlottes Klöppel vibrierte und dann ihr ganzer klobiger Körper. Sie nahm einen Anlauf und schlug. So laut, dass Mulder zunächst gar nichts hörte. Eine Schallwelle drückte ihn gegen die Mauer, ein Echo, das einen Ausweg suchte. Zwei andere Glocken gerieten in Bewegung, ihre schneidenden, hohen Töne schnürten ihm die Kehle zu, und noch zwei. Fünf Furien schlugen ihn ins Gesicht. Sie versengten seine Wimpern – so fühlte es sich an. Tränen schossen ihm in die Augen, nicht vor Rührung, sondern von der verlagerten Luft. Er stand in einer Ebbe und Flut von Schall. Das war das tägliche Dreiuhrschlagen? So voll, so viel? Père Brunos Lippen bewegten sich, doch Mulder konnte kein Wort verstehen, und zum Raten war er viel zu benommen. Eine Whiskyflasche pendelte vor seinen Augen. Staub wurde aus Gläsern geblasen. Sie tranken auf Charlotte – die treue Glocke der vollen Stunden. Aber eigens für ihn, ja, »für den ungläubigen Nicolas Martin« – der Pater musste sich dafür heiser schreien –, »EIGENS FÜR DEN UNGLÄUBIGEN« ließen alle fünf Damen gleichzeitig von sich hören. »Gleichzeitig…« Ein Scherz, Bruno hatte einen versteckten Schalter betätigt. Er packte herzlich Mulders Schulter, lachte sein aufrichtiges Knoblauchwhiskylachen und zeigte ihm einen Spruch am Innenrand von Charlottes Bronzekleid: *Sona Bene Fac Bona.* Klinge gut, tue gut. Um Mulder drehte sich alles vom Alkohol, und er wagte nicht mehr, nach oben zu schauen.

Taub stieg er die Stufen hinab. Kleingeschlagen.

Auf halber Strecke, als Mulder wieder seine eigenen Schritte hören konnte, hielt er den Pater an … Er müsse sich kurz setzen, sagte er, auch wenn es auf einer staubigen Stufe war, neben den vertrockneten Tauben. Seine Brust schmerzte, und er ließ heimlich eine Tablette unter seiner Zunge verschwinden. Dem Pater fiel nicht auf, wie sehr sein Gast litt, er streichelte einen jahrhundertealten Stein.

»Was für ein Turm«, sagte er, »ich sollte ihn jeden Tag besteigen.«

»Die richtige Manier, um schnell in den Himmel zu kommen«, keuchte Mulder.

»Ja, unsere Glocken machen high«, lachte Père Bruno. »Sie wurden als Christen getauft und vom Bischof persönlich mit heiligem Öl gesalbt, ihr Schall ist den Sterbenden in ihren letzten Stunden eine Stütze, Kranke finden bei ihnen Kraft … sie segnen diese Umgebung.« Sein Gesicht strahlte im Kerzenschein, er liebte seine Glocken. »Herolde der Kirche« nannte er sie, »Außenstimmen«. Er rühmte ihr Alter wie guten Wein: Je reifer, desto besser.

»Sie vibrieren mir den Stuck von der Decke«, sagte Mulder.

»Aber was machen sie mit Ihnen, Monsieur?«

»Sie wecken mich zu früh.«

»Und eben, hier?«

»Haben sie mir Angst gemacht, große Angst.« Mulder sagte es mit abgewandtem Gesicht, das Blut schoss ihm in die Wangen. Aber der Pater sah es nicht – auch das nicht –, es war zu dunkel für sichtbare Scham. Ihre Kerzen waren erloschen.

Sie starrten ins Dunkel, aber gerade diese Dunkelheit machte Mulder wieder Mut. Die Tablette beruhigte ihn. »Ich möchte auch einmal beichten«, sagte er, »aber ohne Gott und Geschwafel.«

»Nur zu!«

Mulder holte tief Luft und erzählte von seinem falschen Namen, dem Namen, der beim Brand ein Gesicht und eine Stimme bekommen hatte: Nicolas Martin. Ein Name, der ihm einflüsterte: »Tu was. Tu, was dein Herz sagt.« Aber sein Herz sagte nichts. Ja, es leckte. Mulder tat nichts, obwohl er ziemlich viel versucht hatte. »Mir fehlt jede Überzeugung«, sagte er leise. Zu leise, denn eigentlich war er böse, auch wenn er keine Ahnung hatte, warum.

»Lesen Sie Hiob«, sagte der Pater.

Mulder seufzte. »Gebt heilige Dinge nicht den Hunden!«

»Das bezog sich auf den Hund, er erträgt die Orgel nicht.«

»Und auf mich«, sagte Mulder, »ich bin zu gottlos.«

»Rüge nicht den Spötter, dass er dich nicht hasse; rüge den Weisen, der wird dich lieben.«

»Und allergisch gegen die Bibel.«

Père Bruno fragte, ob Mulder darunter leide. Ob er nicht doch heimlich nach Gott suche?

Nein, wie kam der Pater denn auf die Idee! Mulder stampfte mit dem Fuß auf. Eine uralte Feder schwebte auf. Was sonst? Er suchte nach Erfüllung, ein großes Wort, mit dem Mulder gleich wieder seinen Spott trieb. Ach was, er war in letzter Zeit einfach sentimental. Er wollte einfach etwas tun mit seinem Leben, vielleicht ein paar Menschen helfen. Er schlief schlecht, verfluchte seine Nächte, seine Tage…

»Warum sind Sie allein?«, fragte der Pater.

Er zuckte mit den Schultern. Es kam alles durch diesen Hund. Der Hund machte ihn einsam.

Sie rauchten im Dunkeln zusammen eine Zigarette. Mulders erste seit Jahren. Eine merkwürdige Art von Freundschaft glühte zwischen ihnen auf. Père Bruno erzählte von einer Reise nach Israel, seinem ersten Urlaub nach zweiunddreißig Jahren Afrika – ein Geschenk der Brüder. Er sei durch die Bibel gewandert, sagte er, habe den See Genezareth gesehen und das Tote Meer. Fruchtbares und unfruchtbares Wasser – beides genährt vom selben Fluss, dem Jordan. »Der See empfängt Wasser, gibt es aber auch weiter«, sagte der Pater, »das Tote Meer empfängt nur, hält fest und gibt nichts.« (Keine Predigt, bloß keine Predigt, bat Mulder in Gedanken.) »Nur nehmen, das macht arm, man muss auch geben können, das bereichert das Leben, das von anderen und das eigene.«

Leicht gesagt, wenn man nichts hat, dachte Mulder. Und dennoch dankte er ihm beim Aufstehen für seine weisen Worte.

Sie klopften sich gegenseitig den Schmutz von den Kleidern und schraubten sich die Treppen hinunter. Mulder ging voraus, der Pater legte ihm die Hand auf die Schulter. Vom Platz drang wieder Stimmengewirr herauf. Der Brunnen plätscherte. Ihre Augen hatten sich so an das spärliche Licht gewöhnt, dass sie keine Kerze mehr brauchten.

Unten in der Kirche war es still, nur ein paar Betende vor der Maria. Der kleine schwarze Mann flatterte wie eine Motte um seine Kerzen, hilfsbereit wie immer, Feuerzeug in der Hand. Père Bruno ging auf ihn zu. »Das ist unser Monsieur Ngolo«, sagte er zu Mulder.

Monsieur Ngolo schlug vor Schreck die Hand vor den Mund.

»Herrn äh … Mulder kann man trauen«, sagte der Pater. Sie flüsterten ein paar Worte in einer fremden Sprache. Ngolo verneinte vehement, er wollte weglaufen, aber der Pater beschwichtigte ihn.

»Wohnt er etwa im Turm?«, fragte Mulder.

»Nicht offiziell«, antwortete Père Bruno.

Monsieur Ngolo wurde ruhiger. »Aber … aber ich kenne den Herrn«, grinste er. »Sie haben vergessen, eine Kerze zu bezahlen.«

Beim Verlassen der Kirche stieß er auf die einbeinige Bettlerin, die mit ihrer Prothese rasselte. »Und, hat er gekackt? Hat er gepinkelt?«, fragte sie.

»Wer?«

»Unser heiliger Pater.«

»Nicht, dass ich wüsste.«

»Hab ich's nicht gesagt?«

Verdammt, dachte Mulder, ich muss meinen Hund ausführen.

Brief des Hundes: eine große, gelbe Lache vor der Klo-
tür. Ein stiller Vorwurf, an der richtigen Stelle; hätte sein
Herr es nur nicht so weit kommen lassen. Mulder nahm ihn
schnell mit nach draußen. Als frischgebackener Hundemann
wusste er inzwischen, dass es zwei Arten von Pinkeln gibt:
das notwendige und das soziale. Und auch von der sozialen
Pinkelnot musste sein Hund erlöst werden. Mulder gönnte
ihm alle Zeit zum Wässern von Kot, Bäumen und Pfosten.
Das absehbare Verhalten. Essensreste wie zertretene Crêpes
und Erbrochenes wurden auch nicht vergessen – es sei denn,
er hatte selbst Appetit darauf. Von einer plattgefahrenen
Taube oder Ratte zog ihn Mulder weg, weil er sich sonst
darin wälzte, auch in diesem Punkt unterschied sich sein
Hund nicht von anderen Hunden. Aber beim Spazierenge-
hen hatte er auch eine besondere Nase für Gedrucktes entwickelt. Er beschnüffelte jede Zeitung, die auf seinem Weg
lag – als wollte er sie vor dem Taufen zuerst lesen. Dasselbe
galt für Werbeprospekte, Plakatfetzen und Flugblätter – der
Geruch von Druckerfarbe erregte ihn. Wie Mulder in seinen
Büchern unterstrich, so markierte sein Hund Papier. Beispiel
findet Nachahmer. Seit er regelmäßig sorgfältig gebürstet
wurde, wusch er sich auch besser und spülte sogar vor dem
Hineingehen seine Pfoten im frischen Wasser der Rinnsteine, ja, er lernte gute Manieren. Und schlechte. So stellte
sich heraus, dass er eine Nase für Rang und Stand entwickelt
hatte. Vornehme Hunde weckten plötzlich sein Interesse: fri-
sierte Pudel, kurzatmige Pekinesen, beigefarbene Pointer,

die zur Couchgarnitur passten, und zickige Schoßhündchen mit Schleifen im Haar. Es musste nur ein Kostüm mit so einem kleinen Kragen auf Beinen vorbeiparadieren, und schon legte er sich schwanzwedelnd in voller Breite auf den Bürgersteig. Das Shampoo war ihm zu Kopfe gestiegen, und das war noch nicht alles: Er verhielt sich schlichtweg arrogant, wenn er einem Straßenköter begegnete. Für den fiel nicht einmal mehr ein Schnüffeln ab. Verwirrend: Kaum hatte Mulder in der Fußspur seines Hundes ein Auge für Stadtstreicher und Außenseiter bekommen, da distanzierte sich derselbe Hund, verwöhnt durch sein neues Luxusleben, von seinen armen Artgenossen. Und er dachte, schon noch etwas von ihm lernen zu können. Er atmete seine Welt ein. Wenn sie abends ihre letzte Runde drehten und Mulder, angesteckt von all dem Plätschern, ebenfalls an die Parkmauer pinkelte, machte sein Hund dort immer noch einen Tropfen obendrauf. Beim ersten Mal war er gerührt. Jetzt bin ich also ein Hund, dachte er. Aber vielleicht wollte sein Hund ja gerade dem Hundsein entkommen und erlernte seit Jahren das Menschsein.

An diesem Nachmittag geschah etwas, wodurch sich die Rollen noch mehr verwischten. Am Fuß der hohen Seine-Ufermauern, bei einem kleinen Park, wo man direkt ins Wasser gehen kann und wo Mulder den Hund häufig kurz von der Leine ließ, zogen gerade zwei Feuerwehrmänner eine angeschwemmte Sporttasche an Land. Der Hund lief mit hochgerecktem Schwanz darauf zu. Mulder rief ihn zurück, aber die Feuerwehrleute ließen ihn gewähren und schütteten die tropfende Tasche vor seinen Augen aus... Sechs neugeborene Golden Retriever rollten ins Gras. Der Hund erkundete die kleinen Leichen, beschnupperte sie, unterließ das Besprenkeln. Fragend blickte er zu seinem

Herrn hoch: Was machen wir jetzt? Die Feuerwehrleute wollten die Welpen in einen großen weißen Sack werfen, wie Müll. Sie hielten einen am Schwanz hoch. Der Hund jaulte laut, als würde dort sein eigenes Junges baumeln, und als die Männer über ihn lachten, bleckte er knurrend die Zähne. Es fehlte nicht viel, und er hätte sie angesprungen. Sie forderten Mulder auf, sofort einzugreifen, aber der Hund ließ sich nicht halten. Kein Feuerwehrmann durfte sich nähern. Der Hund packte eines der Jungen beim Nackenfell, und der Herr wusste, was er zu tun hatte: sich hinknien und pflichtbewusst die Tasche aufhalten. Jeder kleine Leichnam wurde sorgfältig zurückgelegt. Ein kleiner Körper zerfiel beim Aufheben. Der Hund weigerte sich, ihn zu berühren. Ein Feuerwehrmann warf Mulder ein Paar Gummihandschuhe zu. Er sollte ihn wegräumen. Was blieb ihm übrig. Er konnte es nicht lassen, den Geruch des kleinen Kadavers einzuatmen, der Drang war zu groß. Es erregte ihn.

Wer war hier der Herr? Wer war hier noch Hund?

Der Kriminalbeamte von der ꟼP (Préfecture de Police) hatte nach den zwei unbeantworteten Briefen einen Polizisten zu Mulders Wohnung geschickt: Monsieur habe sich unverzüglich zu melden. Er bekam nicht einmal richtig die Zeit, seine Krawatte zu binden, und er musste betteln, um seinen Hund mitnehmen zu dürfen; wie bei einer Verhaftung. Richtig freundlich war der Empfang daher auch nicht. Mulder hatte wieder viel zu erklären. Warum benutzte er noch immer den Namen Nicolas Martin? Und wer war dieser Mann, denn den gab es; dem Ermittler waren verschiedene Berichte über ihn zu Ohren gekommen, auch über die dubiosen Kontakte, die Mulder in den Vorstädten pflegte. Außerdem wurde er regelmäßig in der Umgebung des ausgebrannten Hauses gesichtet. Er war sogar drinnen gewesen, am Tag nach dem Fund einer noch immer nicht identifizierten Leiche. Der Hausbesitzer wusste natürlich von nichts. Und Monsieur Mulder? Doch seltsam, dass er den Mann nicht kannte, obwohl sie beide dasselbe Begräbnis besucht hatten. Wusste er denn, dass der Eigentümer im Verdacht stand, mit falschen Papieren zu handeln? Mulder erschrak sichtlich, der Ermittler blickte ihn triumphierend an: Ja, die Polizei war nicht untätig. In diesen Zeiten musste man besonders aufmerksam sein. Die Illegalen machten sich wieder bemerkbar, sie säten Unruhe in der Stadt, große Unruhe. Menschen waren verhaftet, Familien mit schulpflichtigen Kindern zurückgeschickt worden. Zugleich gingen Gerüchte über eine Generalamnestie um, und nun krochen sie zu Zehntausenden aus ihren Löchern, um sich bei der Fremdenpolizei zu melden. Und Monsieur hatte bestimmt schon von den drei Familien gelesen, die einen Hungerstreik angefangen hatten. Afghanen, von denen ein Mann sich drei Ehefrauen hielt. Sie biwakierten notabene in einer Kirche. Linke Zeitungen und Intellektuelle mochten sich ja all der armen Tröpfe annehmen, aber unter ihnen gab es einen Haufen Lumpengesindel, Kriegsverbrecher, Terroristen, Vergewaltiger, Mörder, Menschenschmuggler! Ja, der Ermittler sah die Stadt, wie sie wirklich war: In der Gesellschaft pochte ein Geschwür, und da half kein milder Arzt. Und wer wurde der Laxheit bezichtigt, wenn es plötzlich losging? Die Polizei!

Mulder nickte besorgt mit. Eine Anteilnahme, die sofort mit weiteren Fragen bestraft wurde: Was suchte er, ein Europäer, bei all diesen Randfiguren? Und wovon lebte er auch wieder? Von einer Erbschaft? So, so. Missbilligend musterte der Ermittler Mulders in aller Eile angezogenen Maßanzug. Dieses Gespräch war ein Warnschuss, war ihm das klar?

Zum Schluss durfte er sich noch ein paar Fotos ansehen. Eine Reihe unscharfer, schwarzweißer Passfotos, allesamt Männer, kaum ein Weißer darunter, von versteckten Kameras bei verdächtigen Gebäuden belauert oder beim Geldziehen mit geklauten Scheckkarten erwischt. »Und was habe ich mit solchen Leuten zu schaffen?«, rief Mulder entrüstet. Wofür hielt ihn die Polizei? Aber erkannte er denn den Hund auf diesem einen Foto nicht? Neben dem großen schwarzen Mann in den viel zu weiten Sportklamotten und mit einem Baseballcap, das seine blondierten Haare tarnte ... War das nicht sein Hund?

Mulder kochte vor Wut, als er die Polizeiwache verließ, aber es war ihm gelungen, sich zu beherrschen. Er ging quer über den Platz und ignorierte einfach die freundlichen Damen, die wie immer beim Zeitungskiosk Audienz hielten – die Schwestern, die neben dem ausgebrannten Haus wohnten. »Monsieur Martin, Monsieur Martin!«, rief die Ältere. Sie hob beide Hände, um zu zeigen, dass der Verband ab war. Mulder stellte sich taub für den Namen Martin und brachte nicht die Höflichkeit auf, ihr zu gratulieren.

Sein Hund konnte ihm kaum folgen, er lief schon etliche Tage ohne Gummisöckchen, und seine Pfotenballen waren noch empfindlich. Mulder zerrte ungeduldig an der Leine. Auf dem Boulevard kam er an einem geparkten Lieferwagen vorbei, in dem ein Ehepaar Suppe an Berber austeilte. *Echte Franzosen essen Schweinefleisch*, stand auf einem quer über den Bus gespannten Banner. Und: *Weder koscher noch halal! Solidaritätssuppe für das eigene Volk*. Der Hund zeigte Interesse, bekam sogar ein Stückchen Fleisch zugeworfen. Aber Mulder ließ ihm keine Gelegenheit, daran zu schnuppern. Er wollte dem Ehepaar zubrüllen, dass sein Hund beschnitten wäre und mit dem Kopf Richtung Mekka jaule, aber als er zwei abgestumpfte Skinheads hinter dem Lieferwagen auftauchen sah, beschleunigte er seinen Schritt.

Vor dem großen Theater, neben der Brücke über den Fluss, geriet er in eine Demonstration für *sans papiers*. Schon seit Tagen wurden dort Flugblätter verteilt, aber diesmal trommelte eine wilde Horde mitten auf der Straße. Sie riefen zu Ungehorsam und Protest auf, streckten Schilder mit vergrößerten Kinderfotos in die Höhe. Deportiert! stand in fetten Buchstaben darüber. Ein Autofahrer war ausgestiegen und hatte einem der Demonstranten das Schild entrissen. Andere hupten. Schaulustige mischten sich ein. Der Autofahrer machte Kleinholz aus dem Schild und begann mit zwei Demonstranten zu raufen. Die Knüppelpolizei, die das Ganze aus einem gewissen Abstand im Auge behielt, stürzte aus ihren Bereitschaftswagen. Ein Idiot schmiss eine gusseiserne Baumscheibe auf eine Telefonzelle. Mit dumpfem Dröhnen sank eine Glaswand in sich zusammen – ein großartiges Geräusch. Sekundenlang wurde es still – bis die Polizei die Demonstranten auseinandertrieb und Mulder und Hund noch schneller laufen mussten. Sie flüchteten in einen Stadtpark und kamen auf der Einfassung eines Sandkastens keuchend zu Atem. Sirenen gellten. Mulder klopfte das Herz bis zum Hals, er legte sich hin, der Hund zwängte sich zwischen seine Beine. Sie hielten sich mit Pfote und Hand fest. Augen voller Güte sahen zu ihm auf. Und alle Wut legte sich. »Ich hab's eilig«, sagte Mulder. Die Stadt ebbte weg, und beide schliefen ein.

»Ah, der Hund, der gute Hund!« Strahlend weiße Zähne lachten Mulder an. Ein grüner Besen wurde über seinem Gesicht geschwenkt.

»Bonjour, Monsieur Martin.«

Es war ein Straßenkehrer, einer der königlichen Senegalesen, die Mulder nach dem Brand in seinem Viertel kennengelernt hatte. »Der Name ist ein Missverständnis«, sagte Mulder gähnlustig. Aber der Mann war zu aufgeregt, um ihm zuzuhören. »Name? Ich heiße Bubakar«, sagte er fingerschnipsend vor Ungeduld. »Gut, dass ich Sie sehe, gut, Sie zu sehen.« Bubakar hatte eine Geschichte zu erzählen. Eine Geschichte, mit der er schon seit Tagen hausieren ging. Mulder musste seufzen, ließ diese Stadt ihn denn nie in Ruhe? Aber sein Hund reckte ganz begierig den Hals und seine Ohren zitterten. Er hörte Afrika.

»Willkommen in meinem Park«, sagte Bubakar. »Wir stehen in der Zeitung, mein Park und ich, der Straßenkehrermann. Haben Sie es gesehen?«

Mulder beglückwünschte ihn und setzte sich auf.

Bubakar machte eine ausladende Geste. »Wussten Sie, dass es so viele Grüntöne gibt? Darüber wundere ich mich jeden Tag von neuem. Und dieses Rauschen der Blätter. Mit so einem Geräusch in den Ohren geboren zu werden. Ganz anders als der heulende Sand hinter meinem Dorf. Und diese Bewegung in den saftigen Zweigen, alle in eine Richtung und nirgendwohin. Wehen im Wohlstand … Wenn ich reich wäre, läge ich genau wie Sie hier auf dem Rücken und würde nach den Bäumen schauen.« Er riss ein Blatt ab, zerrieb es zwischen den Handflächen und ließ Mulder riechen. Ein erdiges Grün stieg auf. Auch der Hund wollte einmal schnuppern.

Bubakars Besen stocherte nach den Eichen, Buchen und Akazien. Die gelben Streifen auf seinem grünen Kittel reflektierten in der Sonne. Seine Hose leuchtete, seine Zähne, seine Augen. Der ganze Mann strahlte vor Aufregung. Er tanzte zu seinen eigenen Worten, er zählte lateinische Namen auf – Dinge, die er vom Gärtner gelernt hatte. Ja, Gärtner würde er gern werden. Vielleicht schaffte er es. Seine Chefs waren stolz auf ihn, bestimmt mit diesem Foto in der Zeitung.

Mulder gratulierte ihm zum zweiten Mal.

Ja, er, Bubakar, hatte etwas ganz Besonderes im Park gefunden.

»Hat Monsieur schon einmal eine Leiche gesehen?«

»Ja.«

»Von einem Kind? Einem siebenjährigen Mädchen?«

»Nein.«

Er schon. Er, ein Straßenkehrer. Hier im Park. Bei seiner letzten großen Arbeit, Lindenblüten von den Wegen zu fegen und den Grünabfall unter einem Strauch zu vergraben. Er stieß auf einen kleinen Schuh, ein Bein.

Mulder stand auf, nahm den Hund bei der Leine, schüttelte Bubakar herzlich die Hand und ging weg.

»Möchte Monsieur denn nicht die Stelle sehen?«

Nicolas Martin bekam weiterhin Post. Diesmal suchte Madame Srimathie Ramdunu Kontakt zu ihm. Mulder sah lange auf ihren Namen hinten auf dem Briefumschlag – eine Adresse stand nicht dabei, nur ihr Name, in schwungvollen Schleifen. Ein Name, der sang. Er roch am Brief, in der Hoffnung, einen Hauch von ihrem Leben schnuppern zu können, vielleicht einen Weihrauchkringel. Aber das Papier roch so muffig wie die letzte Metro. Er sah sie in einem nahezu leeren Abteil sitzen, abgerackert, gegen den Schlaf kämpfend, mit einem Buch auf dem Schoß, die Augen auf einer x-beliebigen Seite, um nicht von anderen Augen belästigt zu werden. Dafür waren Bücher da, als Zuflucht vor unerwünschten Blicken. Er stieg mit ihr in den Nachtbus und sah durch das Fenster die roten Hörner des Buffalo Grill auftauchen und das goldene Fritten-M von McDonald's. Auf dem verlassenen Betonweg zu ihrem Wohnblock blickte sie zu dem Sternenhimmel über 9-3 hinauf. Ihre Absätze lärmten zu laut, eine Zigarette glühte am Straßenrand. Die letzten siebenhundert Meter lief sie fast auf Zehenspitzen, dicht an den Laternenmasten, an einem leeren Portemonnaie vorbei, einem Frauenschuh. Mulder beschützte sie in Gedanken. Er verjagte zwei Junkies aus dem Treppenhaus; dann sicher in der Wohnung gelandet, stellte er für sie Tee auf, während sie ihre Schuhe auszog und sich die schmerzenden Füße massierte.

Der Brief glühte in Mulders Hand. Jasmin roch er jetzt Und auch andere Düfte lösten sich – Curry, Piment, Katze.

Lieber hätte Mulder es dabei belassen: ein Brief voller Rätsel, jeden Tag mit einem anderen Duft, Ton und Inhalt. Eine ideale Korrespondenz, die keinen verletzte. Aber nach einer Stunde hielt er es nicht mehr aus. Hatte Madame Ramdunu sein Geld empfangen? War es gut angelegt worden? Und wie kam sie an seine Adresse und den Namen Martin?

Er riss den Umschlag auf, beim Auffalten des Briefs flatterte ein dünnes Blatt über den Tisch. Ein mit Blattgold verzierter Spruch auf Reispapier, gesegnet von ihrem Priester: »Für den Wohltäter Nicolas Martin«, denn das war doch der Mann hinter dieser »guten Gabe«?, schrieb sie. Der Junge, der ihr den Umschlag ausgehändigt hatte, hatte von einem grauen Herrn mit einem großen Hund gesprochen. Sie kannte nur einen großen Hund. Und es war nicht schwer gewesen, den Namen seines Herrn herauszufinden. Sie rühmte Monsieur Martin wegen seiner GÜTE. In Großbuchstaben. Den Jungen nannte sie »eine einfache Seele, die sich hier öfter einmal herumtreibt«. Er hatte bis Mitternacht vor ihrer Tür gesessen und gewartet, und er hatte sein Telefon einem Junkiepärchen abliefern müssen. »Ohne Widerstand zu leisten, aus Angst, dass sie ihm sonst auch noch den Umschlag stehlen würden.«

Als er das las, zerknüllte er den Brief. Der Hund sprang auf, ballversessen, aber Mulder war zu beschämt für Spiele. Er strich den Brief mit der geballten Faust wieder glatt, ganz lange, bis seine Haut zu glänzen begann und die Tinte verblasste. Das Wort »GÜTE« fiel in den Knittern. Und auch der Satz, dass sie aus Dankbarkeit – »in Gedanken an Sie« – den Tempel geschrubbt hatte, war nicht mehr recht lesbar.

Was lesbar blieb, las er immer wieder. Sie denke noch oft an ihren Mann, schrieb sie. Aber sie sei froh, dass sein Körper jetzt in Sri Lanka verbrannt worden sei, auch wenn sie selbst bei diesem Abschied nicht dabei sein konnte. Seine Familie habe sich um seinen Leichnam gekümmert. »Ich kann nicht reisen«, schrieb sie. »Ich führe ein Leben im Schatten.« Ihr fehle es, für jemanden zu sorgen, sie wolle Liebe schenken. Ihr einziger Lichtblick sei der sonntägliche Besuch im Krankenhaus, wo ein Nachbarmädchen aus dem besetzten Haus gepflegt wurde. »Fanta ist zur Hälfte verbrannt. Sie fragt oft nach dem Hund.« Madame Ramdunu unterschrieb mit Sri.

Mulder schrieb ihr postwendend zurück, wenn auch nur, um seine Schulden bei dem Jungen einzulösen. Und er musste es Madame Sri auch ausreden, dass Nicolas Martin ein Wohltäter sei. Nicolas Martin war eine Erfindung. Der Mann, der ihr das Geld geschickt hatte, hieß … Nein, diesen Satz strich er wieder. Neuer Brief. Sauberer Bogen. Eine andere Handschrift ausprobieren. Mulder musste außen vor bleiben. Vielleicht könnte er Martin nachträglich noch einen Sinn geben: Nicolas Martin als sein besseres Ich. Nicolas Martin als Sekretär eines geheimnisvollen Wohltäters. Ein Sonderling, über den er ihr nichts mitteilen könne. Nur dies: Er sei ein Mann, der etwas tat.

Eine billige Lüge. Aber Mulder hätte sonst nicht gewusst, wie er Madame Sris Dankbarkeit entgehen könnte. Zu geben konnte er noch lernen, aber Güte? Allein schon das Wort. Schuldgefühl war sein Antrieb, ein völlig unbegründetes Schuldgefühl, doch mit Güte hatte seine Gabe nichts zu tun.

Es sei ihm als Sekretär ein Vergnügen, Madame Sri noch ein paar hundert Dollar schicken zu dürfen. Der Wohltäter bestehe darauf, das Telefon des Jungen zu ersetzen, und wenn von dem Geld etwas übrigbliebe, sähe Monsieur es gern für eine kleine Aufmerksamkeit für das verbrannte Mädchen

Fanta verwandt. Mulder knurrte vor Freude an seinem Schreibtisch.

Madame hatte unter ihrem Brief die Adresse des Tempels angegeben – »sicherheitshalber«. Mulder ließ es darauf ankommen. Gleichwohl hielt er den Umschlag Richtung Fenster, als Charlotte sechs volle Stunden schlug. Segen auf dem Weg konnte nie schaden.

Der Kater hatte eine Taube gefangen, das Wasser des Vierwindebrunnens wogte noch von dem Fang, die Federn klebten am Rand. Aber ein ruhiges Mahl war ihm nicht vergönnt: Trommler zogen über den Platz, ein Megaphon skandierte Parolen. Mulder sah den dreibeinigen Kater verängstigt das Weite suchen. Der Hund hätte gern seinen Rücken in den blutigen Resten gewälzt, aber auch er erschrak vor dem Lärm. Demonstranten verteilten Flugblätter, sie setzten sich für neunzig ausprozessierte *sans papiers* ein, die seit Monaten in Abschiebehaft auf ihre Ausweisung warteten und seit kurzem aus Protest keine Nahrung mehr zu sich nahmen. Schilder mit Fotos und den Namen der Hungerstreikenden wurden hochgehalten: Afghanen, Kapverdier, Kongolesen, Inder, Georgier, Rumänen – Flüchtlinge und Glücksucher, die nach Europa hineingeschlüpft waren. Mulder hatte über sie gelesen; sie warfen den Richtern vor, dass ihre Unterlagen nicht gebührend geprüft worden seien und forderten eine Wiederaufnahme ihres Verfahrens. Damals ein kleiner Bericht. Aber mit ihrem Hunger wuchs auch die Aufmerksamkeit der Zeitungen. Die neunzig hatten es auf die Titelseiten geschafft.

Auch die Demonstranten konnten auf Beachtung rechnen. Radio und Fernsehen waren ausgerückt, um ihren Protest zu dokumentieren. Ein weiterer Hungerstreik wurde angekündigt: aus Solidarität mit den inhaftierten Illegalen. Eine Handvoll wohlgenährter junger Leute wollte »den Menschen im Schatten eine Stimme und ein Gesicht geben«.

So nannten sie das vor Kameras und Mikrophonen. Oben auf der Kirchentreppe. Zwei hübsche Damen teilten schicke Kugelfläschchen Mineralwasser aus. Wasser, sprudelnd vor Leben. Labsal für die Hungerstreikenden. Die jungen Leute nahmen verdutzt die Flaschen entgegen. Einer von ihnen verlas ein Manifest. Inbrünstig: Dies war der Beginn des Kampfes, nach diesem Tag würden sich noch viele Städte anschließen. Aber es musste noch einmal verlesen werden. Das Privatfernsehen war nicht zufrieden: Ob sie das Mineralwasser nicht mit ein bisschen mehr Begeisterung hochhalten könnten. Mit der Marke im Bild.

Père Bruno hatte für die Aktion das große Portal seiner Kirche geöffnet – die Ehrenpforte. Die einbeinige Bettlerin wurde von ihrem Stammplatz zwischen den Pfeilern verdrängt, sie hinkte noch kurz nach vorn, in der Hoffnung, an den herbeigeströmten Menschen ein paar Münzen zu verdienen, aber ihre hochgereckte Prothese ging in einem Wald von Protestschildern unter. Mulder und Hund beobachteten alles aus der Ferne. Sie tranken etwas auf der Terrasse des Cafés. Die Ober hielten demonstrativ die Tafel mit dem Tagesmenü in die Höhe.

Der Lärm der Trommeln hatte auch ein anderes Publikum angelockt: Hausbesetzer, Autonome, Globalisierungsgegner. Sie verteilten keine Flugblätter, sie hielten keine Schilder hoch. Sie markierten die Wagen der Fernsehsender mit ihren *tags* und Symbolen. Belästigten Journalisten. Sie wollten ganz im Gegenteil nicht ins Bild. Eine gereckte Faust war ihre Botschaft. Die Kameraleute brachten ihre teuren Geräte in Sicherheit und suchten eilends das Weite. Ein paar junge Männer zeigten ihren Zorn, indem sie rechte Zeitungen aus dem Ständer am Kiosk zerrten und anzündeten – ein Feuerchen, das es nicht in die Nachrichten schaffte.

Der Hund verbellte die Flammen, und der marokkanische Zeitungsmann jammerte hinter seiner Luke. An einer Ecke des Platzes wurde die Auslage eines Devotionalienlädchens beschmiert. Die Hungerstreikenden und die vor Schreck verstummten Trommler sahen es mit Verdruss. Das gab ihrer Aktion den Rest. Ein anderer Lärm lenkte das Interesse auf sich: das metallene Klickklack der Kügelchen in den Spraydosen. Zwei kahlköpfige Mädchen kauerten vor dem Granitrand des Brunnens und schrieben nachträglich ein tropfendes Manifest: ON N'EST PAS CONTENT.

Das Blau der Polizei kam in Sicht. Hungerstreikende und Anhang flüchteten in die Kirche. Mulder verließ den Platz. Die Glocken läuteten. Er versuchte ihre Töne zu erkennen. Valérie, Pauline, Thérèse, Henriette und die dicke Charlotte. Sie spornten ihn zur Güte an.

Am nächsten Morgen hörte er im Radio, dass die Stadt eine unruhige Nacht erlebt habe. Polizeiautos seien in Flammen aufgegangen und Dutzende von Krawallmachern verhaftet worden, auch junge Leute aus den Vorstädten. Sie würden noch am selben Tag dem Haftrichter vorgeführt, und wer keine Papiere habe, werde ausgewiesen. Harte Linie. Alles unter Kontrolle. Aber nicht auf dem Platz. Die Hungerstreikenden hatten die Kirche besetzt. Mulders Aussicht war ständig in den Nachrichten! Auf seinem Morgenspaziergang sah er, dass die Polizei einen Wasserwerfer am Fuß der Kirchentreppe postiert hatte. Man hatte einen Baum gefällt, um das Ungetüm dorthin zu schaffen. Jemand hatte einen Zettel an den Baumstumpf geheftet. »Wo ist mein Baum? Wo soll ich jetzt pinkeln?«

Mulder saß auf einer Bank gegenüber dem Restaurant mit den tanzenden Hummern. Ein Ober blickte gelangweilt aus dem Fenster, der Lehrling fischte eines der widerstrebenden Tiere aus dem Aquarium. Die Kinos waren aus, Bummler besetzten Terrassen, Crêpebäcker löffelten Teig auf heiße Platten. Der Rhythmus des Boulevards barg für ihn keine Geheimnisse mehr. Er hatte dem Hund gesagt, dass die Umgebung des ausgebrannten Hauses vorläufig verbotenes Terrain sei, und das Ritual seines Abendspaziergangs wiederaufgenommen. Es war besser, die Polizei nicht zu reizen. Also streichelte er vor dem Schlafen wieder die Einschusslöcher in der Fassade der Bauakademie und repetierte die Jahreszahlen auf dem Sockel des Marschalls: Alles stimmte noch, er vermisste nur seinen vertrauten Chinesen, den Mann, der Pappkokons für eine Nacht baute. Er machte sich Sorgen. Aber wen er auf dem Boulevard auch fragte, niemand hatte die geringste Ahnung, wo er abgeblieben war. Sein schweigsamer Freund war offenbar ein beliebter Mann. Kellner sagten, es sei ihnen eine Ehre, Le Chinois auf der Straße ein Essen reichen zu dürfen. Eine Ladeninhaberin wusste zu erzählen, dass er kein Chinese, sondern ein halber Vietnamese sei, Sohn einer französischen Lehrerin aus Dien Bien Phu. Es gehe das Gerücht, dass er studiert habe, aber als Student vereinsamt sei. »Wenn man nie seine Post öffnet, existiert man irgendwann nicht mehr. Man müsste noch ein zweites Mal geboren werden.« Die Frau hatte Mulder noch zu einem maroden Pappwigwam unter der Eisenbahnbrücke geschickt, dort habe man ihn zuletzt gesehen.

Mulder beschloss, auf ihn zu warten, vielleicht kam er ja später zum Boulevard, je schwüler die Abende und je voller die Terrassen wurden. Kurz vor Mitternacht meinte er das Quietschen eines Einkaufswagens zu hören – es waren die Räder eines Rollators. Eine steinalte Dame kam vorbei, hinfällig und doch elegant, mit rosig gepuderten Wangen unter einem weißen Sommerhut. Mulder musterte sie unverschämt, und sie ließ es sich gefallen. Sie blieb lächelnd stehen, suchte etwas in ihrer Handtasche, trippelte zu seiner Bank und reichte ihm eine Münze. Er nahm sie an, starr vor Staunen – begriff die Absicht nicht. Aber die Frau hatte keinen Blick für seine Verblüffung, sie streichelte den Hund, gab ihrem Rollator einen Schubs. Erst dann sah es Mulder: Sein Hund machte ein Kunststückchen und hielt beide Pfoten hoch. Der Bettler. Eine alte Rolle, erlernt in der Zeit, als er stundenlang neben betrunkenen Männern wartete, die auf einer Parkbank die Zeit totschlugen. Er wedelte dankbar. Mulder wollte das Geld zurückgeben, aber die Dame ging schon wieder fröhlich weiter. Er rief ihr nach. Sie beschleunigte ihren Schritt. Er holte sie ein, hielt sie an. Bevor er ein Wort herausbringen konnte, zog sie drohend einen Spazierstock aus der Halterung an dem Rollator und hastete in ein Hotel, taub für jede Entschuldigung.

Mulder bog in die erstbeste Seitenstraße ein. Auf dem Boulevard wagte er sich vorläufig nicht mehr blicken zu lassen. Der Hund verstand seine Scham nicht, er sprang fröhlich zu der Hand hoch, in der die Münze war. Als fordere er seinen Anteil.

Wieder hörten sie quietschende Räder näher kommen. Mulder fühlte schon den Spazierstock auf seinem Kopf landen. Aber es war der Chinese, der mit einem strahlenden Lächeln herankutschierte, schwerer denn je mit Kartons beladen. Beide Füße in neuen Tüten von *monsieur Ed* – sein Schuhwerk für einen Tag. Auch seine rechte Hand steckte in einer Plastiktüte. Sie waren froh, sich zu begegnen. Der Hund führte einen Freudentanz auf.

Sie suchten sich eine Bank, weit weg vom Gewühl. Der Chinese entschuldigte sich für seine Abwesenheit, er habe tagelang bei der neuen Bibliothek geschlafen, unter der Brücke. Seine Hand tat ihm viel zu weh, um Pappe zu falten. Aber inzwischen gehe es ihm wieder besser. Er zog die Tüte von der Hand und hob vier Finger. Ein fauliger Geruch schlug Mulder ins Gesicht. »Was ist damit passiert?«

»Amputiert!«, sagte der Chinese triumphierend. Die Entzündung am Mittelfinger war immer schlimmer geworden, zuletzt lähmte die Wunde den ganzen Arm. Er hatte die zwei oberen Fingerglieder mit Garn abgebunden. Als sie schwarz wurden, fielen sie von selbst ab.

»Operieren ist nicht schwer.« Der Chinese lobte sein hübsches Stummelchen, das ihm blieb. Aber er hatte doch noch ein bißchen Fieber.

»So können Sie nicht im Freien schlafen«, sagte Mulder. »Ich kann Sie zu den Ärzten bringen, zu den *Ärzten der Welt*.«

Der Chinese wedelte alle guten Ratschläge weg – mit vier Fingern und einem Stummel.

»Hören Sie, Sie haben ein Recht auf Papiere. Sie haben die französische Nationalität, das weiß ich, Sie können einen Pass bekommen, eine Versicherungskarte, Betreuung.«

»Nein, ich möchte niemand sein, ich brauche niemanden.«

Mulder hob verzweifelt die Arme zum Himmel. »Aber

wissen Sie, was heutzutage mit Leuten ohne Papiere passiert?«

Papier? Er zeigte auf seinen Wagen. »Ich wohne in Papier.«

Mulder gab es auf. Er taugte nicht zur Sozialarbeit.

Sie schwiegen noch ein Weilchen zusammen. Lauschten den fernen Sirenen, der Hund als verständnisvolle Brücke zwischen ihnen. Jetzt, wo sie so nah beisammensaßen, fiel Mulder auf, wie wenig der Chinese stank, vor allem, nachdem er seinen amputierten Finger gelüftet hatte. Schmutz blieb nicht mehr an ihm hängen, der glänzende Panzer seiner Haut und Kleider stieß ihn ab. Frei von Gestank. Frei von Geld. Gab es denn nichts, was er sich wünschte?

»Doch, eine Frau«, sagte der Chinese lachend. »Eine schöne Frau.«

Als sie sich trennten, gab ihm Mulder die Hand, und er spürte den halben Mittelfinger in seiner Handfläche kitzeln. Eine Überwindung. »Lassen Sie mich eine Frau für Sie suchen«, sagte er. »Ich werde Ihr Sekretär sein.«

»Sekretär«, das Wort gefiel seinem Freund.

Mulder alias Nicolas Martin bekam allmählich Spaß an seinem erfundenen Wohltäter. Zwischen ihm und Madame Sri entwickelte sich eine lebhafte Korrespondenz. Er fragte sie nicht einmal nach dem Namen seines Hundes. Vielleicht wollte er die Antwort auch nicht mehr wissen; der Hund würde ihm dann weniger gehören. Sie wechselten Briefe über das Loslassen, die Armut, das Putzen. Vor allem über das Putzen. Über die Freude, Dingen ihren Glanz wiederzugeben. Darüber, wie er als Kind einen geteerten Bretterzaun stundenlang mit Wasser anmalen konnte, nur wegen des Geruchs und des flüchtigen Glanzes. Er liebe Bohnerwachs, schrieb er. Sie *eau de Javel*, Chlorbleiche. Und sie scheuerte gern. Am liebsten den Tempel: auf den Knien dem Höchsten dienen. Für Mulder war Putzen ebenfalls ein Gottesdienst, allerdings zu seinen eigenen Ehren. Wie er auch den Hund zu seinem eigenen Vergnügen kämmte und wusch. Schönheit schenkte Übersicht, Sicherheit.

Er schnupperte an ihren Briefen. Sie verabredeten sich. Es kostete Mulder zwei Stunden, die richtige Kleidung zu wählen. Er legte seine teure Armbanduhr ab, band aber auch die billige nicht um. In einem Park tranken sie Tee. Er fand sie noch schöner als bei der ersten Begegnung. In allem kultiviert. Sogar wie sie das Zuckerpapier aufriss, fand er anmutig. Vier Stückchen nahm sie. Sie schwiegen wie beim ersten Mal, das mochte sie. Auch für Mulder war es ein angenehmes Schweigen. Sie sagten viel ohne Worte. Auch wenn sie gelegentlich dem Hund etwas in ihrer Sprache zuflüsterte.

Mulder konnte sich nur schwer daran gewöhnen, dass sie ihn Monsieur Martin nannte oder ganz vorsichtig Nicolas. Er bestand darauf, dass sie ihn duzte, aber seinen wirklichen Namen wagte er ihr nicht zu sagen. Sie hatte nun einmal Bekanntschaft mit seinem besseren Ich geschlossen. In ihrem Beisein fluchte er nicht. Spottete nicht. Und war kein Snob. Ja, Mulder mochte sich sogar selbst ein bisschen, wenn er ihr als Nicolas Martin gegenübersaß.

Sri wollte mehr über ihren Wohltäter erfahren. Doch seine ausweichenden Antworten ließen sie verstehen, dass ihre Neugier ungehörig war. »Der Wohltäter hat nur Geld und Schuldgefühle«, sagte Mulder. Kein Geld zu haben, und das zur Kunst zu erheben, das bewunderte er. Er rühmte den Chinesen, der ohne alles leben konnte. Der war ein echter Loslasser! Ein Architekt, der Pappe Backsteinen vorzog. »Er baut Häuser für eine Nacht, seine Gebilde sind wie Dünen, beweglich in der Form. Wenn man einen Moment nicht hinsieht, formt der Wind ein anderes Dach, modelliert der Regen eine neue Wand dazu. Ehrliche Häuser sind es, sicher, ohne Unbilden und Höhenangst. Makellos. Für Menschen mit leichtem Gepäck.«

»Könntest du so leben?«, fragte Sri.

Martin antwortete nicht. Mulder stopfte ihm den Mund mit tiefsinnigem Schweigen.

Die Hungerstreikenden in der Kirche waren eine Sehenswürdigkeit geworden. Vor allem um die Mittagszeit standen die Menschen Schlange, um sich die paar Verrückten einmal anzusehen, die jeden Tag garantiert irgendwo in den Nachrichten auftauchten. Es war enttäuschend: Man konnte den Hunger noch nicht sehen, nicht einmal nach zehn Tagen, obwohl sich die Männer nicht mehr rasierten und das einen tragischen Schatten auf ihre Wangen warf. Junge Frauen lagen blass in Schlafsäcken, aber sie hatten noch genug Energie, um das Leiden der neunzig unsichtbaren Illegalen in einem fernen Gefängnis zu verkünden. Es wurde für sie gebetet und gesungen. Weltliche Chansons, Lieder zum Mitsingen. Es waren Studenten, aufgestachelt von einem leidenschaftlich engagierten Dozenten. Verwandte waren von nah und fern angereist und schleppten besorgt saubere Wäsche und Mineralwasserflaschen herbei. Eine Mutter presste Orangen aus – ein paar Fanatiker protestierten, aber nach einer namentlichen Abstimmung durfte jeder ein Becherchen trinken. Aufgeklebte Zeitungen hatten den Rauchglasbeichtstuhl in eine Umkleidekabine verwandelt. Ein Vater versuchte, sein Kind zum Aussteigen aus der Aktion zu überreden.

Mulder hatte die Szene eine Weile beobachtet, allein, ohne Hund. Die Fröhlichkeit des Protests ärgerte ihn: Dieser Hunger war ein Luxus, mit der Fettlebe des Elternhauses im Hintergrund. Seine Lippen kräuselten sich spöttisch, er konnte es nicht lassen, vor allem als er sah, dass sich die Hungerstreikenden unter ein paar Heiligenbilder postiert hatten. Eine vom Fasten und Büßen gezeichnete Maria Magdalena blickte hohlwangig auf sie herab, und der Einsiedler Hieronymus, zu mager, um für einen Löwen noch eine Verlockung zu sein, zeigte mit dem Finger auf sie.

Dennoch gab Mulder sich große Mühe, ihre Besorgtheit zu teilen. Sie meinten es gut. Und sie taten wenigstens etwas. Sie schon. Er fühlte nichts als Distanz. Er kniff die Augen zusammen und sehnte sich dabei nach ihrem Hunger, ihrer Empörung. Aber es gelang ihm nicht, alles, was er fühlte, war Hass. Vielleicht war dieses fröhliche Lächeln auf den Lippen schuld. Kannten diese Leute denn keine Wut?

Eine Studentin verlas die neunzig Namen der inhaftierten Illegalen: Abdallah, Aminitha, Kajathan, Housni, Nenita ... Namen wie eine Litanei. Sehr ordentlich. Bis schwere Schritte und stampfende Stöcke auf dem Marmor hallten. Eine bunte Gesellschaft kam hereingestürmt, Jungen und Mädchen, schwarzgekleidet oder in Tarnhosen oder Schottenröcken, mit verfilzten Haaren und Nadeln durch Lippen und Wangen. Ausgemergelte Hunde sausten unangeleint vor ihnen her. Ein Kinderwagen voller Decken und Krempel rollte durch den Mittelgang. Die Kirchenbesetzer bekamen unerbetene Verstärkung von Hausbesetzern, Autonomen, Randalierern aus den Vorstädten. Die falteten Flieger aus frommen Traktätchen, lümmelten im Chorgestühl, zündeten Kerzen an. Die Hungerstreikenden beratschlagten fieberhaft mit ihrem Dozenten. Nach einer kurzen Unterbrechung griff die Studentin, die die Namen vorlas, wieder zu ihrer Liste. Osman, Matías, Gao Ming, Fjodor, Prudence ... Aber das Papier zitterte in ihren Händen. Sie wurde ausgelacht. Ein alter Herr rief zur Ordnung. Der Dozent gab in blinder Wut dem Kinderwagen einen Tritt.

Die Schikanen hörten nicht auf, und die Besucher suchten wieder das Weite. Im Chor kullerten Kerzen über den Marmorboden. Ein Kajalaugenmädchen hielt das Altartuch in die Höhe und bat um eine Spraydose, um das weiße Tuch als Fahne einzuweihen. Da trat Père Bruno in Erscheinung. Hoheitsvoll in Soutane. Er entriss ihr wortlos das Tuch und faltete es ehrfürchtig zusammen – peinlich präzise. Das Mädchen trollte sich. Eine Totenstille trat ein. Eine Stille, die jeden Protest in den Schatten stellte. Einschüchternder als die Unverschämtheit der stampfenden Schuhe und Stöcke. In der Zwickmühle zwischen Klerus und Aktion, hatte sich der Pater bereits seit Tagen im Hintergrund gehalten, aber jetzt, da Gottes Haus besudelt zu werden drohte, forderte er seine Kirche wieder zurück. Er küsste das zusammengefaltete Tuch und reichte es dem schwarzen Kerzenmann, der aus dem Nichts aufgetaucht war.

Mulder saß kerzengerade, voller Bewunderung für den Pater – am liebsten hätte er ihm applaudiert. Aber die Stille wurde von etwas anderem gestört. Dumpf zerplatzte ein Klumpen auf einem der Pfeiler. Eine Farbbombe. Hungerstreikende sprangen aus ihren Schlafsäcken. Empörte Rufe. Gebell. Die Polizei stürmte herein, mindestens hundert Kerle in kugelsicheren Westen, mit Knüppeln, Waffen, angeleinten Hunden. Sie prügelten, was das Zeug hielt, rissen Rastas an den Haaren, versprühten Pfefferspray. Handschellen schnappten um Handgelenke, und einer nach dem anderen wurde abgeführt. Mulder versteckte sich bei den Eltern in einem Seitenschiff, mit vor Aufregung pochenden Schläfen, den Blick auf die besudelten Pfeiler geheftet. Er saugte den Fleck weg. Der beste Fleck aller Zeiten, seine ganze Wut tropfte dort herab.

Die Polizei hatte die Kirche umzingelt. Hungerstreikende und Randalierer wurden in Bussen weggebracht. Auf der Freitreppe war ein großes Chaos. Besucher durften die Kirche nicht verlassen, ohne sich auszuweisen. Der Ermittler von der nächsten Polizeiwache telefonierte mit heißen Ohren. Beim Anblick Mulders stürmte er wutschnaubend auf ihn zu: »Sie wieder! Haben Sie denn nichts Besseres zu tun, als Ihre Nase in unsere Probleme zu stecken?« Nein, der Pass war nicht nötig. Er solle mit zum Einsatzwagen. Dann könne man gleich noch »gemütlich ein bisschen plaudern«. Zwei Polizisten kümmerten sich um ihn. Sie pafften die grüne Minna blau. Noch mehr Sirenen gellten. Durch das Milchglas konnte Mulder nichts sehen und musste die Bewegungen draußen erraten. Der Wasserwerfer röhrte. Schatten huschten vorbei, Trommeln wirbelten. Jemand sprach zu der Menge. Mulder konnte nichts verstehen, alle johlten dazwischen. Ein Jubel stieg auf.

Ein Polizist sah auf seine Uhr. »Das werden die Brötchen sein.« Der Hungerstreik wurde abgeblasen. Ende der Besetzung.

Die Tür des Einsatzwagens öffnete sich, und Père Bruno stieg ein, gestützt von einer Polizistin, seine rechte Hand mit einem Tuch umwickelt. Er setzte sich neben Mulder und grüßte ihn, als wäre es die normalste Sache der Welt, dass sie sich in einer Polizeiwanne trafen. Blut tropfte auf weißes Resopal. Ein Hund hatte ihn gebissen.

Die Polizisten kramten aus einem Verbandkasten Jod, Mull und Leukoplast. War es einer dieser dreckigen Straßenköter gewesen?

»Nein, nein, ein Polizeihund.«

Dann brauchte er keine Spritze.

»Sie dürfen unseren Hunden auch nicht widersprechen«, sagte einer der Polizisten beim Jodtröpfeln.

Père Bruno grinste vor Schmerz. »Und was hatten Sie dort zu suchen?«, fragte er Mulder.

»Ich wollte meine Solidarität bekunden.«

Der Pater blickte ihn spöttisch an. Ein Spott, von dem Mulder noch lernen konnte.

Manchmal ist der Schmerz zu groß für unser Gehirn«, sagte der Arzt. »Dann wissen die Nerven nicht mehr, wo sie hin sollen. Die Karte ist verbrannt. Doch wenn sich alte Funktionen allmählich wieder zurückmelden, lässt sich nicht einmal der Druck eines Seidenlakens ertragen. In gewissem Sinn ist Schmerz ein Zeichen der Genesung.«

Mulder und Sri folgten im Gang des Kinderkrankenhauses dem Arzt. Sie hatten gerade darum gebeten, die verbrannte Fanta besuchen zu dürfen, zusammen mit dem Hund. Als Ablenkung. Sri kannte den Arzt, sie war mehrmals dabei gewesen, wenn Fantas Wunden versorgt wurden – er hatte eigens darum gebeten –, um dem Mädchen Mut zu machen oder gemeinsam mit ihr aufzuschreien, weil sie Schmerzen litt, die sich nicht betäuben ließen. Bei den ersten Behandlungen bekam Fanta einen Videohelm aufgesetzt, mit dem sie halluzinierende Bilder sah, die ihr Gehirn für die gemeine Pinzette des Arztes weniger empfindlich machten. Aber der Helm war kaputt, und es gab kein Ersatzgerät. Fanta stand auf einer Warteliste.

Sri kam und erzählte ihr Geschichten, las Märchen vor, zeigte ihr Bilder aus Illustrierten. Nur hatte man den Eindruck, als würden die Schmerzen immer schlimmer, Fanta konnte kaum noch zuhören. Es musste ein stärkerer Reiz kommen. Der Hund. Fanta fragte oft nach ihm. Sri wusste, dass sie sich nach ihrem alten Spielkameraden sehnte. Durfte sie ihn nicht wenigstens einmal sehen?

Der Arzt befürchtete Infektionsgefahr. Mulder bot an, den Hund eigenhändig mit Chirurgenseife zu waschen (das flüsterte ihm Martin ein). Und ein Operationshemd? Und den Schwanz in eine Plastiktüte? Auf jeden Fall brauchte er einen Maulkorb. Sie besprachen das Für und Wider. Der Arzt telefonierte, ob es ein steriles Zimmerchen zur Gartenseite gäbe.

Schließlich kam die Genehmigung. Nur ganz kurz. Und nicht zu nah. Unter Umgehung der Schwestern.

Der Hund ließ sich widerstandslos waschen, ankleiden und den Maulkorb anlegen. Mit würdevollem Blick. Und er unterdrückte tapfer das Niesen, als begriffe er, dass von ihm etwas Besonderes erwartet wurde.

Fanta war nach dem Brand fast weiß geworden. Ein großer Teil ihres Körpers war noch in Binden, und wo die Wunden heilten, zeigte sich, dass die Pigmentbildung gestört war. Ihr rechtes Ohr war eine durchscheinende Muschel und ihr Mund ein schmerzverzerrtes rosa Grinsen. Mulder konnte nicht hinsehen, und auch sein besseres Ich konnte sich kaum dazu überwinden. Aber der Hund fiepte vor Freude. Minutenlang ließ er sich anstarren. Fanta streichelte ihn mit den Augen, sie glänzten vor Freude.

Sri stellte sich hinter das Bett, und sie sprachen abwechselnd mit dem Hund. Sris sanfte Stimme. Fantas gequälte Stimme. Sie frischten Erinnerungen auf, an seine Reise durch Afrika, an den Schwimmer, den Anhalter, an das Zur-Schule-Bringen-und-Abholen. An den Dieb. Den Kämpfer. »Erinnerst du dich noch an den Tag, als er winselnd vor unserer Tür saß?« Der Hund hörte aufmerksam zu.

Der Arzt wickelte den alten Verband ab und legte einen sauberen Tüll-Fettverband an. Fanta schrie vor Schmerzen. Mulder verbiss sich in seinen Mundschutz. Sein Haar gärte unter der zu kleinen Chirurgenhaube, die Sri ihm aufgesetzt hatte. Auch er hatte eine blaue Pflegeruniform überziehen müssen und Schutzhüllen um seine Schuhe. Der Hund wirkte verstört. Sri sprach beruhigend auf ihn ein. »Tanz für Fanta«, sagte sie. Und er tanzte. Mühsam, in seinem hellgrünen OP-Hemd. Das Mädchen riss den Mund auf – ein stiller Schrei. Der Arzt vergaß einen Augenblick das Verbinden. Die Hundekrallen tickten auf dem Linoleum. Der eingepackte Schwanz wehte wie eine Fahne durchs Zimmer.

Mullstücke wurden abgestreift. Aufgelegt. Hautstücke mit abgezogen. Auf Fanta war eine brennende Decke gefallen, und noch immer kamen mikroskopisch kleine Holz-, Kalk- und Strohteilchen zum Vorschein. Doch Sri verdrängte ihre Tränen mit Worten. Sie, die so gern schwieg, sie, die in der Stille ihren Gott suchte, erwies sich als meisterhafte Erzählerin, als Geisterbeschwörerin. Sie ließ den Hund reisen, schwimmen, fliegen, Wunder tun. Ein haariger Engel auf vier Pfoten war er. Und wieder tanzte er. Fanta lachte. Ihr erstes Lachen seit dem Brand.

»Sie sind besser als ein Videohelm«, sagte der Arzt zu Sri, als er mit seiner Arbeit fertig war. Und Monsieur könne stolz auf seinen Hund sein.

Der Hund sabberte aus seiner eingeschnürten Schnauze. Nur gut, dass niemand den bitteren Zug um Mulders Mund sehen konnte. Widerwillen fühlte er, nichts von Stolz. Widerwillen gegen ein entstelltes Lachen, ein Fledermausohr, gegen ein in Binden gewickeltes Monster. Fantas Leiden stieß ihn ab. Außerdem stank sie. Aber er bewunderte Sri. Er bewunderte seinen Hund. Ihre Güte war ihm fremd. Er war sie beide nicht wert.

Der Sommer setzte heiß ein, und Klumpfüße schlüpften in Sandalen. Reich und Arm kleidete sich luftig. Allzu luftig. Das Parfum der shoppenden Damen mischte sich mit dem bitteren Schweiß der Arbeiter, und die Pisse – das Parfum der Berber – blieb länger als gewöhnlich in Gassen und Winkeln hängen. Die Kellner rollten ihre Hemdsärmel auf und ließen ihre Armketten gegen Gläser klirren, Elchgeweihe krochen aus Mädchenpos, gepiercte Nabel und Bierbäuche atmeten frei. Mulder sehnte sich nach Schnee und Wintermänteln. Am liebsten hätte er all die Hässlichkeit bedeckt, auch die Hässlichkeit in sich selbst. Wunden, Leid, Unrecht und Klagen in Hülle und Fülle. Er versagte im Umgang mit Menschen, die ihn daran erinnerten. Und ihn schlauchte auch der haarige Heilige, der ihn mit sich zog. Sein Hund hatte ihm inzwischen schon genug Not und Elend gezeigt.

Mulder sehnte sich nach schönen Dingen. Zu lange schon ging er an Ausstellungsplakaten vorüber, ohne irgendwo einzutreten, nur weil er sich von Schildern mit einem durchgestrichenen Hund neben dem Eingang abschrecken ließ. Und das stieß ihm jetzt sauer auf. Ihm fehlte die heilende Wirkung von Schönheit. Nicht, dass er nicht ohne Kunst leben konnte oder jede Kunst außergewöhnlich fand, normalerweise reichte ihm die Schönheit der Straße: ein Kind an einem Fenster mit einer Katze auf den Schultern, eine Obsttorte als Sommerhut, mächtige Brücken und Fassaden, verträumte Innenhöfe, symmetrische Gärten und ein bisschen Wasser im Rinnstein. Aber Stadt und Menschen taten ihm weh, sein Hund hatte ihn gelehrt, mit anderen Augen zu sehen.

Wenn er noch irgendwo Trost finden konnte, dann im Museum. Vielleicht erlebte er dort, was andere in Kirchen suchten. Und wenn es war, wie es sein sollte, geschah dort auch etwas mit ihm, er wurde von etwas berührt oder erhoben und kam anders heraus, als er hineingegangen war. Wie damals, als er vor einem kleinen Marmorstamm von Brancusi stand und ihn ein großes Glücksgefühl durchflutete. Vielleicht sprach ihn die Form an – eine Kette aus balancierenden Pastillen –, so fein und schlicht neben den Sälen voll physischer Gewalt von Brancusis Lehrmeister Rodin, aber es ging eine geheimnisvolle Kraft davon aus.

Mulder wollte sich wieder aufladen an diesem kleinen Stamm, und nicht nur daran. Er nahm sich vor, sich einen ganzen Tag lang an Schönheit zu laben, als Heilmittel gegen die Hässlichkeit – auch gegen die eigene Hässlichkeit. Und der Hund musste mit, die Wohnung heizte sich zu sehr auf, als dass er ihn dort stundenlang allein lassen konnte. Ob er nun einen Blick dafür hatte oder nicht, er würde ihn in dieses Museum mit hineinbekommen, auch wenn er einen Brancusi für einen Knochen hielte. Übrigens, was konnte ein Hund denn für Schaden anrichten zwischen all der Bronze und dem Marmor?

Sie wählten eine Strecke, die sie an vornehmen Kunsthandlungen und Antiquitätenhändlern vorbeiführen würde – ein Schlenderweg vorbei an schönen Dingen. Der Hund gähnte vor Schaufenstern mit vergoldeten Stühlen und chinesischen Vasen, pinkelte an die Hauswand, wo ein Caillebotte im Schaufenster hing, und Mulder wollte es nicht sehen. Was ihm nicht gefiel, daran ging er eilig vorbei. Aber vor einer Dan-Maske von der Elfenbeinküste blieb er lange stehen. Glänzend schwarz war sie, in perfektem Zustand, mit erstaunten Augen und Lippen voller Liebe. Sie sprachen. Mulder lauschte mit der Stirn am Schaufenster, bis auch der Hund seine Schnauze ans Glas drückte und der Galerist sie verjagte.

Ein paar Läden weiter wurde Mulder von einer Elfenbeinmadonna aus dem zwölften Jahrhundert am Kragen gepackt, sie war nicht größer als eine Garnrolle. Beinahe hätte er sie übersehen, bis er diesen Ruck spürte und einfach zurückmusste. Der Künstler zog ihn, nicht der Hund. Mulder betrachtete etwas, das größer war als er selbst. Künstler sind immer größer als Betrachter, aber insgeheim hoffte er, dass die Schönheit der kleinen Skulptur bei ihm einschlagen würde, mitten durch das kugelsichere Glas. Als könnte er durch intensives Betrachten von etwas Schönem ein besserer Mensch werden. Obwohl er wusste, dass die Mörder in den Vernichtungslagern nach getaner Arbeit gern eine Schellackplatte mit Mozart auflegten, während sie den Ruß der Verbrennungsöfen von ihren Uniformen bürsteten. Kunst machte die größten Schufte weich, eine kleine Weile, bis es ihnen Angst machte und sie ihre Weichheit wieder mit Grausamkeit verdrängten. Aber manchmal glaubte Mulder den heilsamen Einfluss von Kunst tatsächlich zu fühlen. Wenn Form, Linie oder Rhythmus und Struktur mit seinen Vorstellungen vom Guten und Wahren zusammenfielen. Wenn Sinnliches und Geistiges eins wurden. In *Schmücke dich, o liebe Seele*. In der Maske. Und das hatte nichts mit Gott zu tun, sondern mit Geist, dessen Bestes sich in der Schönheit, wie flüchtig auch immer, offenbart. Die besten Augenblicke waren zeitlich begrenzt – *zu* begrenzt. Doch die Schönheit war bleibend, sie wartete auf jeden, der sie sehen wollte. Wie der kleine Stamm von Brancusi, von dem alles Unwesentliche weggemeißelt war, bis die reine Form übrigblieb. O wie gern würde er zur Axt greifen, oder noch lieber: zu einem kleinen, scharfen Meißel, der tief spleißt, einem Meißelchen, mit dem er alles abklopfen könnte, was ihn störte, den Schmutz, die unangenehmen Züge... bis ein angenehmerer Mann herausbräche.

Erwartungsvoll betrat Mulder das Museum, Brancusis kleinen Stamm vor Augen. Er kaufte eine Eintrittskarte. Sein Hund blieb aus dem Sichtfeld der Kassiererin. Aber nicht aus der Sicht des kartenabreißenden Aufsehers: Für Vierbeiner verboten. Und er konnte den Hund auch nicht in irgendeinem Raum lassen. »Wir sind kein Kindergarten.« Nein, keine Extrawürste. »Außer, Monsieur ist blind.« Der Aufseher lachte. Mulder tastete nach seiner Sonnenbrille in der Brusttasche. Er konnte sie schwerlich aufsetzen und sich dann doch noch als Pseudoblinder mit Blindenhund anmelden. Zu spät. Nicht dran gedacht. Sonst hätte er die Skulpturen vielleicht betasten dürfen. Nun blieben ihm nur ein tödlicher Blick und ein bitterer Spruch. »Glauben Sie wirklich, mein Hund würde einen Rodin anpinkeln?«

»Frankreich lässt nicht sein kulturelles Erbe besudeln.«

»Kulturelles Erbe. Dass ich nicht lache, für Frankreich ist der Marmor wichtiger als der Mensch.«

»Vielleicht bin ich blind und Ihr Hund ist ein Mensch?« Der Aufseher reckte ein Kinn, das Rodin hatte meißeln können – so fleischig und verbissen.

»Edler als ein Mensch, Monsieur. Er nährt sich von Kunst!«

Mulder zickte, er wusste es.

Der Aufseher tippte sich mit dem Finger an die Stirn. Mulder tippte sich ebenfalls an seine Stirn. Ganz fest. Und es fehlte nicht viel und ein anderer Mann wäre herausgebrochen, und der wäre kein netter Mann, kein besseres Ich. Aber Mulder zog ab, mit geballten Fäusten. Sein Verlangen nach Schönheit hatte sich in Wut verkehrt. Der kleine Marmorstamm brannte wie eine Keule in seiner Hand. Und das Blut spritzte nach allen Seiten.

Die Bettlerin lehnte schnaufend an der Tür, für sie war es sichtlich eine richtige Kletterpartie gewesen: vier Treppen mit einem Kunstbein. Mulder fand sie breitbeinig auf seinem Läufer sitzend. Die Prothese hatte sie abgeschnallt und ihren Rock weit hochgerafft, um den blauroten Stumpf gut zu lüften. Der Hund hechtete darauf los. »Wie sind Sie hier hereingekommen?«, fragte Mulder geniert.

»Wir kennen alle Türcodes«, sagte sie. »Nur eine Frage des Abwartens.« Sie kicherte, der Hund kitzelte sie unter ihrem Rock. »Sie werden in der Kirche erwartet. Ohne Hund.«

Mulder runzelte die Stirn. Wenn ihn Père Bruno so gern sprechen wolle, könne er ins Café kommen. Aber die Bettlerin beharrte, es sei dringend: Ein Leben stünde auf dem Spiel.

»Ein Leben?«

»Ja, und ich passe hier auf den Hund auf. So will es unser Père Bruno.« Sie sabberte bei dem Namen und bedachte Mulder mit einem frömmelnden Blick.

Mulder glaubte kein Wort; diese Person trug öfter dick auf, wenn sie vom Pater sprach. Schon der Gedanke, sie allein in seiner Wohnung zu lassen, war ihm unerträglich – sie roch ihm zu sehr nach Alkohol. Und wenn er schon ginge, sagte er, dann nur unter der Voraussetzung, dass sie seinen Hund im Park ausführen würde.

Unmöglich, durfte sie nicht, Bettler wurden gar nicht eingelassen – wusste Monsieur das etwa nicht? Nein, sie war nicht umsonst hier hochgestiegen. »Ich, mit dem Bein!« Sie reckte ihren Stumpf hoch und zeigte ihm den Abdruck der Prothese auf dem Stummel ihres Oberschenkels.

Welche Ausflüchte Mulder auch suchte, sie weigerte sich zu gehen. Sie bohrte ihren Hintern in die Kokosmatte. Tee wollte sie. Und aufs Klo. Mulder hastete in sein Arbeitszimmer, versteckte den teuren Wein, schob die silbernen Fotorähmchen in eine Schublade und warf eine Decke über den Mahagonitisch. Und die Füllfederhalter, die silbernen Erbstücke … hinter die Bücher damit. Die Bettlerin kam den Gang entlanggeschlurft und zerkratzte mit Krücke und Prothese die Wand. Mulder hastete ins Klo, um den Schaden dort zu besichtigen. Die Person hatte sich gewaschen und ringsherum alles vollgespritzt. Sein Handtuch schmutzig, der Spiegel. Er begann wie ein Irrer zu polieren. Inzwischen lümmelte sie in seinem bequemen Sessel, mit ihren fettigen Haaren auf dem Polster. Bei dem Anblick schrie er auf. Wollte ihr ein Handtuch hinter die Schultern legen. Und auf dem Teppich war ein Fleck. Sie hatte ihren Fuß nicht abgetreten. Den einen Fuß.

Der Hund steckte die Schnauze in ihre Prothese und schnupperte am Geruch von Münzgeld und Schweiß. Dem Hund war alles recht.

»Der Pater wartet«, triezte die Bettlerin.

Ärgerlich lief Mulder auf den Platz. Zu seiner Überraschung sah er, dass die Mairie den von der Polizei gefällten Baum ersetzt hatte; jetzt zitterte dort ein Hälmchen, und auch das Graffiti war vom Brunnen entfernt worden. So schnell konnte es also auch gehen: aufräumen und beseitigen. Der Aufruhr saß hinter Schloß und Riegel, und die Studenten ließen sich wieder von Papi und Mami verwöhnen. Ein letzter Kehraus, und die Besetzung hatte es nie gegeben. Sogar die echten Hungerstreikenden waren aus den Nachrichten gefegt: Am Tag nach der Räumung hatte die Polizei sie allesamt des Landes verwiesen, ohne dass man einen Mucks gehört hätte. Eigentlich müsste ihn das ansprechen, dachte Mulder: die Welt ordentlich und aufgeräumt. Aber die Not, der er auf seinen Spaziergängen begegnet war, hatte sich in seinem Kopf allmählich so angehäuft, dass ihn der Eifer ärgerte, mit dem das Viertel vergessen wollte. Sahen sie nicht, was er gesehen, was ihn sein Hund zu sehen gelehrt hatte? Den Schmutz, die Erniedrigung und den Hass. Er sah es, hörte es, auch wenn er davor wegrannte, auch wenn er den ganzen Tag wienerte – es ließ sich nicht mehr wegwienern. Und gleichzeitig wusste er, dass er nichts ändern konnte. Ja, Geld geben und wegsehen. Oder sein Heil bei einem Gott suchen – dann hatte man wenigstens etwas Gemeinsames mit den Ausgestoßenen: die Hoffnung auf Besserung. Eine Flucht, Hilfe von einer Gemeinde. Aber so tief würde er nicht sinken, auch wenn er sich von einem Pater herbeizitieren ließ. Sein Herz hämmerte vor Aufregung, und obendrein hatte er seine Pillen vergessen. Er stieß die Schwingtüren der Kirche auf und blickte spöttisch auf das RUHE-Schild. Nix Ruhe. Laut auf dem Marmor trampeln. Den Löwen des heiligen Hieronymus anknurren. Verdammt noch mal, allmählich wurde dieses Gruselkabinett noch sein zweites Zuhause. Der Pater hörte ihn schon von weitem, er richtete die Blumen vor der Maria. »Schön, dass Sie da sind, guter Freund.«

Mulder biss sich auf die Unterlippe. Waren sie wirklich Freunde?

»Entschuldigen Sie meine Abgesandte, aber mir fiel nichts Besseres ein, um Sie schnell sprechen zu können.« Der Pater legte Mulder eine Hand auf die Schulter und führte ihn zum Beichtstuhl. Mulders Rücken wehrte sich, aber seine Füße folgten ergeben. Der Pater nahm seinen festen Platz ein, Mulder musste sich ihm gegenübersetzen, in den kleinen Lichtkegel der Schirmlampe. Beide zündeten sich eine Zigarette an, beobachteten, wie der Rauch an die glänzende Glasscheibe schlug. Ja, alles war wieder geputzt, die Studenten hatten ziemlich gehaust – die Nonnen fanden Unterwäsche in seiner Schublade! Auf ihren Rat hin hatte er seinen Glaskasten erneut eingesegnet. Mulder sah um sich, ihm war unbehaglich, aber er brauchte nicht zu beichten, der Pater wollte seine Geschichte loswerden: Monsieur Ngolo war kurz nach der Polizeirazzia als Zeuge verhört worden, wie jeder, der sich zum Zeitpunkt der Krawalle in der Kirche aufhielt, aber der arme Mann konnte keine Papiere vorlegen und sie hatten ihn mit auf die Wache genommen – in Handschellen. Und jetzt wurde Père Bruno beschuldigt, einen Illegalen zu beschäftigen. Nach langem Bitten und Betteln hatte er den Kerzenmann doch freibekommen. Die Préfecture war ihm nach dem Biss des Polizeihundes schon noch etwas schuldig. Aber für wie lange? Ausweisung drohte, es sei denn, der Richter fällte ein anderes Urteil.

Père Bruno zupfte an seiner Wunde, er hatte sich nachlässig rasiert, ja, und er schlief schlecht… Die Sache überstieg seine Möglichkeiten, er hatte alles versucht, einflussreiche Leute angerufen, sogar den Oberen. Er lachte verächtlich. Der Obere wollte für ihn beten. Und Amnesty International. Die wollten einen Bericht über die politische Lage im Tschad schicken. Das *Collectif des sans papiers* hatte Ngolo auf seine Liste gesetzt und bei den *Ärzten der Welt* konnte er im Notfall ein Zelt abholen. Doch die Zeit drängte. Deshalb hatte Père Bruno ihm die einbeinige Bettlerin geschickt. »Wir müssen Monsieur Ngolo helfen«, sagte Père Bruno.

»Aber ich werde auch von der Polizei beobachtet«, sagte Mulder.

»Er wartet oben auf Sie.«

»Wer? Der Große Ermittler?«

Es reichte nicht zu einem Lächeln.

»Kann Ngolo nicht herunterkommen?«

»Nein, er hat sich im Turmzimmer eingeschlossen, niemand weiß, dass er dort wohnt, und er ist beim Packen.« Die Glocke schlug – das Cis von Henriette. Halb zwölf vormittags. Ein Schlag.

»Aber das wird mein Tod.«

»Sie haben eine halbe Stunde, bis die Glocke zwölfmal schlägt. Beeilen Sie sich.« Sie erhoben sich und gingen zur Maria. Père Bruno reichte Mulder eine brennende Kerze.

Monsieur Ngolo klopfte den Staub aus seinem Koffer. Mulder kratzte das Kerzenwachs von seiner Hand. Verlegen standen sie sich gegenüber. Der Tisch war mit Kleidungsstücken übersät: mit langen Unterhosen, verwaschenen weißen Tropenhemden, Pullovern, einer Wollmütze, ein paar Slippern – gute Gaben der Dominikaner. Was sollte in den Koffer? Der Sommer oder der Winter? Und wohin ging die Reise? Schweigend blickten sie auf die Landkarten, die Monsieur Ngolo an die Schimmelwand seines Turmzimmers geheftet hatte. Drei Kontinente an Reißnägeln, vergrößert, ausgeschnitten, neu wieder zusammengesetzt. Die Sahara war der Mittelpunkt von Afrika. Europa bestand nur aus Spanien, Portugal und Frankreich. Die Kanarischen Inseln trieben verirrt im Ozean, größer als das Europa auf der anderen Seite. Ganz Amerika hieß Kanada. Es dauerte ein bisschen, bis Mulder die Namen und neuen Grenzen einordnen konnte. Monsieur Ngolo zeigte ihm eine eigenwillige, punktierte Linie. »Meine Reise«, sagte er. Und er zählte die Länder auf, durch die er gezogen war: Tschad, Niger, Libyen, Algerien, Marokko, Mauretanien, Kanarische Inseln, Spanien, Frankreich … Seine Karte reichte nicht südlicher als Tschad, für ihn der Anfang von Afrika, das Land seiner Geburt.

War er etwa dort Père Bruno begegnet?

Nein, der war von vor seiner Zeit. Aber in Paris war der Pater für ihn ein guter Mensch gewesen. Er hatte getan, was er tun konnte, nun geriet er selbst in Gefahr. »Monseigneur, der Obere, ist böse auf ihn. Sehr böse.« Ngolo hatte es von den Nonnen gehört.

Sie setzten sich mit Blick auf die Karten und tranken einen bitteren Nescafé, mit Wasser aus einem Kanister auf einem Campingkocher zum Kochen gebracht.

»Möchten Sie nicht nach Hause?«, fragte Mulder.

»Wenn man jahrelang unterwegs war, kann man nicht mehr dorthin zurück, wo man herkommt.«

Und seine Familie?

Nein, da konnte er nur als reicher Mann ankommen. Auf einen armen Sohn wartete niemand. Sie würden sich seiner schämen. Er blieb lieber eine Postanweisung aus der Ferne.

Monsieur Ngolo lief zu seinem Bett, zog eine Schachtel hervor und breitete ein paar große, braune Umschläge auf der Decke aus. »Ich bin ein *sans papiers* mit einer Schachtel voller Papiere«, grinste er. Er suchte das Heft, in dem er all seine Zahlungen notierte. Jeden Monat fünfzig Euro. Verdient mit der Schummelei mit Kerzen für Maria. Der Pater übersah es großzügig. Das Heft war sein Führungszeugnis.

Die Dorfältesten konnten stolz auf ihn sein, auch wenn sie vielleicht mehr erwartet hatten, als er und sein Freund für die große Reise nach Europa auserwählt wurden, mit dem alten Auto des Missionsarztes ...

Mulder verschüttete seinen Kaffee, als er das hörte, aber Monsieur Ngolo sah nicht auf, er kramte weiter in seiner Schachtel und blätterte durch seine Erinnerungen. »Wir sollten die kleinen Mäuler füttern. Milchpulver ist teuer. Und Maniok und Mais. Wissen Sie, in unserer Gegend gibt es seit Jahren keinen Regen, und wie hart auch jeder auf dem Feld arbeitet, es wächst so gut wie nichts. Wir waren die Ernte, wir, die ältesten Söhne.« Er schwieg.

Mulder war zu erregt, um noch weiter zuzuhören. »Was für ein Zufall!«, rief er.

»Wir sind ohne Lebewohl aufgebrochen, um vier Uhr früh«, fuhr Monsieur Ngolo verträumt fort. »Um keine Tränen zu sehen.«

»Mein Hund kam auch mit einem Auto aus dem Tschad. Einem R 4.«

Aber es war kein Zufall. Monsieur Ngolo besaß noch immer den Reserveschlüssel, das einzige greifbare Andenken, das ihm von seiner langen Reise geblieben war. Der Renault wurde bereits in Libyen gestohlen, und wenn der Hund den Dieben nicht an die Kehle gesprungen wäre, wären sie auch ihr Reisegeld los gewesen. Der Hund, dem hatte er viel zu verdanken. Monsieur Ngolo fühlte sich offenbar unbehaglich. Das Thema war nicht länger zu umgehen. Ja, ein tapferes Tier war es. »Er hat uns bis Paris gebracht, meinen Freund und mich, und unterwegs hat er uns mehrmals das Leben gerettet. Aber nach dem Tod meines Freundes konnte ich ihn nicht länger behalten, wie undankbar das auch klingt. Ich arbeitete nachts in einer Putzkolonne. Ich kannte den

Namen von Père Bruno, wir hatten seine Adresse von unserer Missionsstation bekommen und für Notfälle auswendig gelernt. Eines Tages habe ich dem Pater den Hund gebracht, ich wollte nur das Beste für ihn …« Monsieur Ngolo zog seufzend die schmalen Schultern hoch. Jungenhaft, wie seine Stimme, seine Gesten, es war Mulder vorher nicht aufgefallen, nur seine Augen hatten einen alten Blick.

»Sie kennen den Hund also besser als ich«, sagte Mulder und erschrak vor der Eifersucht in seiner Stimme. Der Name, endlich würde er ihn hören – er musste einfach danach fragen. Aber Monsieur Ngolo wollte ihn nicht verraten. »Nennen Sie ihn *Le Chien*, das ist für alle das Beste.«

Oder gar keinen Namen, denn er hörte doch nicht, er machte doch, was er wollte, und ließ sich von niemandem kommandieren. Taub von zu vielen Herren. Auch beim Pater blieb er nicht lange. »Meine Schuld«, sagte Monsieur Ngolo. »Die Polizei war hinter mir her, sie hatte schon zweimal das Haus geräumt, in dem ich ein Bett gemietet hatte, mitten in der Nacht. Damals bot mir der Pater das Turmzimmer an – unter strengster Geheimhaltung: Niemand durfte wissen, dass ich dort wohnte, nicht einmal der Hund. Père Bruno hatte Angst, der Hund könnte mich verraten.«

Dass Monsieur Ngolo dem Hund aus dem Weg ging, konnte Mulder verstehen. »Merkwürdig ist nur, dass er auch Ihnen aus dem Weg geht. Er hat Angst vor Ihnen!«

»Ich weiß, ich weiß.« Ngolo schlug die Hände vors Gesicht. »Der Hund wohnte in dem besetzten Haus, aber er kam weiterhin in die Kirche, vor allem während der Messe, wenn ich arbeitete. Er jaulte nicht nur wegen der Orgel, er sprang auch an mir hoch und ließ mich nicht mehr gehen. Es war viel zu auffällig. Ich fiel auf! Um ihn loszuwerden, habe ich schließlich eine brennende Kerze an seine Schnauze gehalten – er heulte auf. Aber es musste sein, er musste Angst vor mir kriegen. Seitdem geht er mir aus dem Weg.«

Monsieur Ngolo stellte erneut einen kleinen Topf Wasser auf. Die Streichhölzer zerbrachen. Er starrte schweigend auf die Schachtel. Mulder küsste in Gedanken seinen Hund auf die Schnauze und stellte sich vor die Afrikakarte.

»Viel Wüste«, sagte er.

Hinter seinem Rücken hörte er Monsieur Ngolo im Koffer kramen. Er entschied sich für den Winter: Die langen Unterhosen und der Pullover kamen mit. Er würde zuerst nach Grönland gehen und von dort nach Kanada; über dieses Land hatte er viel Gutes gehört. Vielleicht könnte er auf einem Trawler arbeiten und irgendwo auf einer kleinen Insel abgesetzt werden. An den nördlichen Küsten gab es sicher keine Grenzkontrollen.

»Sie sollten wirklich einmal im Atlas nachsehen«, schlug Mulder vor. »Dort ist nichts als ein riesiger Eisschild, Sie werden erfrieren.«

Oh, Ngolo konnte Kälte aushalten. In Algerien hatte er sich bestimmt dreieinhalb Stunden in einem französischen Tiefkühl-Lkw versteckt. Und er war auch zweihundertvierundsechzig Stunden in einer großen, offenen Schaluppe in einem eiskalten Meer getrieben.

»Zweihundertvierundsechzig Stunden?«

»Elf Tage und Nächte! Mit einundsechzig Menschen an Bord.«

Ein Mann, der nach der Uhr lebt, Monsieur Ngolo, ein Buchhalter von Postanweisungen, aber er schien seine eigene Zählweise zu pflegen.

»Und der Hund konnte einfach mit?«

»Wir haben für ihn bezahlt, den halben Tarif. Er sollte uns ja Glück bringen! Und das tat er auch immer wieder, trotz allem Pech: Noch bevor wir an Bord gingen, kratzte er an einer morschen Planke und bellte so lange, bis wir kamen, um nachzusehen. Der Bootsführer wollte unbedingt ausfahren, aber wir haben alle zusammen die Piroge an Land gezogen und noch in derselben Nacht repariert und geteert. Sie war so leck wie ein Sieb.« Monsieur Ngolo schüttete Nescafé in die Becher. Der scharfe Geruch brachte Mulder zum Niesen.

»Ich dachte«, sagte Monsieur Ngolo nach einem langsamen Schluck, »die Titanic ist gesunken, vielleicht geht eine lecke Piroge nicht unter.«

Die Glocke schlug zwölf. Mulder krümmte sich zusammen. Die Landkarten raschelten an der Wand. Monsieur Ngolo hielt zwei schmuddelige Stückchen Kerzenwachs hoch – selbstgemachte Ohrpfropfen. Aber Mulder presste schon die Hände auf die Ohren. Als er nach dem letzten Schlag aufsah, war Ngolo bereits wieder auf hoher See ….

»Auf dieser Überfahrt sind vier Menschen an Erschöpfung und Durst gestorben. Drei erwachsene Männer und ein kleines Mädchen. Sie war noch keine vier, und der Hund hatte eine besondere Zuneigung zu ihr entwickelt. Tagelang lag er an sie geschmiegt, sie hatte Fieber, und er wärmte sie gegen die Kälte, auch nach ihrem Tod, selbst als der Gestank unerträglich wurde. Die Mutter wollte sie in der Erde begraben, aber die anderen zwangen sie, das Kind dem Meer zu übergeben. Ein alter Mann sprach ein Gebet. Der Hund sah in meinen Armen zu, wie das Mädchen langsam ins Wasser glitt. Die Frauen sangen. Plötzlich strampelte sich der Hund los und sprang dem Mädchen hinterher. Er blickte verwirrt um sich und begann genau dort im Kreis zu schwimmen, wo seine Spielkameradin in den Wellen versank. Es kostete große Mühe, ihn wieder an Bord zu holen. Er ist ein treuer Hund«, sagte Monsieur Ngolo.

»Wollen Sie ihn nicht wiederhaben?«, fragte Mulder. »Das Reisen liegt ihm im Blut.«

Nein. Der Hund würde vielleicht ihm, aber er konnte sich selbst nicht vergeben. Der Hund hatte seine schlechteste Seite zum Vorschein gebracht.

Mulder fragte, wie er Monsieur Ngolo helfen könne.

Er wusste es nicht.

Sie blickten schweigend auf die Karte von Kanada. Grönland war noch nicht darauf.

Père Bruno wartete ungeduldig vor der Tür zur Turmtreppe. Er wollte gerade nach oben, um Mulder abzuholen. »Und?«, fragte er.

»Er will nach Kanada, über Grönland.«

»Oh, die Geschichte«, sagte Père Bruno, »hat er wieder um den heißen Brei herumgeredet? Und hat er Ihnen auch erzählt, wie er in Gran Canaria angeschwemmt wurde und am Strand wie ein Seehund von weißen Frauen im Bikini mit ihren Badetüchern trockengerieben wurde? Seine erste Begegnung mit dem europäischen schlechten Gewissen.« Er lachte zynisch. »Jetzt noch Ihr schlechtes Gewissen.«

»Ich würde am liebsten etwas für dieses Dorf tun, aber dorthin will er nicht wieder zurück.«

»Das Dorf existiert nicht mehr, niedergebrannt von nomadischen Arabern; sie metzeln auf ihrem Weg alle Afrikaner nieder, um Boden für ihre eigenen Familien und Kamele zu rauben. Lebensraum, auch dort. Ganze Stämme werden ausgerottet, Kinder für ein paar Dollar rekrutiert und schwerbewaffnet gegen ihre eigenen Leute eingesetzt, Frauen massenhaft vergewaltigt, Babys in brennende Hütten geworfen.«

Père Bruno nahm Mulder am Arm und führte ihn zu den Schwingtüren. »Völkermord! Und die zivilisierte Welt schaut ruhig zu und schweigt. Wenn ich das in meinen Predigten anspreche, kommen anschließend die Ungläubigen und beklagen sich. Ich würde übertreiben.«

»Aber warum erzählt Monsieur Ngolo es mir dann nicht?«

»Weil er sich schämt.«

Père Bruno schlug vor, zusammen irgendwo essen zu gehen, er habe noch viel zu bereden. Mulder wollte lieber zu seinem Hund. Doch der Pater schob seine Bedenken beiseite. »Die Bettlerin und der Hund sind dicke Freunde.«

Es war schönes Wetter, und sie spazierten zum Boulevard. Noch nie zuvor war Mulder neben einer Soutane durch Paris gelaufen, aus dem Augenwinkel sah er, wie man ihnen nachstarrte.

»Warum legen Sie sich eigentlich für diesen einen Mann so ins Zeug?«, fragte Mulder, als sie das Aquarium mit den geknebelten Hummern passierten. »Er ist nicht der Einzige ohne Papiere.«

»Wenn es darauf ankommt, bin ich ein halber Afrikaner und entscheide mich für meinen Clan, mein altes Dorf. Man muss etwas tun.«

Etwas tun. Nach diesen Worten musste sich Mulder kurz auf eine Bank setzen – sein linker Arm tat wieder weh. Der Besuch im Turmzimmer hatte ihn ermüdet. »Mein Herz«, keuchte er.

Père Bruno beruhigte ihn: Kannte er auch, war es nicht einfach ein Muskel? Er begann ungebeten Mulders Schulter zu massieren. Mit harter Hand! Käme von der Schaufel und der Spitzhacke, sagte er. Von seinem praktischen Glauben.

Passanten blieben erstaunt stehen. Als wäre der barmherzige Samariter auf den Boulevard herabgestiegen. Mulder krümmte sich geniert. Aber die harten Hände halfen, und er bekam rasch wieder Luft. Sie blieben noch ein Weilchen sitzen, ernst an einem heiteren Tag, inmitten von Kommen und Gehen und dem Luxus der Weißen. Wie Zuschauer saßen sie da. Ganz nah und sich doch so fern. Und der Pater erzählte leise von Afrika. Ja, Europa standen noch Hunderttausende Ngolos bevor.

»Aber wir können uns doch nicht um den ganzen Kontinent kümmern? Um all diese ungelernten Leute?«

»Das ist die Rechnung, die wir bezahlen müssen.«

»Aber Sie und ich wissen, dass es ihnen hier kaum bessergehen wird. Wir geben ihnen doch nichts ab von unserem Reichtum.«

»Darüber wollte ich gerade mit Ihnen reden. Monsieur Ngolo wird einen Pass kaufen müssen.«

Mulder ging nicht darauf ein. »Warum beantragt er kein Asyl?«

»Die Fremdenpolizei geht davon aus, dass jeder schwarze Illegale, der hier Arbeit sucht, ein Betrüger ist. Und sie hat nicht unrecht. Wenn man nicht sofort ausgewiesen werden will, muss man schon behaupten, man sei geflüchtet, um sein Leben zu retten. Sie haben alle einen Krieg auswendig gelernt. Aber Ngolos Sache ist kompliziert; als er seine Region verließ, war dort nicht viel los, außer, dass keiner Arbeit hatte und jeder Hunger. Jetzt ist die ganze Ostgrenze des Tschad unsicher. Der Richter wird sagen, dass er dann eben in eine andere Region ziehen solle. Aber auch dort wird er keinen Cent verdienen, um seine Familie versorgen zu können. Er hat den falschen Namen, spricht den falschen Dialekt, hat die falsche Religion … außerdem ist der Boden der

Ahnen heilig.« Père Bruno sprach mit den Händen, zeichnete Grenzen in die Luft.

»Er schickt noch immer Geld an seine Familie«, sagte Mulder.

»Die beiden letzten Postanweisungen sind zurückgekommen. Geld zu schicken hat vorläufig keinen Sinn, das weiß er auch selbst.«

Sie standen wieder auf und spazierten an den Terrassen vorbei, unter den Blicken müßiger Touristen, die bereits früh beim Wein saßen. Mulder deutete auf einen leeren Tisch. Der Pater schaute auf die offenen Blusen. »Hier passe ich nicht her. Und Sie müssen ebenfalls kühlen Kopf bewahren.« Sie setzten sich hinein und bestellten einen bescheidenen Salat.

»Hören Sie«, flüsterte Père Bruno und beugte sich verschwörerisch vor. »Ich hatte gehofft, dass Ngolo etwas anderes mit Ihnen besprechen würde. Er braucht Ihre Hilfe. Und zwar schnell. Unser Freund kann einen Pass bekommen, auf seinen eigenen Namen, aber mit einer anderen Vergangenheit.« Er zündete eine Zigarette an und nahm einen tiefen Lungenzug. »Einen niederländischen Pass. Das neueste Modell, für fünfzehntausend Euro. Die Albaner können das regeln, mit allem Drum und Dran.« Der Pater verbarg sein Gesicht hinter Rauchschwaden.

»Sie haben ja gute Kontakte«, sagte Mulder bedächtig. Er tat, als begriffe er alles nicht recht. Was sollte Ngolo mit einem niederländischen Pass? Warum keinen kanadischen? Er könnte gut als ein Mann aus Quebec durchgehen. Aber ein schwarzer, nur Französisch sprechender niederländischer Staatsbürger? »Er weiß nicht einmal, wo die Niederlande liegen.«

»Er wird ein bisschen Nachhilfe brauchen.«

Mulder schob pikiert den Stuhl zurück. »Sie wollen also, dass ich Geschäfte mit der albanischen Mafia mache. Ihre Kirche ist so etwas vielleicht gewöhnt, aber …«

»Lassen Sie die Kirche aus dem Spiel.«

»All diese Lügen, wie beichten Sie die denn weg?«

»Eine lässliche Sünde ist erlaubt, um ein Leben zu retten. Der Staat zwingt uns dazu.«

»Praktischer Glaube«, murmelte Mulder. Er werde darüber nachdenken.

»Nicht zu lange«, flehte Père Bruno. Ja, vielleicht habe er in der Panik überstürzt gehandelt, aber … Er sah plötzlich sehr bedrückt aus. »Es ist schon in der Mache, innerhalb einer Woche erwarten sie das Geld.« Da machte Mulder große Augen. »Sie haben schon sein Foto und seine Unterschrift, ich habe versprochen, heute Abend einen glaubhaften Geburtsort durchzugeben.« Bruno schob eine Visitenkarte über den Tisch, wenn Mulder an einem der nächsten Tage diese Nummer anriefe, würde sich alles regeln.

Erwartete der Pater allen Ernstes, dass er persönlich mit diesen Leuten Kontakt aufnahm?

»Ich bin schon zu weit gegangen«, sagte der Pater, »jetzt sind Sie am Zug.«

Mulder konnte einen Fluch nicht unterdrücken, und auch der Pater ließ sich gehen, auch wenn er eine bessere Formulierung hatte. »O Heilige Jungfrau Maria«, sagte er.

Erst nach einem Glas wagten sie es, Ngolo abermals auf die Welt kommen zu lassen. An seinem eigenen Geburtstag, aber wo? Am liebsten in einer der niederländischen Kolonien. Curaçao? Bonaire? Das klang so französisch, fand der Pater. Nach langem Nachdenken kamen sie auf Sint Maarten. Halb französisch, halb niederländisch. Saint Martin. Ein gut zur Lüge passender Name.

Die Tür der Wohnung stand offen, und Mulder schlug ein Geruch nach gebackenen Eiern entgegen. Der Hund erwartete ihn bellend, ausgelassen war er, er sauste im Gang hin und her, rutschte über die Perser, hüpfte wieder zurück. Im Arbeitszimmer ertönten Stimmen. Drinnen entkorkte die Bettlerin gerade eine Flasche – teuren Wein. »Die haben wir jetzt verdient«, sagte sie zu Mulder. »Diese Leute haben Sie vor einer Katastrophe bewahrt.« Mulder schüttelte einem Klempner, einer stämmigen schwarzen Frau und einem mageren Mann die Hand, die sich »die Nachbarn« nannten. Sie machten sich auf seinem Sofa breit. »Sie hatten einen Wasserschaden im Bad«, sagte die Bettlerin. »Das Wasser …« Sie musste den Satz nicht beenden. Mulder stand bereits im Badezimmer und blickte auf eine braune Pampe, die aus einem Riss in der Decke tropfte; Schränke, Wände, Email, alles war verdreckt. Auf dem Fußboden lagen Handtücher, um das Tropfwasser aufzufangen. »Unser Klo ist kaputtgegangen«, sagte der magere Mann, der ihm gefolgt war. »Es hat schon ewig gewackelt.« Mulder drehte sich fragend um. Wohnte denn jemand über ihm? Er wusste nichts davon, nur dass der Dachboden über ihm als Gästezimmer für aushäusig studierende Kinder der Eigentümerin diente. Er sah oder sprach auch nie jemanden auf der Treppe. Das tat man nicht in Paris. Man wartete hinter seiner Wohnungstür, bis kein Schritt mehr zu hören war, dann schlich man sich hinaus.

Der Mann war leichenblass und trug einen Schlafanzug mit Bärenmuster. »Ich bin richtig krank«, sagte er. »Hoffentlich finden Sie es nicht schlimm, wenn ich in den nächsten Tagen …« Er deutete auf die Kloschüssel und wollte kurz allein sein.

Fassungslos ließ sich Mulder in seinen eigenen Flur

schicken. Der Hund leckte sich lüstern die Lefzen und schaute ihn schwanzwedelnd an, die Bettlerin hatte ihm gerade ein Hacksteak gebraten. Und sich hatte sie auch nicht vergessen, es war ja Zeit zum Dejeuner! Die Verpackungen aus Kühltruhe und Vorratsschrank waren stille Zeugen. Seine Schokoplätzchen machten die Runde, die hauchdünnen Täfelchen, die er heimlich allein im Bett vertilgte. Gelenkig hinkte die Bettlerin vom Zimmer zur Küche und stöberte ungeniert unter seiner Spüle. Sie suchte einen Eimer für die Nachbarn von oben.

»Haben die Leute denn keinen eigenen?«, fragte Mulder gereizt.

Die Bettlerin warf Mulder einen abfälligen Blick zu. Wo sollten sie denn in der kommenden Nacht hineinpinkeln?

Auf dem Klo hustete der magere Mann Schleim ab.

»Was sind denn das für Leute?«, fragte er.

»Sie passt auf Kinder auf, er ist Müllmann. Da haben Sie gute Nachbarn.«

Ein Müllmann! Und die Eigentümerin prahlte, dass er in einer vornehmen Gegend wohne, in einem Denkmal mit mittelalterlichen Kellern und einer Eichentreppe, die wöchentlich gewachst und gebohnert wurde. Dementsprechend war auch die Miete, und das gab ihm ein Gefühl der Sicherheit. Ohne ihn freilich nur mit einem Wort zu informieren, hatte diese Person also ihre *chambre de bonne* vermietet, und nun spazierte eine fremde Frau in seiner Küche herum, die fragte, ob sie etwas aufbacken dürfe, sie habe nur eine Mikrowelle.

Der Klempner packte seine Tasche, um oben noch kurz die Maße für die zu installierende neue Kloschüssel aufzunehmen. Mulder und Hund begleiteten ihn. Die Tür der Nachbarn von oben war einladend geöffnet – es roch unappetitlich und schwül. Ihr Zimmer war kaum größer als das Bett. Wie sie sich dort wohl tagsüber bewegten? Kein Wunder, dass er nie ein Poltern hörte, die Leute lebten auf einer Matratze.

Er ließ den Klempner unten aus dem Haus und klopfte gleich bei der Eigentümerin im Parterre. Sie wusste von der »Katastrophe«. Alles würde in Ordnung gebracht. Sie stand ihm durch den Türspalt Rede und Antwort – geschminkt, toupiert, lackiert, parfümiert. Sie war einmal schön gewesen, *la propriétaire*, eine Dame aus tadelloser Familie – von ihr hatte sie das Haus und die Manieren geerbt. Nur, das Geld war alle, sie und ihre Kinder lebten von der Miete. »Ein eigenes Haus«, seufzte sie, »man möchte es keinem wünschen!«

»Ich habe den Eindruck, dass über mir Leute eingezogen sind.«

Ja, ein Notfall, eine traurige Geschichte. Die Leute hatten bis vor kurzem in einer dieser unheimlichen Vorstädte gewohnt, wo die Busse immer streiken. Der Mann konnte kaum in die Stadt zu seiner Arbeit kommen, und seine Frau passt hier auf kleine Kinder auf. Bei sehr guten Familien … so waren sie auch zu ihr gekommen. Die Fahrerei wurde den armen Tröpfen zu viel. Sie hatten den Mietvertrag für ihre miserable Wohnung gekündigt, um näher bei ihren Arbeitsstellen wohnen zu können. Vielleicht ein bisschen teurer, aber sicherer.

»Und kleiner«, sagte Mulder.

»Ja, was wollen Sie, in dieser Gegend.« Die Eigentümerin lachte gekünstelt. Aber nun war der arme Mann überarbeitet, wenn sie das gewusst hätte! Er hatte zwei Stellen. Nach dem Müll arbeitete er am Nachmittag bei einem Konditor. »Stellen Sie sich vor, den ganzen Vormittag schwere

Sachen heben, und am Nachmittag mit Törtchen beschäftigt.« Sie schauderte. »Mit diesen Händen!«

»Und jetzt reihert er in mein Klo«, sagte Mulder.

In seiner Wohnung angelangt, setzte er alle vor die Tür. Es störte ihn nicht weiter, dass ihm die Bettlerin einen Schein abluchste und dass die Nachbarn von oben sich eine feuerfeste Auflaufform ausborgten, wenn sie nur gingen. Er ließ eine Waschmaschine durchlaufen, schrubbte das Badezimmer, saugte seine Teppiche und rückte die Bilder gerade. Seinen Couchtisch aus Nussbaumholz, voller Ränder von dem grobschlächtigen Besuch, tröstete er mit Bohnerwachs. Er polierte sich beinahe glücklich. Sein Hund versteckte sich hinter der Couch. Nachdem alles aufgeräumt war, säuberte Mulder sich selbst. Lange lag er in einem dampfenden Bad und bürstete alle Menschen von sich ab. Beim Spritzen wurde seine Bürste zum Weihwasserwedel. Der segnete die Seife, segnete das Shampoo, seine Füße, seine Knie, seinen Körper, und verschwand in gischtendem Schaum … bis die Kirchenglocken ihn aus seinem Wasserschlaf weckten. Unberührbar rein war er, und er beschloss, sich auffällig zu kleiden. In seinen besten Khakianzug, sein bestes Hemd, seine *two tone*-Schuhe, Leinen mit Leder, und er polierte die Leine des Hundes. Sie gingen aus. Hummer. Champagner.

Mulder spülte an diesem Abend die Armut hinunter, zwei Flaschen trank er, sogar der Hund bekam unter dem Tisch ein Bier. Angesäuselt wandelte er nach Hause; um sein Gedächtnis zu testen, zählte er beim Denkmal des Marschalls zwanzig Schlachten auf – ohne auf die Jahreszahlen auf dem Sockel zu schielen. Alle richtig (dachte er). Er hatte seine Welt wieder im Griff. Bloß der Hund gehorchte ihm nicht, er wollte auf die andere Seite des Kreisverkehrs wechseln, weil er dort hinter den Bäumen interessante Schatten sah. Mulder ruckte kurz an der Leine, aber der Hund zog weiter. Welch ein Elend erwartete ihn nun wieder – eine lange Schlange Männer ... und es kamen ständig neue hinzu, auch Frauen reihten sich ein, mit Decken um die Schultern. Und so befremdlich still. Mulder sah auf seine Uhr. Es war kurz nach Mitternacht. Zigaretten wurden weitergereicht, Feuerzeuge leuchteten auf. Mulder sah schwarze Gesichter.

Der Hund zog ihn auf die andere Straßenseite, und sie gingen an einer Kolonne von Fremden vorbei: Männer, Frauen und ein paar schlafende Kinder. Mulder blickte beschämt zu Boden und wagte nicht zu fragen, worauf sie dort warteten. Die Antwort lag noch eine Ecke weiter: die Fremdenpolizei. Ein großer schwarzer Mann hielt ihn fest. »Es tut mir leid, dass Sie uns hier in diesem beklagenswerten Zustand antreffen« – er sprach das förmliche Französisch gebildeter Afrikaner –, »aber da Sie jetzt ohnehin hier sind, werde ich Ihnen etwas prophezeien: Zuerst wird Paris uns verjagen, dann werden auch andere Städte ihre Politik ändern, und danach wird ein wütender Sturm über Europa hinwegrasen.« Mulder trat einen Schritt zur Seite. »Ich hoffe, dass meine Worte Sie schmerzen.« Der Mann nickte befriedigt.

Am nächsten Morgen klopfte es früh an der Tür. Der Müllmann; ob er kurz kacken könne.

Bei einbrechender Dämmerung fand auch Sri den Weg nach oben. Zufällig, denn sie wollte eigentlich nur eine Nachricht bei Monsieur Martin in den Kasten werfen, konnte aber seinen Namen nicht finden. Eine Frau mit einem Kunstbein hatte unten für sie den Code eingetippt – ungebeten –, und daraufhin entschloss sie sich, kurz nach oben zu laufen. Vierter Stock links, das wusste sie. Der Hund bellte, als er ihre Stimme hörte. Mulder öffnete die Tür einen Spalt und wagte es nicht, sie einzulassen. »Schreckliche Unordnung.« Er hatte die Befürchtung, sein Luxus könnte sie abschrecken. »Gehen wir doch lieber aus dem Haus, der Hund platzt sowieso schon fast.«

Sie spazierten durch das Viertel, das so lange auch ihr Viertel gewesen war, und saßen unter den Kastanien auf dem Platz. Schlimme Erinnerungen stiegen auf – hier hatte sie auch mit ihrem Mann gesessen. Mulder wollte sie ablenken und machte sie auf die ungleichen Türme aufmerksam. Sie suchten zusammen nach dem Kater, fischten Federn aus dem Brunnen und er fragte, ob denn auch Federn wiedergeboren werden können. Denn sie rochen so nach Leben, fand sie nicht auch? Sri fand, dass er spottete. O nein, er war kein Spötter, nicht mehr. Bei der Bauakademie ließ er sie blind die Einschusslöcher in der Fassade suchen. Sie lachten, schlenderten, und er weihte sie ein. Der Hund drehte sich immer wieder nach ihnen um. »Lauf zu«, sagte Mulder, »ich rede nicht mit dir, sondern mit dieser Dame.« Und dann zu ihr: »Er ist eifersüchtig, das ist unsere tägliche Runde.«

Sie verbeugten sich vor dem Marschall. Zählten die Hummer im Aquarium des Fischrestaurants. Sri konnte sich nicht vorstellen, dass jemand diese »Schätzchen« verspeisen wollte. »Wenn ich Geld hätte, würde ich sie freikaufen.« Ein Buddhist müsse in der Trauerzeit wenigstens ein gutes Werk tun – wegen des Gleichgewichts. Ein Hummerleben retten, warum nicht?

»Dann würde ich mich immer für Menschen entscheiden«, sagte Mulder, und er dachte an sich selbst.

Sie tranken etwas auf einer Terrasse. Sri bestellte Birnensaft. Mulder auch. »Eine unterschätzte Frucht«, fand er. Sie nahm unsichtbare Schlückchen. Polizisten gingen vorbei, hielten flanierende Jugendliche in Trainingsanzügen an und fragten nach ihren Papieren. Sri sah zu Boden. Uniformen machten sie unruhig, sagte sie. Mulder nickte begeistert. »Geht mir genauso!« Bei ihr auf der Arbeit waren auch Uniformen gesichtet worden. Kürzlich wurde ein ganzer Kleinbus mit Putzleuten heimgeschickt – ohne einen Cent ausgezahlt zu bekommen. Die illegalen Arbeitsvermittler befürchteten Kontrollen. Von daher ihr unverhofft freier Abend. Und aus ihrer Kolonne verschwanden einfach Leute … Eingebuchtet, wurde geflüstert. Der kleine Minister hatte harte Maßnahmen angekündigt: Alle Illegalen mussten vor Sommerende aus dem Land sein.

Der Chinese kutschierte ihnen entgegen, knarrend vor Kartons, die Füße in Plastiktüten. Sri sagte, es sei ihr eine Ehre, ihn kennenzulernen. Er verneigte sich vor ihr und sie sich vor ihm. Zu viert gingen sie weiter. Sri half ihm, den hochbeladenen Einkaufswagen zu schieben, und blickte besorgt auf sein abgebundenes Fingerwürstchen. Sie kamen gleich ins Gespräch. Mulder folgte schweigsam. Der Hund sah sich so komisch nach ihm um. Lachte er ihn etwa aus?

Sie grasten die Gassen hinter den Warenhäusern ab, um Schachteln auszusuchen, prüften den Karton, und der Chinese demonstrierte, wie man zwei Teile auch ohne Schere oder Klebeband miteinander verbinden konnte. Nicht allzu fest, denn es ging ihm um Bewegung: Er wollte das Beständige herausfordern. Unfertig war nicht unvollendet. Die Idee war weit mehr. So wie ein Bambusrohr im Wind wie ein ganzer Wald klingen kann, so baute er aus einer Schachtel eine neue Stadt. Als er noch taubstumm war, hatte Mulder ihm besser folgen können, aber Sri verstand ihn voll und ganz. Eigens für sie faltete er einen Hut aus Wellpappe. Ein sechseckiges Häuschen. *L'Hexagone*. Sie war entzückt. Ja, wenn es sein müsste, könnte der Chinese ein ganzes Land für sie falten.

Die Mafia nahm nicht ab. Mulder hatte schon mehr-
fach die vom Pater genannte Telefonnummer gewählt. Nie
eine Verbindung – zum Glück. Zeit in Hülle und Fülle, um
lässige Dialoge zu üben. »In welcher Stückelung möchten
Sie das Geld?« »Nein, kein Treffen im Dunkeln.« »Wie kann
ich Sie erkennen?« »Ich trage eine Nelke im Knopfloch.«
Oder sollte er besser geheimnisvoll schweigen? Dieses verdächtige Klicken, wenn sich am Telefon keiner meldete. Die
Nummer wurde natürlich abgehört. Wäre es dann nicht ver-
nünftiger, sich in Codes zu verständigen? Hätte er nur ein
paar mehr Krimis gelesen. Mulder wartete und zählte in Gedanken sein Geld – vielleicht sollte er doch einmal einen
Kontoauszug aufreißen. Der Briefstapel auf dem Küchentisch wankte gefährlich. Und es kam noch mehr Post obendrauf. Ein Brief von Madame Sri, zwei Tage nach ihrem Besuch. Er erkannte sofort ihre Handschrift. Poststempel: Lyon.
Hatte sie Paris verlassen? Ihn verlassen? Er wagte es nicht,
den Brief zu öffnen. Am nächsten Morgen lag ein zweiter
Brief im Kasten. Dieselbe Handschrift. Derselbe Poststempel. Briefe, die nach seinen Augen schrien. Aber der Hund
wollte aus dem Haus. Und Mulder lief weg, vor dem Telefon,
vor den Briefen.

In der Stadt war es heiß und drückend. Gelegentlich
fielen kleine Gewittergüsse, die nach fernen Gärten rochen.
Mulder und Hund atmeten den Sommer ein und ließen sich
nassregnen, aber nach einer Stunde waren Jacke wie Fell so
triefnass, dass sie zitternd unter dem Vordach einer Kirche

Schutz suchen mussten. Es wunderte Mulder, wie viele Leute an ihnen vorüber- und auch tatsächlich in die Kirche hineingingen, mitsamt tropfenden Taschen. Als der Regen schräg unter das Vordach peitschte, fragte er den Hund, ob er etwas dagegen hätte… Aus dem Inneren erklang keine Orgel. Der Hund ging ihm voran, ohne zu zögern. Hier erwartete ihn kein Ngolo mit gemeinen Kerzen. Sie machten einen kleinen Rundgang, schnupperten den muffigen Geruch und blieben vor dem Sarkophag Molières stehen, mit vergoldetem Laubwerk und Schnörkeln, wenige Meter neben einer Kapelle für den Schutzheiligen der Gemüsehändler, Metzger und Brotbäcker, wo ein Mann im Arbeitskittel auf beiden Knien betete und, als wäre das nicht genug, sich auch noch platt auf den Boden warf und jammernd den Marmor küsste. Paris war noch voller Tartuffes.

Molière hatte den Ton vorgegeben. Jetzt musste nur ein Regenschauer drohen, da rannten Mulder und Hund in die nächste Kirche, um kurz das Gehör an der Stille zu schärfen und womöglich andere berühmte Tote zu grüßen. Am linken Seineufer stieß Mulder während eines peitschenden Gewitterregens in einem Taufregister auf den Namen Marquis de Sade. Auf den Mann, der geschrieben hatte: »Gott ist für den Menschen, was Farben für den Blinden sind.«

Sie stellten sich mehr unter, als dass sie liefen. Mulder musste es – sein Herz erzwang es. Und er konnte aus Dutzenden von Kirchen wählen. Die Protestanten erwiesen sich immer als geschlossen – als gäbe es in dieser Kahlheit etwas zu stehlen –, aber bei den Katholiken konnten sie überall umsonst zu Atem kommen. Auch dem Hund gefiel es. Von einem Glasschrein mit Gebeinen der heiligen Ursula war er kaum wegzubringen. Eine Prinzessin, die sich lieber von den Hunnen hatte abschlachten lassen, als ihren Glauben zu verleugnen. Fünfzehn kräftige Knochen waren von ihr übriggeblieben, und auch davor beteten noch Menschen. Was für ein herrlicher Glaube, dachte Mulder: Knien vor Knochen.

Er wandelte unter den Säulen wie unter Bäumen. In einem Chorumgang sah er, wie sich Palmen zum Gewölbe hin auffächerten – fünfhundert Jahre alt und noch immer modern. Aber er erlaubte sich nicht, es schön zu finden, nicht allzu schön, er kam nur hierher, um sich unterzustellen. Die Regenschauer trieben ihn hinein – nichts anderes – und eventuell die Betenden; er konnte es nicht lassen, Wildfremden in eine Kirche zu folgen, in angemessenem Abstand. Er verstand sie nicht, fand sie unheimlich, aber sie faszinierten ihn immer mehr. (Und im Stillen dankte er seinem Hund.) Mulder beobachtete die Frauen, die mit Maria redeten, diese unruhigen Mienen. Gelegentlich setzte er sich einen Stuhl von ihnen entfernt – scheinbar ins Gebet versunken –, während er über ihre Schultern mitlauschte. Frauen mit einem schweren Leben, ohne einen Cent in der Haushaltskasse vom Mann im Stich gelassen. Scheißmänner. Oder Mütter mit Scheißsöhnen. Für sie gab es jede Menge zu erflehen. Maria hatte viel zu regeln: Schulden abzuzahlen, Ehen zu retten, Süchtige auf den rechten Weg zu bringen. Nach einigen Kirchen war Mulder aufgefallen, dass die Frauen, die bei Maria Hilfe suchten, oft der Figur glichen, die sie anflehten, als hätten sie sich so mit ihrer Heldin identifiziert, dass sie auch deren Züge annahmen. Sie tankten sich an ihr voll, und wenn die Kraft aufgebraucht war, mussten sie wiederkommen, um sich bei ihr erneut aufzuladen. Auch Männer erbaten ihre Fürsprache: Schutzsuchende Berber und Säufer, die ihren Rausch bei ihr ausschliefen, aber auch unheimliche Schwärmer, die nach ihrer Zucht verlangten. Hinter der Börse sah er flotte Anzüge in eine Kirche hasten, junge Männer, die zwischen zwei Optionsgeschäften eine teure Kerze opferten. Spekulanten in Sachen Glaube.

Drei Tage streifte Mulder umher, drei Tage schaute er auf fremde Leben, ohne sich selbst vor die Augen zu kommen. Er unternahm absolut nichts. Die Briefe warteten weiter auf dem Küchentisch, seine Finger kannten die Nummer der Mafia, aber er bevorzugte die Wechselhaftigkeit der Sommerschauer, um in den Kirchen Schutz suchen zu können. Schutz zu suchen vor der Zeit, wie laut die Glocken auch schlugen. Schutz zu suchen vor sich selbst. In den Kirchen konnte er denken, ohne zu wissen, woran er dachte. Stunden. In diesem absonderlichen Geraune, diesem wundervollen Licht. Ohne eine Klage seines Hundes. Er irrte umher, und er schämte sich.

Die Regenschauer hielten an, so heftig, dass Herr und Hund nicht einmal mehr das Haus verließen und in ihrer eigenen Wohnung Schutz suchen mussten, an und unter dem Küchentisch. Sie beobachteten die Tauben auf der Fensterbank und verjagten sie nicht wie sonst. Die Tauben spielten Wetterhäuschen: Bei der geringsten Aufheiterung schüttelten sie ihre Federn trocken und flogen zu den Schieferdächern gegenüber. Grund für den Hund, die Vorderläufe zu strecken und seine Schnauze an zwei makellose Hosenbeine zu drücken, in der Hoffnung, dass die ihn mit hinausnähmen. Er hatte das Herumlungern zu Hause satt. Aber sein Herr war einfach nicht in Bewegung zu bringen. Mulder hatte Madame Sris Briefe geöffnet und saß niedergeschlagen auf seinem Stuhl. Vier Briefe lagen auf dem Tisch. Tagelang hatte er sie nicht geöffnet, doch jetzt las er sie immer wieder, mit einem ungeduldigen Hund zu seinen Füßen und gurrenden Tauben vor dem Fenster. Während einer Polizeikontrolle auf ihrer Arbeit, kurz vor Mitternacht, bei der die ganze Putz-kolonne die Papiere zeigen musste, war Sri in Panik aus dem Haus gerannt und in den Laderaum eines Lastwagens ge-sprungen. Am nächsten Morgen wachte sie in Lyon auf. »Flüchten ist einfach«, schrieb sie, »ich kann es im Schlaf.«

Mulder konnte ihren ersten Brief nur schwer entziffern. Die Buchstaben sprangen von Wort zu Wort, und die Zeilen schnappten nach Luft. Sri war in Panik: Das Sozialamt gab Adressen an die Fremdenpolizei weiter. Beweise in Hülle und Fülle, viele Freunde waren bereits verhaftet worden. In ihr Zimmer in 9-3 wagte sie sich nicht mehr zurück. Zum Glück gab es in Lyon genug besetzte Häuser, vorläufig war sie dort sicher. Ob er, Mulder, für sie noch immer Nicolas Martin, Kontakt mit dem Rechtsanwalt aufnehmen wolle, der die Belange der Brandopfer vertrat? Und vielleicht konnte der Wohltäter Druck ausüben … »Oder soll ich mich festnehmen und zurückschicken lassen und von dem Wasser trinken, das die Asche meines Mannes ins Meer getragen hat?«

Die Worte schnürten Mulder die Kehle zu. Er hatte unverzüglich den Rechtsanwalt angerufen. Der Mann kramte hörbar in Schubladen und Mappen. Madame Sri war nicht in seinen Akten. Mulder fragte auch den Pater um Rat. Gab es die von ihm genannte Telefonnummer wirklich? Konnte er seine Kontakte nicht noch einmal angehen? Und wenn sie schon unsaubere Geschäfte machten, warum dann nicht gleich zwei Pässe bestellen? Aber Père Bruno klang ängstlich und abwehrend. Der Obere hatte einen Adlatus auf ihn an-gesetzt, einen fanatischen Seminaristen, der jeden seiner Schritte kontrollierte: Er notierte sogar, wer zum Beichten kam.

Die Mafianummer gab keinen Mucks von sich. Mulder

tippte sie immer wieder ein, selbst wenn er es für ungebührlich hielt – zur Essenszeit und nach zehn Uhr abends. Am Ende mit seinem Latein, rief er nach einem gehörigen Schluck mitten in der Nacht an und hatte auch gleich wen an der Strippe: Eine verrauchte Stimme meldete sich, ein Mann ohne Namen, mit einem starken Akzent. Alles war in Ordnung. Wie bitte ...? Der Pater brauchte noch einen Pass? Er kannte doch den Ablauf: Zuerst Fotos und Fakten. Datum, Zeit... Nähere Anweisungen folgten. Wieso, kein Handy? Lebte er denn hinter dem Mond? »Nein, Monsieur«, sagte Mulder betreten. Die Stimme befahl ihm, keinen Kontakt mehr aufzunehmen. »Bleiben Sie auf dem Posten.«

An lange Spaziergänge war vorläufig nicht zu denken.

Der zweite Brief zeigte eine ruhigere Handschrift: Sri sorgte sich um Fanta. »Sie kann ohne mich auskommen, aber nicht ohne Geschichten.« Konnte Martin sie nicht besuchen? Mulder nahm es sich vor. Wie er sich auch vornahm, beim nächsten Gespräch mit der Mafia eine mutigere Stimme zu wagen.

Der dritte Brief roch nach Bleiche. Ihr Geld war alle, und sie hatte durch Zufall eine Stelle in einer Wäscherei gefunden. »Bügeln ist noble Arbeit«, schrieb sie. »Man gibt den Dingen wieder ihre Form, zaubert aus Knittern einen Menschen hervor. Wenn ich eine Bluse oder ein Hemd bügle, bin ich einem Fremden ganz nah, und er oder sie bekommt von mir für einen Tag wieder einen festen Hals, breite Schultern und ein Rückgrat. Ich bügle Ruhe in die Kleider und versetze mich in die Hand, die ein Hemd aus dem Schrank holt und das Armloch eines gebügelten Ärmels erkundet.« Sri gefiel vor allem ein Dampfbügeleisen, mit dem sie klickend Knöpfchen umsegelte. »Ich muss fühlen, dass ich es mit Liebe mache, auch wenn ich nicht glaube, dass einer es sieht. Eilige Leute haben nur flüchtige Blicke, und sie erkaufen sich Zeit, damit sie sich noch mehr beeilen können.«

Wozu dieser Gefühlsausbruch? Kein Wort darüber, wie Mulder sie erreichen konnte. Sie war in Gefahr und schrieb über die Freuden des Bügelns. Auch wenn sie mit einer bitteren Bemerkung schloss: Der Wäschereibesitzer vermisste ein Hemd und hatte ihr mit der Polizei gedroht. Sie durfte ohne einen Cent gehen.

Im vierten Brief arbeitete sie in einem Hotel, »um mir die Reise zu verdienen«. Wohin die Reise ging, schrieb sie nicht, wohl aber kramte sie Erinnerungen an ihre erste Stelle in Paris heraus: Putzen in einem kleinen Hotel, in dem die Gäste genauso viel für eine Nacht bezahlten, wie sie in einer Woche verdiente. Eine gründlichere Bekanntschaft mit dem Westen konnte sie sich nicht wünschen. Wenigstens sechs Paar Schuhe unten im Schrank, Tüten voll neu gekaufter Kleider, überquellende Toilettentaschen und die Schamlosigkeit aufgeschlagener Betten. Die intimsten Dinge sah sie in diesen Zimmern, aber keiner sah sie, jeder ging an ihr vorüber. Sie schnupperte an teuren Cremes, lauschte dem Ticken der auf Waschbecken zurückgelassenen Armbanduhren und hielt sich vor dem Spiegel ein Abendkleid vor. »Ich fand sie alle reich, bis ich ein Ehepaar klagen hörte, dass es sich kein besseres Hotel leisten könnte. Sie hätten am liebsten einen Stern höher geschlafen und jeden Tag frische Bettwäsche gehabt. Armut ist relativ. Einem Drachen erscheint ein Goldring kleiner als einem Wurm. Eine Weisheit aus meiner Heimat. Früher musste ich mein Geld nicht zählen, heute suche ich unter Polstern von Sofas und Stühlen nach verlorenen Münzen. In all meinen Tagen als Putzfrau habe ich noch nie eine gefunden. Als Kind hätte ich mich dafür geschämt. Mein Vater hat mich auf eine gute Schule geschickt: Ich war die erste Tochter aus einer Bauernfamilie, die nicht mit krummem Rücken ihr Brot verdienen musste. Ich sollte, anders als er, aufrecht durchs Leben gehen. Und jetzt habe ich Schwielen auf den Knien.«

Mulder starrte auf ihre Handschrift und strich ihren Brief glatt. Er misstraute dem Ton. Ihre Erinnerungen lasen sich wie ein Abschied. Loslassen konnte sie, aber ließ sie auch die Hoffnung fahren? Sie schien bereit, sich ausweisen zu lassen. Warum rief sie ihn nicht an? Oder hatte er ihr seine Nummer nie gegeben, hochmütiger Dummkopf, der er war? Sie musste erfahren, was er für sie tun konnte: ein Auto mieten, sie abholen, eine Wohnung für sie suchen, einen Pass kaufen. »Sri, wo steckst du?«, fragte er beim Schlagen der Glocken, oder vielleicht rief er es, denn der Hund kroch unter dem Tisch hervor – er erkannte ihren Namen. Mulder tätschelte ihm den Kopf und fragte ihn um Rat. Er habe Angst vor seinem eigenen Verlangen, sagte er. Verlangen machte alles kaputt … Mandelförmige Augen blickten ihn an, mitleidig und verständnisvoll. Seiner haarigen Maria reichte ein halbes Wort.

Die Bettlerin rasselte unter dem Fenster mit ihrem Bein, sie steckte einen Brief des Paters in den Briefkasten (ihr heiliger Bruno kniff), der Müllmann kam noch ein paarmal zum Kacken, der Klempner baute oben ein neues Klo ein, und Mulder blieb neben dem Telefon sitzen. Beim ersten Klingeln, nach quälenden Stunden, schrie er so laut »Ja« in den Hörer, dass sich die Kindfrau auf der anderen Seite der Leitung fast an der von ihr schon Hunderte Male heruntergeleierten Verkaufsmasche verschluckte: Die Plastikkippfenster gab es jetzt zum halben Preis, ein einmaliges Schnäppchen. Und Mulder ließ sie auch noch ausreden.

Tauben flatterten von der Fensterbank auf, Regenwolken zogen davon – die Sonne brach durch. Der Hund brachte die Leine, der Herr blieb sitzen. Musste er sich eben selbst ausführen.

Mitten in der Nacht ging wieder das Telefon. Die verrauchte Männerstimme: in zwei Tagen unter der Bahnhofsuhr, nach Einfahrt des letzten internationalen Zuges. Ohne Nelke. Und ohne Hund! Sie wüssten, wie Mulder aussähe.

Am nächsten Morgen fiel Sris fünfter Brief in den Kasten. Gleich aufgerissen: Sie käme übermorgen nach Paris und nähme den Zug um 19.00 Uhr aus Lyon.

Hinaus! Nach dem langen Sitzen die Beine strecken, an den Quais entlangschlendern, über die Brücken, und mit offenen Armen Paris lieben. Die Straßen waren gewaschen, der Hund tanzte, es lief sich leicht. Madame Sri kam zurück. Die Möwen kreischten es über den Dächern. Und sie würde auch Papiere bekommen, irgendwie. Die Seine trug weiße Kronen: Die Berge schüttelten den Regen von ihren Rücken. Wellen wirbelten um die Pfeiler, nicht einmal die Ringe an den Quaimauern waren mehr zu sehen. Nichts bot dort unten noch Halt. Ausgezeichnetes Selbstmordwetter. An diesem Morgen lockte das Wasser nicht, aber die Vorstellung, seinen Tod selbst in der Hand zu haben, beruhigte Mulder immer. Jetzt noch das Leben.

Hund und Herr gingen an einem kleinen Park vorbei, den sie noch nie gemeinsam besucht hatten, ÄLTESTER BAUM VON PARIS stand auf einem Schild neben der Einzäunung. Eine falsche Akazie, vor vier Jahrhunderten am Flussufer in einen Klostergarten gepflanzt, aber heute vom rasenden Verkehr eingezwängt und von Balken gestützt. Unter dem Baum stand ein Gärtner und harkte den Kies. Gerade als Mulder den efeuumwucherten Stamm berührte, um etwas von diesem alten Leben in sich überströmen zu lassen, krabbelte eine Spinne von der Rinde zum Besenkarren des Gärtners. Ein betauter Faden schimmerte in der Sonne. Die Spinne nistete sich in einem Eimer ein. Mulder verfolgte jede Bewegung. Er redete der Spinne zu: »Geh in deinen Baum zurück.« Er klopfte an den Eimer. Die Spinne zog die Beine ein und versteckte sich unter einem Haufen grüner, vom Regen abgeschlagener Blätter. Der Gärtner kam mit einer vollen Schaufel. »Vorsicht, das Netz«, sagte Mulder.

Der Gärtner warf ihm einen Blick zu, als ob er ihn für verrückt hielte.

»In Ihrem Eimer sitzt eine Spinne.«

Der Gärtner zuckte mit den Schultern. Der Wind fegte über seine Schaufel, ein paar Blätter blieben im Netz hängen – so stark war der Faden, so weit das Netz. Mulder wollte die Spinne retten und wühlte behutsam im Eimer. Blätter fielen heraus.

»Hören Sie mal, ich arbeite hier doch nicht umsonst«, sagte der Gärtner.

»Lassen Sie uns erst die Spinne in Sicherheit bringen«, sagte Mulder.

»Monsieur, seien Sie vernünftig, Sie und Ihr Hund haben heute schon Tausende von Insekten zertreten.« Der Gärtner pfropfte die Blätter in den Eimer, trat sie kräftig fest und schob seinen Karren weg vom Kies. Mitten durchs Netz.

Mulder versuchte, ein paar zerrissene Fäden vom Stamm zur Stütze zu führen – sinnlos, das wusste er. Der Wind blies die letzten Reste auseinander. Sich an einem Marienfaden hochziehen, hatte er das nicht gerade auf Anraten von Père Bruno bei Hiob gelesen? Nur der Gottlose sucht seine Hoffnung bei einem Spinnweb, er hält sich daran fest, aber es hält nicht stand.

Mulder war auch gottlos, und er nahm sich vor, es noch lange zu bleiben. Dennoch *glaubte* er an seine Tat. Vielleicht musste er eine eigene Religion gründen. Einen Kult der Hingabe. Dinge mit der größtmöglichen Liebe tun. Schuhe putzen. Bügeln. Den Hund kämmen. Und beten, das heißt, mit sich reden und den Kern ansprechen. Was dieser Kern war, wusste er nicht, aber er würde versuchen, das herauszufinden, indem er sich selbst Fragen stellte, Fragen, die wie Sonden den Kern abtasteten.

Ein lachendes Mädchen im Bett, nur noch halb von Binden verdeckt, Kopf und Arme waren frei. Fanta hatte wieder ein Gesicht bekommen, ihre Augen funkelten, und sie konnte schon vorsichtig in die Hände klatschen. Mulder machte ein Tänzchen an ihrem Fußende. Er spielte Hund, in Ermangelung eines Hundes. Er hatte es nicht geschafft, ihn mit ins Krankenhaus zu nehmen, der Arzt war nicht da, und die Krankenschwestern erhoben Einspruch. Aber schau mal! Mulder konnte mit den Ohren wackeln, und klackerten die neuen Eisenplättchen unter seinen Schuhen nicht genauso schön wie Hundekrallen auf dem Linoleum?

Fanta lag nicht mehr auf der Isolierstation, sie teilte ein Zimmer mit drei anderen Kindern, Mädchen aus Übersee – Polynesien, La Réunion und Guadeloupe – mit Krankheiten, die in ihren Heimatländern nicht geheilt werden konnten. Und auch sie klatschten und lachten, insoweit es ihre Spangen, Bettgalgen und Verbände zuließen. Mulder kostete es eine ziemliche Überwindung, so herumzukaspern, aber er spielte lieber Theater, denn als falscher Vater an einem Krankenbett zu sitzen. Was sollte er sagen? Und diese Mädchen, die ihn anstarrten … Er flüchtete sich in Scherze, um nicht über Krankheiten reden zu müssen, und sah über Fantas straffgespannte Haut und raue Finger hinweg. Sie legte ihre Hand auf die seine – er zitterte.

Tagsüber bekam sie nur wenig Besuch. Nur manchmal von den Nachbarinnen, den zwei Schwestern. Und von ihrem Lehrer, mit Aufgaben. Fanta zeigte Mulder ihre Schulhefte und Briefe von Klassenkameraden, aber die wollte sie noch nicht an ihrem Bett haben. »Erst wenn ich wieder eine schöne Nase habe.« Ihre Tanten arbeiteten tagsüber und konnten nur abends oder am Wochenende kommen. Und ihre Mutter? Die war tot. Schon zwei Jahre. Bei dem Brand waren auch zwei Tanten umgekommen. Alle Frauen aus dem Haus nannte sie Tante, auch Sri. Mulder wurde daraus nicht recht schlau und wagte nicht weiterzufragen. Gab es einen Vater? Welche Rolle spielte der geheimnisvolle Triple X in ihrem Leben?

Sie sprachen lieber über den Hund. *Le Chien*, der Name, den auch Fanta ihm gab. Der Hund hatte sie ausgesucht, sagte sie, auf ihrem Bett hatte er Ruhe gefunden in diesem überfüllten Haus, und sie hatte ihm Manieren beigebracht, denn er war so wild nach all den Reisen. Mulder widersprach und hob wie ein Schuljunge den Finger, aber Fanta winkte ab. Es war ihr Hund gewesen – ihr … Sie sagte es ohne Nachdruck, aber in Mulders Ohren klang es wie ein Vorwurf. Sie strahlte bei der Erinnerung: Jeden Tag hatte er sie zur Schule gebracht, sie war die Einzige, die ihn waschen und kämmen durfte, und an dem Tag, als er mit lädierter Schnauze vor der Tür stand, da war sie die Einzige, die seine Wunde versorgen durfte. Ein richtiger Raufbold … Aber auch das hatte sie ihm abgewöhnt. Mulder widersprach ihr nicht mehr.

Fanta wollte wissen, ob die Blasen auf seinem Schwanz gut verheilt wären. »Er wedelt völlig schmerzfrei«, scherzte Mulder. Aber ihre Augen füllten sich mit Tränen: Es konnte also alles gut werden. Sie wusste es. Hoffte es. Und sich dann vorzustellen, dass sie *Le Chien* wie eine brennende Fackel durchs Hause hatte rennen sehen. Jaulend. Sie schaute auf ihre unter einem Lakenzelt verborgenen Beine. Vielleicht würden die genauso gut heilen wie sein Schwanz.

»Hast du das wirklich gesehen?«, fragte Mulder erschrocken.

Ja, der Hund hatte mit dem Schwanz eine Kerze umgestoßen.

War dann der Hund …? Nein, diese Frage verkniff sich Mulder.

Ein seltsamer Trübsinn überkam ihn. Es gab keine Hundegeschichten mehr, und seine Füße wollten nicht mehr steppen.

»Kannst du denn den Hund noch liebhaben?«, fragte er.

Fanta nickte heftig, trotz ihrer Tränen.

Beim Verlassen des Krankenhauses meinte Mulder, Triple X auf dem Parkplatz zu sehen. Einen Moment lang wollte er ihm nachlaufen, aber als er genauer hinsah, war er schon weg. Und plötzlich fehlte ihm sein Hund schrecklich.

Zu Hause kämmte er ihm dann lange den Schwanz, den schuldigen Schwanz, und er sah anders auf diese edlen Augen. Der Hund leckte ihm die Hand, biss ihn sanft in den Handballen – ein wortloser Beweis der Liebe oder vielleicht der Verzweiflung, denn in diesem Zahnabdruck steckte eine Geschichte, eine Art des Redens, die Mulder nicht verstehen konnte. Er kniff sanft zurück, als Antwort, seine Finger befühlten die verheilten Wunden an den Pfoten und die Hornhaut unter den Ballen, diese schwarztrockenen kleinen Kissen, hart geworden und eingerissen von Wüsten, Straßen und einer brennenden Treppe, sie rochen so angenehm nach Schweiß, ein Geruch, den er bei Menschen nicht ertragen konnte. Sie beschnupperten sich, lagen stundenlang nebeneinander, träge und schwermütig. Der Abendspaziergang wurde auf ein Baum-Anpinkeln verkürzt, und auch am nächsten Morgen blieben sie noch lange im Bett liegen.

Mulder übte seine Mafiadialoge. Noch ein paar Stunden, und er würde unter einer Bahnhofsuhr über falsche Pässe verhandeln. Er zappte durch die Fernsehprogramme, auf der Suche nach spannenden Filmen, denen er noch etwas abschauen könnte... Jede Menge Action am Nachmittag: in Regenmänteln telefonierende Privatdetektive, enervierte Kommissare, Mörder mit Lederhandschuhen, Kung-Fu-Fighter, Scharfschützen – Typen, denen einsilbige Wörter reichten.

Eine Nachricht huschte vorüber: Ein Attentat... Minister auf Arbeitsbesuch beschossen. Der Kleine! Mit lebensgefährlicher Kopfverletzung ins Krankenhaus gebracht. Sender unterbrachen ihre Programme. Der Eingang eines Krankenhauses rückte drohend ins Bild. Teleobjektive suchten Fenster ab, und aus besorgten Gesichtern kamen Vorhersagen. Ein hoher Polizeifunktionär meldete, dass der Täter am Tatort verhaftet worden sei: ein junger Mann aus der extremen Linken. Eine Erklärung, die viele Male wiederholt wurde. Expertenrunden analysierten Tat und Täter. Unzufriedenheit mit der Ausländerpolitik des Ministers sollte das Motiv sein. Philosophen traten auf, Männer, die über alles Bescheid wussten. Mulder verlor in ihren langen Sätzen die Orientierung.

Zwei Nachrichtensendungen weiter hatte der »Terrorist« zugegeben, im Auftrag zu handeln: im Namen einer Organisation, die alle Illegalen ausweisen wollte. Verwirrung. Kam die Kugel nun von links oder von rechts? Auch Enttäuschung. Der Minister befand sich außer Lebensgefahr, konkret: Er erschien mit bandagiertem Kopf in den Achtuhrnachrichten. Zusammen mit seiner Frau – die wieder weggelaufen und doch wieder da war – mit einem zum Lippenstift passenden Krägelchen. Zwei Stunden davor hatten »enge

Vertraute« noch in der Vergangenheitsform von ihrem »lieben Freund« gesprochen.

»Demokratie«, sagte der Minister, und er wiederholte das Wort in jedem zweiten Satz, es spritzte gegen das Mikrophon, tropfte von den Kameralinsen. Demokratie! Das Land war Zeuge eines Anschlags auf die Demokratie gewesen.

Breitbeinig zappend schaute Mulder sich das an. Mit einem guten Wein und einem Teller Häppchen. Die Nerven gingen mit ihm durch, nicht wegen der Nachrichten, im Gegenteil, nichts Herrlicheres, als die eigenen Sorgen zu vergessen und sich in aufgebauschter Sensation zu verlieren, aber die Glocke störte ihn. Der Klöppel siegte über die Kugel. Er versuchte den lieben langen Tag zu verdrängen, dass er am Abend auf verschiedenen Bahnhöfen erwartet wurde und ein Wettrennen gegen die Uhr führen musste. Aber diese fette Charlotte von gegenüber erinnerte ihn schmerzlich daran – kling gut, tu gut: acht Uhr. Ihm blieb noch eine Stunde, um Sri vom Zug abzuholen. Zwei Stunden später fuhr der letzte Zug aus Brüssel ein, und er hatte sich unter der Uhr einzufinden. In einem anderen Bahnhof! Eine halbe Stunde mit der Metro. Ob es wohl noch gelang, in der Zwischenzeit Passfotos von Sri machen zu lassen und eine Bleibe für sie zu finden? Das schafften sie nie. Sicherheitshalber hatte er das Geld schon eingesteckt: Fünfzehntausend Euro in kleinen Scheinen, wie gewünscht, versteckt in Gesäß- und Innentaschen, und er hatte auch noch einen Waschlappen innen in seine Hose genäht: Unter seinem Bauch baumelten mindestens achttausend Euro. Als reichte das noch nicht, waren erneut Unruhen ausgebrochen, überall gellten Sirenen, die Stadt war blau vor Polizei, und er saß mit einem Hosenladen voll Geld in der Metro …

Der Zug aus Lyon hatte Verspätung. Mulder schlenderte unter den Monitoren hin und her, auf denen Gleisnummern und Ankunftszeiten angezeigt wurden. Schon dreimal hatten ihn Stricher angesprochen. Zum ersten Mal in seinem Leben. Da ging er einmal auf Freiersfüßen, schon liefen ihm die Männer nach. Vielleicht hatte er sich für einen Bahnhof ein bisschen zu gut gekleidet, aber ein Nadelstreifenanzug machte sich besser, wenn man mit Gaunern verhandeln musste, dachte er. Nur hinten sprang sein Jackett so auf – sein Hintern war ganz prall vom Geld – ob es das war? Oder war ein Mann mit Rose vielleicht tuntig? Er wollte Sri feierlich empfangen. Zwei Polizisten hielten ihn an: Suchte Monsieur etwas?

»Ich warte auf den Zug aus Lyon.« Mulders Stimme klang vor Nervosität eine Oktave höher.

Die Polizisten musterten ihn mißbilligend. »Papiere!«

Dafür musste er seine Taschen abtasten, der Schweiß tropfte ihm von den Schläfen. »Ich hole meine Frau ab«, sagte er. Jaja. Und warum blieb er dann so lange vor diesen Monitoren stehen? Der Zug hatte Verspätung. Jaja. Mulder lief mit zusammengekniffenen Pobacken zum angegebenen Gleis – mit den Polizisten im Schlepptau. Der Zug fuhr mit zwanzig Minuten Verspätung ein.

Sri winkte schon von weitem. Mulder wagte es kaum, sie an sich zu drücken, sosehr er sich auch danach sehnte. Er hatte Angst, dass sie das Geld an seinem Bauch spürte, aber auch die Blicke der Polizisten brannten ihm im Nacken: Also küsste er sie distanziert auf beide Wangen, tauschte ihre Tasche gegen seine Rose und nahm ihren Arm.

Ihre Jacke fühlte sich neu an – wie aus Pappe –, und die Tasche war schwer. »Von Tati«, sagte Sri. Landesweit der billigste Wühltisch. Sie hatte in Lyon gut verdient. »Überall Arbeit«, die Arbeit, die weiße Hände verweigerten. Mulder ging angespannt neben ihr her. Er versuchte so verheiratet wie möglich auszusehen, auch wenn er sich erst an ihre billige Kleidung und das Knistern ihres Nylonkleids gewöhnen musste.

Sie fragte nach dem Hund.

»Der wartet zu Hause«, antwortete Mulder gehetzt. »Es sind zu viele Polizeihunde unterwegs. Die Stadt ist eine Festung.« Er schritt kräftig aus.

Er ging so komisch, fand sie, und dieses Gekeuche; war alles in Ordnung mit ihm?

Polizei. Sah sie die Polizisten nicht? Es war die Sorge um sie.

Was sagte der Anwalt? Und wie ging es Fanta und dem Wohltäter? Sri fragte viel für ihre Verhältnisse, und sie nannte Mulder ständig Nicolas. Zum Verrücktwerden. Noch vor dem Schlafen würde er ihr seinen wahren Namen verraten. Exit Nicolas Martin. Er sah auf seine Uhr: Noch anderthalb Stunden, es würde knapp. Das Passfoto musste eben warten. Sri zog an seinem Ärmel – sie konnte mit dem Tempo nicht Schritt halten. Mulder flehte sie an, weiterzulaufen. »Ich habe noch eine dringende Verabredung.«

Sri verstand, sie zog ihren Arm zurück. Die Rose knickte. Es täte ihr leid, ihm zur Last zu fallen … Kannte er vielleicht ein billiges Hotel im Viertel? Sie habe genug Geld, sagte sie. Das Einzige, was sie von ihm wolle, sei, dass er sie auf seinen Namen anmeldete. »Als Madame Martin.« Sie lachte. Papiere, überall fragten sie nach Papieren. Danach würde sie weitersehen.

Mulder schwieg. Hunderte Sätze schossen ihm durch den Kopf – alles parat, aber er hatte keine Ahnung, was er sagen sollte. Sie stiegen zur Metro hinab und passierten dabei einen Kordon Polizisten – Maschinengewehre im Anschlag. Der Verkehr aus den Vorstädten war eingestellt. Die Metro fuhr nur noch stadtauswärts. Ein wütender Reisender, der laut seine Empörung äußerte, bekam einen Schlag. Sri zog Mulder wieder näher an sich. Das Geld an seinem Bauch begann zu rutschen. »Du kannst hier übernachten«, flüsterte er. (Inzwischen wagte er es, seine Wohnung zu zeigen, mit dem Wasserschaden im Badezimmer war ihm auch die Scham wegen seines Reichtums abhandengekommen.)

Sri schüttelte heftig den Kopf. »Ich bin Witwe. Ich halte mich an die Regeln meiner Trauerzeit.«

»Beim Hund bist du am sichersten«, sagte Mulder, außerdem könne er das arme Tier mit all den Sirenen in der Stadt nicht zu lange allein lassen. Sie müssten halt aufeinander aufpassen.

»Aber ich schlafe allein«, sagte Sri entschieden.

»Nicht ganz, der Hund bewacht dich.«

»Für wen wird er sich entscheiden, wenn es darauf ankommt?«

»Dich kennt er länger«, sagte Mulder, »von uns beiden hast du die älteren Rechte.«

Lachend liefen sie an den verbissenen Polizistenlarven vorbei.

Die Metro ließ auf sich warten. Heimlich hatte Mulder eine Herztablette genommen und blickte Sri mit verzweifelt rotem Kopf an. »Wie spät ist es, wie spät ist es nur?« Er war zu benommen, um das kleine Zifferblatt seiner Breguet ablesen zu können. »Schöne Uhr«, sagte Sri. Er ließ sie das Ticken hören. *Le réveil du Tsar …* »Lag nie so eine auf einem Hotelwaschbecken?« Die Marke sagte ihr nichts.

Mulder drehte auf seinen Absätzen nervöse Runden.

»Ist die Verabredung denn so wichtig?«, fragte Sri.

Ja, und es ging auch um sie. Er könnte einen Pass für sie organisieren.

Hinter ihrem Rücken? Ohne es mit ihr zu besprechen? Sri wollte nichts davon wissen. Bestimmt ein gestohlener Pass oder ein falscher. Nicht im Traum. Sie hatte die Illegalität satt. »Ich will ohne Schuldgefühle durchs Leben gehen.«

»Ich auch«, sagte Mulder. »Deshalb will ich dir helfen.«

Der Hund pinkelte vor Freude, als Sri vor seiner Nase stand. Mulder raste noch mit einem Läppchen durch den Flur, auf den Knien vor einem Fleck, wie sehr er sich dafür auch verfluchte. »Du platzt aus deiner Hose«, sagte Sri. Aber zum Umziehen war er zu sehr in Eile. Eine knappe Stunde blieb ihm noch. Die Metro fuhr nicht mehr. Bombendrohung, sagten die Leute auf der Straße. Kein freies Taxi, die Busse quollen über. Es herrschte eine ausgelassene Stimmung. Autos mit übermütigen jungen Leuten rasten vorbei, Fahnen flatterten aus den Fenstern. Französische, marokkanische, senegalesische. Froh über das Attentat? Oder froh, dass es glimpflich abgelaufen war? Mulder entschied sich fürs Gehen, mit hochgerecktem Daumen neben dem Trottoir – vielleicht nahm ihn ja ein Auto mit. Er kam an Cafés vorbei, wo Leute Schulter an Schulter auf Fernsehapparate starrten, die über dem Ausschank hingen. Der Präsident sprach zu seinem Volk. Poltern hinter den Fenstern. Seine Worte wurden laut wiederholt: »Die Republik ist für Sie da. Die Republik wird Sie schützen.«

Sirenen gellten, und auf dem Boulevard brannten Autos.

Zwanzig Minuten zu spät und kein Mensch unter der Uhr. Der Platz war abgesperrt. Vor dem Bahnhof blubberte ein kleiner Panzer. Die Schalter waren geschlossen, die Kioske, Kaffeestände, die Caféterrassen gegenüber; weder Radionachrichten noch gedämpfte Schritte oder schrille Pfeifen; die Beleuchtung in der Abfahrtshalle brannte mit halber Kraft, nur die Neonreklame strahlte verschwenderisch auf die Knüppel, Handschellen, Pistolenhalfter, Patronengurte und Maschinengewehre der Polizisten am Eingang.

Mulder sollte die Bilder am nächsten Morgen in den Nachrichten wiedersehen: Suppenausgabe an die Polizisten, verödete Bahnsteige, den kleinen Panzer, Blaulichter vor der dunklen Glasfront. Der gesamte Zugverkehr nach Norden war blockiert, »aufrührerische Elemente« aus den Vorstädten hatten Betonpfähle auf die Schienen geworfen. Kurz meinte Mulder sich selbst zu erkennen: einen Mann, gegenüber vom Bahnhof, der nervös alles beobachtete. Er meinte auch das Auto mit den Finstermännern, die auf ihn gewartet hatten, wegfahren zu sehen. Die Nachrichten halfen ihm, sich die Fahrt durch die belagerte Stadt wieder vorzustellen. Die Gerüche waren wieder da, der bittere Geschmack, auch wenn Viertel, Straßen und Wörter fehlten, denn sein Herz hatte verrückt gespielt – die ganze Nacht –, und er hatte mehr als die Hälfte vergessen. Aus reiner Angst.

Ihm war schon beim Autostoppen zum Bahnhof schwindlig gewesen. Kein Auto hatte ihn mitnehmen wollen. Busse fuhren auch nicht mehr. Er hatte sich schließlich mitten auf die Straße gestellt und einen Mopedfahrer angehalten, aber der konnte ihn nur ein kleines Stück mitnehmen. Und ihn störte das viele Geld, er musste immer wieder die Straßenseite wechseln, um jungen Kerlen aus dem Weg zu gehen. Wahnsinn war es, das ganze Unternehmen. Da hatte ihn Père

Bruno schön in etwas hineingezogen. Der Waschlappen riss ab – vom schnellen Gehen. Acht Tausender rutschten an seinem Schenkel entlang, wenige hundert Meter vor dem Bahnhof. Ein Glück, dass ihn dort keiner mit diesem prallen Hintern gebückt nach dem Geld grapschen sah. Die Ponaht platzte. Beim Aufrichten musste er sich an einem Schaufenster festhalten. Eine zweite Herzpille. (War verboten, aber es half – glaubte er.) Die Tablette sank in seine Beine, sie verweigerten ihm den Dienst. Das letzte Stück war ein Martyrium.

Verzweifelt stand er hinter einem Absperrgitter und rang nach Atem, der Panzer unter der Uhr drehte sich vor seinen Augen. Der Platz vor dem Bahnhof war abgesperrt. Keine Ahnung, was er tun sollte. Nach Hause, wieder umkehren? Aber eine Hand, die seinen Ellbogen umklammerte, hatte eine bessere Idee, ein Mann im schwarzen Hemd führte ihn zu einem Auto in einer Seitenstraße. Scheinwerfer leuchteten auf, eine Tür flog auf, er musste einsteigen und saß kaum, da raste der Wagen in hohem Tempo los. Eine angenehme Kühle kroch unter sein Hemd, und ihm wurde schwarz vor Augen. Von dem, was danach geschah, blieb ihm nur ein vages Bild. Vermutlich war er in Ohnmacht gefallen, sie fuhren auf jeden Fall nicht mehr in der Stadt, als er begriff, wo er sich befand: Auf der Lederrückbank eines klimatisierten Straßenkreuzers mit getönten Scheiben, angegrinst von einem schwarzen Schnurrbartbalken. Eine beringte Hand hielt ihm einen Becher Wasser hin. Eine andere Hand als die, die ihn in seinem Schwindel aufgefangen hatte. Ging es wieder besser?

Der Schnurrbart, dieser Kamelhaarmantel ... Mulder hatte diese Visage schon einmal gesehen, auf dem Platz vor der Kirche. Es konnte nicht anders sein: Er saß neben dem

Tierquäler, der seinem Hund einen Tritt gegeben hatte. Und er erkannte den fremden Akzent, die Stimme, die ihn schon einmal durchs Telefon angeblafft hatte. Die verrauchte Stimme eines Albaners. Wenn das überhaupt Albanisch war, was er mit dem Schwarzhemd am Steuer sprach.

Vor und hinter ihnen wurde gehupt. Sie fuhren auf den Autobahnring, lösten sich aus dem Verkehr. Das Leder knarrte, der Straßenkreuzer schaukelte. Mulder hatte das Geld aus seinen Taschen geholt – um besser sitzen zu können und schnell zur Sache zu kommen –, aber der Albaner forderte ihn auf, es augenblicklich wieder einzustecken. Viel zu viel Unruhe draußen. Er presste seinen Schnurrbart gegen die Scheibe. Wollmützen, überall Wollmützen. Mulder sah auch hinaus. Wie konnte dieser Mann durch die Sonnenbrille überhaupt etwas erkennen? Diffuses Lampenlicht war das Einzige, was durchdrang. Wie auch immer: Man war seines Lebens nicht sicher in der Stadt. Der Albaner verstand nicht, warum die Polizei nicht durchgriff.

»Noch mehr Polizei?«

Der Mann schwor darauf, seine besten Freunde arbeiteten dort. Er war nicht gegen das Gesetz, falls Monsieur das vielleicht meinte. *Au contraire*: Das Gesetz bot gerade Möglichkeiten. Und wer wollte dem Pater nicht einen Dienst erweisen? Gläubige unter sich. Ja, er – der Albaner – war ein guter Katholik. Tat keinen Schritt ohne Gott.

Der Motor flüsterte, und der Albaner träumte laut von der idealen Gesellschaft. Gott trug keine Wollmütze. Während er sprach, bekam der Albaner plötzlich zwei Schnurrbärte. Mulder zwinkerte… vier Schnurrbärte. Haarige Worte krochen in seinen Mund. Ihm war nicht nur schwindlig, er war auch reisekrank. Das Bündel Banknoten lag ihm schwer auf dem Magen.

Das Fenster durfte nicht geöffnet werden, aber die Klimaanlage konnte kälter, noch kälter gestellt werden. Sie fuhren in einem Iglu. Seine Augen gewöhnten sich an die dunkle Aussicht, vage erkannte er die Leuchtreklamen an den hohen Häusern, die Lichter des Stadions tanzten vorbei. Zum zweiten Mal. Sie umkreisten die Stadt, sausten an verlassenen Fabriken vorüber, und die Klimaanlage saugte den Gestank der Kläranlage an. Eiskalten Gestank. Oder war er das?

»Eins, zwei, drei. Auf die Hand!«, sagte er zwischen zwei Rülpsern.

Doch der Albaner zeigte keine Eile, tippte auf seine Brusttasche. Wollte Monsieur nicht noch einen weiteren Pass?

»Vielleicht, aber dann mit Rabatt.« Er gab sich mutiger, als er sich fühlte.

Der Albaner lachte ihn aus. Wusste er denn, was es kostete, einen niederländischen Beamten zu bestechen? Eigentlich war es viel zu billig.

Das Auto verlangsamte und bog auf einen McDonald's-Parkplatz. Fester Boden, aber der Motor lief weiter. Im Schein gelber Fritten kamen sie endlich zum Geschäft. Monsieur Ngolo war perfekt auf dem Foto. Mit einer breit geknoteten Krawatte und dem Segen von Sint Maarten. Der Albaner schnüffelte an dem zerknitterten Geld. Der Mann im Schwarzhemd musste es nachzählen.

Es war nicht erlaubt, kurz Luft zu schnappen, sosehr ihm sein Magen auch zu schaffen machte. Die Tür war verriegelt, er kam nicht hinaus.

»Und für wen ist der zweite Pass?«, fragte der Albaner. Doch nicht noch so einer …

Noch ein Rülpser entfuhr Mulder und ein ekliger Furz.

Die Herztablette weitete all seine Öffnungen. Selbst seine Angst ließ nach, und er fragte ganz träge, was er schon zu Beginn der Fahrt hatte fragen wollen: »Warum haben Sie meinen Hund getreten?«

»Hund?« Der Albaner reagierte überrascht. Er war verrückt nach Tieren. Welcher Hund? Wo, wann ... Oh, der Hund von dieser Wollmütze?

»Triple X.«

So ähnlich. Der Scheißkerl hatte sich nicht an die Vereinbarung gehalten. Wenn er das Vieh noch einmal sähe, dann würde er es erschießen!

Mulder schenkte dem Schnauzbart einen eiskalten Blick, wortlos. Ein widerliches Würgen kroch ihm die Kehle hoch, unmöglich hinunterzuschlucken. Er kotzte.

Der Albaner fand keine französischen Worte mehr für seine Wut. Und was er sagte, klang wenig katholisch.

Das Schloss sprang auf. Jetzt plötzlich doch.

Gerade genug Geld für ein Taxi. Schade, er hätte noch so gern eine Flasche Birnensaft gekauft zur Feier von Sris Rückkehr. Aber es war schon viel zu spät, wie ein Dieb musste er in sein eigenes Haus schleichen. Auf Socken die Treppe hinauf – zum Glück bellte der Hund nicht. Sri war am Küchentisch eingeschlafen.

Waschen, Zähneputzen, Kotzanzug in den Müllsack. Frisch weckte er sie, in seinem genoppten seidenen Hausmantel. Sie sah ihn verwundert an. Ihre linke Hand lag auf dem Stapel ungeöffneter Post.

Er half ihr hoch, brachte sie in sein Schlafzimmer und zeigte ihr die sauberen Laken, die sauberen Handtücher, den sauberen Waschlappen. Das Bett duftete nach Lavendel. Der Hund würde sie in der Ecke bewachen, auf seiner sauberen

Decke, neben seinem Spielpantoffel. Sie wünschten sich gute Nacht. Ohne Gutenachtkuss.

Der Hund fiepte, als Mulder das Zimmer verließ. Sri ließ sich auf die Bettkante sinken. »Wer ist Mulder?«, fragte sie schläfrig.

»Kontoauszüge des Wohltäters«, hatte er geantwortet.

Am nächsten Morgen, nach einer schlechten Nacht auf der Couch, schauten sie gemeinsam die Nachrichten. Auf der Bettkante, beide ordentlich bekleidet. Sri erschrak über all die Krawalle, schlug die Hände vors Gesicht. Für Mulder ordnete sich dagegen in wenigen Sekunden ein verwirrender Abend. Es waren vertraute Bilder. Sein Herz schlug wieder, wie es sich gehörte. Er nahm sein Leben wieder in die Hand. Aber noch wagte er es nicht, Sri die Wahrheit zu sagen. Er fürchtete, sein richtiger Name würde den Zauber brechen. Mit Martin zeigte er ja sein besseres Ich. Ein besseres Ich, das stolz den erworbenen Pass präsentierte.

Er stank, fand Sri.

Monsieur Ngolo konnte seinem neuen Pass nicht glauben. Chol Ngolo? So hieß er doch gar nicht!

»So hat es der Pater durchgegeben«, sagte Mulder.

Tiefe Seufzer und eine Beichte: Um unter so vielen geflüchteten Landsleuten nicht identifizierbar zu sein, hatte Ngolo, oder wie er in Wirklichkeit auch immer heißen mochte, bei seiner Ankunft in Frankreich einen sicheren Namen gewählt. »Ngolo« verriet weder Region noch Religion. Aber jetzt, wo er nach Kanada auswanderte, war er nicht mehr gefährdet und wollte seinen eigenen Namen wiederhaben.

Es kostete Mulder ziemlich viel Mühe, ihm zu erklären, dass das jetzt nichts mehr ausmachte. »Von nun an sind Sie der Mann im Pass. Ein Antillianer.«

Ein Antillianer? Was war das?

Mulder zeigte auf die Wand, wo Ngolos handgemalte Karten hingen. Ein schönes Morgenlicht strömte durchs Turmfenster; Kanada, so groß wie die USA, badete in der Sonne. »Sehen Sie, hier drunter, in der Karibik, liegen die Antillen.«

»Aber ich sollte doch Niederländer werden?«, fragte Ngolo beunruhigt. Er konnte nicht folgen.

»Vergiss es«, rief Mulder. Er bereicherte Ngolos Europakarte um ein Fitzelchen Niederlande. Das Land lag zur Hälfte unter dem Meeresspiegel, das müsse er unbedingt behalten. Und den Namen der Königin. Und den vom Kronprinzenpaar. Plus drei Fußballvereine. Solche Sachen wollten Zollbeamte gelegentlich wissen. »Polder, Fußball und das Königshaus, damit schafft Holland es in die internationalen Zeitungen.«

Holland?

Ja, so sagte man auch. Und nein, es war keine Republik. Nicht mehr. Noch nicht.

Der Mann hatte keine Ahnung. Bis zu Erdkunde hatte es in der Missionsschule nie gereicht. Aber Ngolo brannte vor Verlangen: Er würde Schnee sehen. Und er sah sich bereits in Pelzjacke, gezogen von Schlittenhunden, über die Ebenen flitzen und wie ein Eisbär Fische aus Waken angeln. Vielleicht würde er Gold suchen. Mit einer Pfanne Goldstaub aus eiskaltem Wasser sieben. Kanada hatte er gut im Kopf, darüber konnten sie ihn an der Grenze alles fragen. Er zeigte Mulder ein kleines Buch, das er von einer der Nonnen bekommen hatte. *Prière de neige.* Illustrierte Erinnerungen einer Krankenschwester aus dem Goldrausch am Klondike River. Gott hielt einen warm im Schnee.

Morgen würde Ngolo ein Visum für Kanada beantragen. Vom Pater hatte er sich bereits verabschiedet. Der war seit der Besetzung seiner Kirche nicht mehr derselbe. Père Bruno hatte sich krankgemeldet, und es war fraglich, ob er je wieder zurückkam. »Alles meine Schuld«, sagte Monsieur Ngolo. »Ich bringe alles und jeden in Schwierigkeiten. Zuerst verjage ich den Hund, jetzt den Pater.« Er klappte seinen Koffer auf, um die letzten Habseligkeiten einzupacken.

Die Glocke schlug. Mulder krümmte sich gerade noch rechtzeitig zusammen, den Kopf zwischen den Knien, die Finger in den Ohren. Zwei gekneppete Stückchen Kerzenwachs bebten auf dem Tisch. Ngolos Ohrschützer, aber er benutzte sie nicht.

Elf Schläge. Die Weltkarten wackelten.

»Charlotte wird mir fehlen«, sagte Monsieur Ngolo, als sich Mulder benommen wieder aufrichtete.

Was?

»Charlotte!« Ngolo deutete nach oben, er wollte mit »nackten Ohren« Abschied von ihr nehmen. Auch von den anderen Mädchen, mit denen er den Turm teilte: Henriette, Valérie, Pauline, Thérèse. Glockengeister nannte er sie. »Ihr Klang steckt jetzt in mir.«

Abschied. Mit klingenden Ohren. War das kein schöner Augenblick?

Sie umarmten sich.

»Womit habe ich das verdient?«, fragte Monsieur Ngolo.

»Was?«, brüllte Mulder.

»Meinen Pass. Warum haben Sie das getan?«

Es dauerte einen Moment, bis er folgen konnte. »Weil Sie meine Aussicht bewohnen.«

»Nur darum?«

»Ja, darum.«

Draußen wurde er von der einbeinigen Bettlerin abgepasst – Prothese unter dem einen, Flasche unter dem anderen Arm. Ob Monsieur Père Bruno gesehen hatte? Es war dunkel im Beichtverschlag, die ganze Kirche war dunkel, und es brannten viel weniger Kerzen. Seit Tagen hatte er sich nicht gezeigt. Die Beichtwilligen liefen verloren herum und noch schlimmer: Sie nahm keinen Cent mehr ein.

War ihr Engel ausgeflogen?

Sein Name. Mulder hörte laut und deutlich seinen Namen, als er den Schlüssel ins Schloss steckte. Sri sprach mit dem Hund, in ihrer eigenen Sprache, unverstehbarer Singsang, aber sein Name sprang heraus: Mulderrr. Sri und Hund saßen in der Küche und empfingen ihn kühl. Der Nachbar von oben war an der Tür gewesen, er hatte nach Mulder gefragt. »Und das bist du«, sagte Sri. Sie wedelte mit den Kontoauszügen: Vielleicht hatte ihr »dieser Herr« etwas zu erklären. Sie fühlte sich betrogen.

In der Tat: Er war der Wohltäter. Verzeihung. Aber er hatte sich für diese Rolle geschämt, das konnte sie doch verstehen?

Sri schämte sich auch: Sie hatte jemandem vertraut, der sie angeschwindelt hatte. Nicht *ein* Mal, sondern in jedem Brief, bei jeder Begegnung.

»Um dir zu helfen«, sagte Mulder.

Aus Schuldgefühl, ja, hatte er das nicht selbst gesagt? Daher seine Bewunderung für den Chinesen, einen Mann, der die Kunst beherrschte, ohne Geld zu leben. Sri wollte nicht bedauernswert sein, damit Mulderrr sich besser fühlen konnte, sie hatte auch ihren Stolz. Böse drehte sie ihm den Rücken zu.

Grundlos, fand Mulder. Aber jetzt, wo er endlich ehrlich zu ihr war, wollte er auch weiter mit offenen Karten spielen: Er mochte sie. Ihr Glück war auch sein Glück. War das so schändlich?

Sie schwieg.

Er könnte ihr helfen, ein Zimmer zu finden, sagte er. Ihr eine sichere Zukunft bieten, einen Pass und mehr. Sie könnte sich besser kleiden.

Wieso besser? Was hatte Mulderrr – sie hörte nicht auf, sich über den Namen lustig zu machen, »Wohltäter Mulder« – gegen ihre Kleider?

»Sie sehen so billig aus. Du bist mehr wert.«

»Snob«, sagte sie. »Ich bin keine Anziehpuppe für deine Schuldgefühle.« Sri brauchte niemands Hilfe. Es war ein schwacher Moment gewesen, sein Geschenk anzunehmen und diese Briefe zu schreiben. »Ich schaffe es allein.« Notfalls schlief sie in einer Schachtel.

Sie müsse nachdenken. Ungestört. Wortlos verließ sie die Wohnung. Mit dem Hund, dem Verräter.

Mulder ging auch aus dem Haus. Die Decke fiel ihm auf den Kopf. Er vertrug keinen Streit, und vor allem nicht mit einer Frau. So kannte er Sri gar nicht, so bockig und stolz. Okay, er war taktlos gewesen ... aber konnte er etwas dafür, dass er einen guten Geschmack hatte? Verloren überquerte er den Platz. Verwirrt, aufgestört. Auf der Terrasse des Cafés kein Mensch, den er kannte, kein Ober, der ihn vorbeigehen sah. Der Kater am Brunnen nahm vor ihm Reißaus. Und als er am Kiosk eine Zeitung kaufte, sah ihn der Verkäufer verlegen an. »Wo ist Ihr Hund?«, fragte er. »Ich habe ihn mit einer Frau gesehen.«

Die Kirche lag verwaist da. Auch die Orgelstudenten waren nicht erschienen. Mulder wollte den Pater sprechen – Fachmann für klagende Frauen. Guter Rat käme ihm sehr gelegen, und er musste ihm auch noch von seinem tollen Abend mit der Mafia berichten. Die Dominikaner würden bestimmt wissen, wo er zu finden war.

Einfach in seinem Zimmer, stellte sich heraus. Gebeugt und ausgepumpt vor dem Aschenbecher. Im Freizeitdress. Père Bruno kam seit Tagen nicht mehr aus dem Haus, er fühlte sich gar nicht gut. Blümerant. Würde sich schon geben. Mal keinen Whisky. Tee. Literweise. Um die schlechten Säfte auszuschwemmen. Es war gerade wieder Zeit. Der Pater schlurfte zum Waschbecken, um den Kessel zu füllen, kleckerte auf dem ausgetretenen Pfad. So angeschlagen hatte Mulder ihn noch nie gesehen. Sie tranken Tee aus Whiskygläsern. Schwer zu schlucken, auch nach dem dritten Glas saßen sie sich noch wortkarg gegenüber. Sie tauschten Neuigkeiten aus: Der Obere hatte Bruno vorübergehend Ruhe verordnet. Aufgezwungen. Seine Mitbrüder meinten, er sei zu weit gegangen. Ein Priester müsse Vorbild sein, nicht Gesetze übertreten. Selbst sein eigener Prior ließ ihn fallen. Die Brüder hatten seinen Whiskyschrank leergeräumt. Und nun saß er eben herum. In seinem Zimmer. Untätig, um nichts falsch zu machen. Nett, dass Mulder mal vorbeischaute.

Helfen war nicht leicht. Mulder erzählte von seinem Problem. Wäre es nicht schön, wenn er Sri irgendwo eine Bleibe bieten könnte? Wusste der Pater vielleicht etwas? »Nein«, war die schroffe Antwort. Das Turmzimmer musste nach Ngolos Abreise abgeschlossen werden – Anordnung von oben.

Auch kein Zimmer in einem der Nonnenklöster im Viertel? Standen die nicht halbleer?

»Ist sie katholisch?«, fragte Bruno.

Nein, Buddhistin.

Oh, in dem Fall konnte er überhaupt nicht helfen. Dann mussten sich ihre eigenen Leute um sie kümmern.

»Wieso? Sie meinen, dass die Armen den Armen helfen sollen?«

Père Bruno war müde, hatte keine Lust auf Debatten. Eine solche Nonnengemeinschaft war ein feines Räderwerk. Es gab viele asiatische Nonnen, und eine Hausgenossin aus demselben Kulturkreis konnte zu Spannungen führen. Sri mochte ja die Friedfertigkeit in Person sein, in einem Kloster wäre sie ein Störmoment.

Mulder ging in die Luft: Er als Ungläubiger durfte die Rechnung für Brunos illegale Transaktionen bezahlen, aber einer grundehrlichen, frommen Buddhistin wurde die Tür gewiesen.

»Das ist es ja grade: dass sie gläubig ist«, sagte Père Bruno.

»Was wollen Sie denn noch mehr!«

»Ein Ungläubiger wie Sie ist ein unbeschriebenes Blatt, eine Tabula rasa, auf die Gott noch etwas schreiben kann – wenn Sie sich trauen, ihm Ihre Verwundbarkeit zu zeigen.« Ein Nikotinfinger stieß nach Mulder. »Das liegt bei Ihnen. Und wie ich schon einmal sagte: Ich werde wahrlich nicht versuchen, Ihre Seele zu retten. Wir haben nichts voneinander zu befürchten. Doch Buddhisten sind gläubig. Nur, sie glauben nicht an Gott.«

»Reine Angst«, sagte Mulder. »Angst vor Veränderung. Ihr haltet die Tür geschlossen, weil ihr Angst habt, von eurem eigenen bedrängten Glauben abzufallen.«

Der Pater zündete eine neue Zigarette an. »Und Sie haben keine Angst?«

Damit war alles gesagt. Mulder durfte sich selbst hinauslassen.

Streit. Gleich zweimal an einem Tag.

Mulder kam spät nach Hause. Zu lange auf der Terrasse hängengeblieben. Er hatte sich die chauvinistischen Reden der Ober angehört und vor Angst, auch mit ihnen Streit zu bekommen, eine Lokalrunde geschmissen, und die eine Runde zog die andere nach sich. Sogar die zwei Schwestern, die neben dem ausgebrannten Haus wohnten, setzten sich dazu. Seit Unzeiten nicht gesehen. Wie ging es dem Hund? Und er seinerseits erkundigte sich nach ihrer Gesundheit und den Nachwehen des Brandes. Ob über ihnen schon umgebaut wäre, wie es ihren alten Mietern ginge und den Geschäften. Sie klagten über Geruchsbelästigung, über schwarzen Schmutz nach Regen, über Einsturzgefahr und dass man sich einfach nicht daran gewöhnte, jeden Tag an diesen vernagelten Fenstern mit den traurig verblassten Fotos und vergilbten Briefen vorbeigehen zu müssen. »Jeden Tage sehe ich eine Stadt, die nichts tut«, sagte die tapfere Schwester, die sich die Hand verbrannt hatte und noch immer Spuren davon trug. Bürokratische Ausreden, glattes Politikergeschwätz, dabei blieb es. Wusste er – Monsieur Martin – denn, dass kein Einziges der Brandopfer eine bessere Bleibe bekommen hatte? Ja, ein paar Wochen in einem Hotel, aber danach ab über die Grenze. Fast all ihre Nachbarn waren ausgewiesen worden, sogar die mit schulpflichtigen Kindern. Im Nachhinein passte dieser Brand allen Parteien prima ins Konzept. Es würde sie nicht wundern … Nein, das durfte man als ehrbarer Bürger nicht denken. Sie ballte eine Faust Richtung Mairie. Rosa Finger, fast riss die junge Haut, aber es war immerhin eine Faust.

Grund für ein tröstendes Gläschen – denn in böser Stimmung konnte man nicht schlafen. Danach musste »Monsieur Martin« noch etwas berichtigen, die Schwestern und die Terrasse gehörten zu den Letzten, die ihn noch so nannten.

Alle Missverständnisse ausgeräumt: Sein Name war Mulder! Ach, das fand die ganze Terrasse aber schade. Waren seine Vorfahren denn keine Franzosen? War er ein echter Bataver? Und so gelang es ihnen doch noch, zu ihm auf Distanz zu gehen: Ein Fremder war er, und er würde es immer bleiben. Auch dieses Gefühl musste Mulder hinunterspülen. Aber er ging kerzengerade nach Hause, mehr auf den Fersen als auf den Zehen, wie ein echter *garde républicain*. Ohne die Eisenplättchen unter seinen Schuhen knallen zu lassen. Das schaffte er nur im Suff.

Drinnen war es still. Der Hund kam, um ihn schläfrig zu begrüßen. Auf dem Küchentisch lag ein Zettel von Sri. Sie dankte Mulder, wollte ihm nicht länger zur Last fallen. Vielleicht hatte sie Erwartungen geweckt. Das tat ihr leid. Ihre letzten Worte fleckten. Tränen, oder nasse Haare?

Die Küchenfenster waren beschlagen. Sri hatte ein Bad genommen, seine Seife benutzt. Ihr Kleid lag auf einem Hocker. Der Nylonfetzen von Tati. Eine Frau, die wegläuft, lässt immer etwas zurück. Er hängte es auf einen Bügel ans Badezimmerfenster. Eine durchscheinende Sri. Ein Schatten beim Heimkommen, genau wie Catherines Nachthemd. Aber Nylon roch ... so anders.

Beim Zähneputzen sah er zwei Gesichter im Spiegel. Welchen Mann hatte Sri gesehen? Den Briefeschreiber, der bei ihrer ersten Begegnung so schwärmen konnte – Nicolas Martin? Oder einen ängstlichen Greis mit einem Herzleiden – Mulder? Die Stimme des einen hatte er weggeschickt, als er endlich etwas tat. Aber all sein Tun war falsch. Welcher Mann gefiel ihr besser? Oder hatte keiner von beiden Eindruck gemacht?

Er versuchte, sich anders zu sehen: Sein Haar war wilder,

es krauste sich wieder ein bisschen um seinen kahler werdenden Kopf – wie früher. Und auch wenn er jetzt grau aussah, darunter war er braun, von Wochen an der frischen Luft, und seinen Bauch hatte er wegspaziert. Nur sein linker Mundwinkel hing ein bisschen seit den letzten Schwindelanfällen. Sri hatte auch einen Kratzer hinterlassen.

Die Glocken läuteten, die Gipspflaumen an der Stuckdecke im Schlafzimmer erzitterten, aber richtig wach wurde Mulder erst vom Schnarren des Telefons. Mit einem Brummschädel nahm er ab. Polizei, der Ermittler persönlich. Ob Mulder unverzüglich vorbeikommen wolle. (Endlich seine Geheimnummer herausgefunden – jetzt machte er wohl genug Eindruck.)

Der Ermittler hatte die Videobilder der Krawalle nach dem Attentat auf den Minister ausgewertet. Und wer beschreibt seine Verwunderung? Mulder war wieder im Bild. Wo Randale war, war Monsieur Mulder. Zufall?

Abermals musste er sich verschwommene Fotos ansehen. Triple X mit und ohne Wollmütze. Und der Albaner mit dem messerscharfen Schnurrbart. Besitzer des verbrannten Hauses, Händler in gefälschten Papieren. Mulder erkannte niemanden.

»Am liebsten würde ich Sie ausweisen lassen«, sagte der Ermittler, »aber leider haben Sie die falsche Hautfarbe.«

Das Kleid hing wie ein winkendes Gespenst am Badezimmerfenster. Aber Sri hatte noch nicht angerufen. Mulder wartete und hoffte. Er wagte kaum noch, vor die Tür zu gehen. Der Hund lief ihm ungeduldig vor den Füßen herum, durch das lustlose Herumsitzen im Haus aus dem Gleis gebracht. Und der Sommer lockte so. Reife Düfte, Flusen, denen man hinterherflitzen konnte. Die Matte unter dem Küchentisch war jetzt sein Traumland. Er nagte sie kaputt.

Verlangen brachte Unglück. Verlangen machte vieles kaputt. Mulder wusste es. Er räumte die Wohnung auf. Machte Stapel, eine nutzlose Beschäftigung, mit der er versuchte, seine Gedanken zu ordnen, er wachste den Schrank ein, wischte den Fußboden. Und bei jedem Eimer Lauge, den er wegkippte, schnupperte er an dem Kleid.

Die Turmuhr schlug elf. Er stand nackt am Fenster, suchte nach einem Lichtfleck in den Türmen. Niemand, der ihn sehen könnte. Monsieur Ngolo war abgereist – Mulder hatte vergessen, ihm Reisegeld mitzugeben. Die Stadt war leer, die Häuser dunkel. Paris war in den Ferien. Keine Sirenen, nur ein läufiger Kater und das Plätschern des Springbrunnens, ganz leise, ganz fern. So still konnte es in einer windstillen Sommernacht sein. Bis die Glocken läuteten, die Klöster bimmelten, und sich zwei Betrunkene in einer Seitengasse stritten. Er kroch ins Bett – unter die von ihr beschlafenen Laken – und nahm die Geräusche mit in seine Träume. Er kämpfte mit dem Pater auf dem Platz, am Fuß des Vierwindebrunnens. Der Hund sah zu und der schmutzige Kater, der soeben eine Taube verspeist hatte. Der Pater trug seine Soutane und versuchte, Mulder von sich abzuschütteln. Sie umkreisten sich – die Soutane wehte wie das Gewand eines Derwischs. Ihr Kampf wirkte wie ein Tanz, wie ein stilisierter Ringkampf. »Lass mich gehen«, rief der Pater, »es wird schon Tag.«

Mulder klammerte sich an seine Knöpfe. »Segne mich!«, rief er.

Die Sonne ging auf. Der Pater riss sich los. Mulder verlor das Gleichgewicht, die Knöpfe der Soutane schrammten über seine nackte Haut.

Such!«, sagte Mulder. Der Hund schnüffelte sich voll Nylon, und sie zogen los. Sri hatte nichts mehr von sich hören lassen, ihre Spur war jetzt Sache des Hundes.

Seine Nase zog ihn ohne ein Zögern zu den Berbern und Bettlern aus der Nachbarschaft. Sollte Sri wirklich bei ihnen stehengeblieben sein? Hörte auch sie dem Jungen zu, der auf einer Pappgitarre spielte, auf die mit Großbuchstaben JE SUIS FOU gekrakelt war? Hatte sie wie Mulder bei dem Märchen eines großen Negers, dem zehn Cent für die Fahrkarte zu seiner kranken Mutter fehlten, mit den Schultern gezuckt? Aß sie bei der Soupe populaire? Der Hund fahndete nicht, er suchte all seine schmutzigen alten Freunde auf. Sein Schwanz wedelte vor Glück, und in seiner Großmut stellte er Mulder gleich neuen Nachbarn vor, wie dem Zeitungsausreißer, der die Nachrichten aus den Müllsäcken fischte, mit einem krummen Buckel vom Lesen und vom Schleppen schwerer Tüten. Ein Mann mit Gedächtnis für die Zukunft. Er riss den vierten Weltkrieg heraus. Spaltenweise Elend bewahrte er in seinen Tüten auf: Artikel über wachsende Wüsten, über Zehntausende, die deshalb ihre Felder verlassen mussten, über steigende Weltmeere und ausgetrocknete Flüsse, rebellische Bauern und verrückte Mullahs mit Atombomben.

Die Welt war aus dem Lot, der Ausreißer nicht minder. Mulder fragte ihn, ob er vielleicht einer Dame aus Sri Lanka begegnet wäre, womöglich hatte er sie in einem der Obdachlosenzentren gesehen?

»Sri Lanka?«, fragte er. »Sri Lanka ist eine verlorene Sache.« Artikel über Nachbarstreit sammelte er nicht.

Pudeln und Schoßhunden schnüffelte der Hund hinterher, um dann, berauscht vom Luxus, die erhobene Nase wieder in den Dreck zu tunken. Der Frau mit den modernden Brüsten war genauso wenig zu entgehen. Um Kilos abgemagert und den Mund voller Dämonen, die immer mehr von ihr Besitz ergriffen hatten, steckte sie voll fremdem Leben. Für ihr eigenes Leben war kaum noch Platz.

»Sri«, flüsterte Mulder, »such Sri!« Der Hund blickte hoffnungsvoll, war jedoch so aufgeregt über das Draußensein, dass er nach dem Beschnuppern seiner Freunde wie selbstverständlich seine vertraute Runde lief. Er sprang auf die Mauer, die um den Park führte. Zu lange waren sie nicht Wange an Wange gewandert. Der Sockel des Marschalls musste angepinkelt werden, und er wartete geduldig, bis sein Herr wieder die Schlachten beisammenhatte. Die Rituale waren beiden ins Gedächtnis eingegraben. Alzheimer machte keinen Millimeter Fortschritt. Aber keine Spur von Srimathie. Ausgelöscht.

Mitten auf dem Boulevard trafen sie auf einer Bank den Chinesen, im Gespräch mit drei Kellnern, die ihm gerade sein Mittagessen brachten – mit den Empfehlungen des Kochs. Der Chinese ließ sich ködern. Konnte sich nicht entscheiden. Bei Mulders Anblick lehnte er alle drei ab. »Mein Sekretär«, rief er. Die Kellner konnten gehen, seinem Magen war nicht nach Essen zumute. Er schüttelte Mulder herzlich die Hand. »Sie haben Wort gehalten.«

»Wieso?«

»Sie haben an mich gedacht.«

»Wieso?«

»Ich kann gar nicht genug Karton kriegen.«

»Wieso?«

Der Chinese erzählte ihm von der Begegnung mit Sri. Ja, sie kam einfach daher. Half ihm, den Wagen zu schieben, faltete Schachteln. »Was für eine starke Frau!« Endlich jemand, der mit ihm mitdachte. Wie konnte er seinem Sekretär danken. Dank Sri ging er leichter durchs Leben. Kein Geschleppe mehr mit all den Tüten.

Mulder sah um sich. Der Wagen, wo war sein Wagen?

»Zur Reparatur. Ich bekomme neue Räder.« Sie zogen zu sehr nach rechts. Bereits nach ihrem ersten Spaziergang stand der Wagen auf dem Kopf. »Kaputte Kugellager.« Der Chinese quietschte vor Vergnügen: »Sie ist auch noch technisch begabt, die Frau!« Eine, die anpacken konnte: Sie hatte seine ganze Habe auf dem Gehsteig ausgebreitet und allen überflüssigen Plunder weggeworfen.

Wo war sie jetzt?

»Mit einem Fotografen unterwegs. Sie wollen meine Häuser fotografieren. Da und dort liegen noch ein paar herum. Und ich muss jetzt ganz viele neue falten.« Kichern.

Ging es Sri gut?

Gut, sehr gut.

Hatte sie … Mulder wagte nicht weiterzufragen … Ob sie ein Dach über dem Kopf hatte, ob es aus Pappe war oder aus Stein.

Auf den Feldern nahe beim Flughafen hatte man die Leiche eines Afrikaners gefunden. Der Mann musste aus einem Flugzeug gefallen sein – vermutlich ein Flüchtling, die Polizei hatte gefälschte Papiere bei ihm gefunden. Die Autopsie erwies, dass er weder erfroren noch vom Fahrwerk zerquetscht worden war. Kurz vor seinem Sturz hatte er angeblich noch gelebt. Eine Reise, die kurz vor dem Ziel in einem französischen Kornfeld endete. Oder war der Mann gerade aufgestiegen? Mulder las den Zeitungsbericht auf der Terrasse und riß ihn für den Ordner »Vierter Weltkrieg« heraus, den er anlegen wollte. Die Mappe »Nachbarstreit« ginge auch. In seinem Viertel wurden bereits die Stellungen eingenommen. Er merkte es mehr und mehr auf seinen Spaziergängen. Die dunklen Menschen wandten die Augen ab. Farben mieden sich auf den Gehsteigen. Junge Kerle in Trainingsanzügen rempelten ihn absichtlich an. Der Araber erwiderte, wenn Mulder vorbeikam, kaum noch seinen Gruß, und als er, um das Eis zu brechen, doch ein paar Sachen bei ihm einkaufte, wurde er mit so viel Missachtung behandelt, dass er beschloss, ihn künftig zu meiden.

Die Stadt zerfiel.

Bücken«, sagte der Arzt, »und jetzt Kopf hoch, auf das rechte Bein, nein, anderes rechtes Bein… und Gleichgewicht halten. Augen zu, mit dem rechten Finger die Nase berühren.« Mulder verwechselte ständig links und rechts, deshalb schien es normal, dass er den falschen Finger ausstreckte, aber er konnte seine Nase nicht finden und landete beim Ohrläppchen. Der Arzt blickte besorgt. Der Mund, hing der immer so? Vielleicht war ein Äderchen verstopft oder geplatzt. »Aber ich will nichts Falsches sagen, das ist nicht mein Gebiet. Ich werde Sie gleich zu einem guten Freund weiterschicken.« Er studierte das Etikett von Mulders Herztabletten. »Wo haben Sie die denn her?«

»Hat man mir in Holland verschrieben.«

»Und nie einen ordentlichen französischen Kardiologen konsultiert? Meiner Ansicht nach schlucken wir das hier seit Jahren nicht mehr.«

Mulder riss faule Witze über Frankreich als das die meisten Medikamente schluckende Land der Welt, aber eigentlich schämte er sich wegen dieses Besuchs; er vergeudete teure Facharztzeit, weil er seit Jahren meinte, ohne Hausarzt auszukommen. Und jetzt, wo er einen brauchte, wusste er nicht, wen er aus den Gelben Seiten auswählen sollte. Fantas Arzt war der einzige, den er kannte, deshalb hatte er ihn telefonisch um Rat gebeten. Mit dem Hund als Empfehlung (»besser als ein Videohelm«) konnte er, außerhalb der Sprechzeiten, gleich vorbeikommen. Es traf sich sogar gut, denn der Arzt wollte auch mit Mulder etwas besprechen: Fanta. Sie machte Fortschritte, noch eine Woche, und sie durfte das Krankenhaus verlassen. Und ihre Zukunft in Frankreich konnte geregelt werden, was auch notwendig war, denn ihr standen noch viele Operationen bevor. Eine ihrer Tanten wollte sie adoptieren; Schule und Krankenhaus halfen mit. Aber Fanta hatte in ihrem jungen Leben sehr viel verloren. Ein Plan musste her.

Sie sei ein kluges Mädchen, sagte der Arzt. Aber so einsam. Und mit ihren Entstellungen würde sie es in der Schule nicht leicht haben. Vielleicht durfte sie, wenn sie demnächst wieder ins Freie konnte, ab und zu den Hund ausführen? Bewegung sei das A und O. Mulders Blicke schweiften zu den Kinderzeichnungen an der Wand. Ein brennendes Haus, Ungeheuer, eine Blumenwiese – Geschenke von kleinen Patienten. Er saß auf dem Rand des Behandlungstischs, hüllenlos, mit grauem, sich kräuselndem Brusthaar, und ihn fröstelte von dieser Arztstimme, die es so gewohnt war, Kindern tröstend zuzusprechen. Ja, Fanta sehnte sich nach einem Kameraden. Und es wäre zu schön, wenn der Hund … Die Dame sei vorbeigekommen, wie hieß sie nur wieder?

Sri.

Ja, Madame Srimathie Ramdunu, sie hatte auch etwas in der Art vorgeschlagen. Sie hatte seinen Namen genannt. Er sei wirklich gut zu ihr gewesen, ein Wohltäter.

Mulder hörte nur mit halbem Ohr zu. Gut. Das Wort, bei dem er sich so schlecht fühlte. Und er kannte die Frage schon, bevor sie gestellt wurde. Er sah seinen Hund, seinen wunderbaren Hund, neben Fanta spazieren. Sie schlurfte. Der Hund war ihr Laufgestell. Sie fiel ihm um den Hals. Hund in Blumenwiese. Er zog sie mit. Sie liefen immer schneller, rannten vor ihm her. Ohne einen Blick zurück.

Wir brauchten nur wenige Worte, um nett zueinander zu sein. Du hast peinliche Fragen vermieden, und ich erzählte nichts, um keine Fragen zu provozieren. Also schwiegen wir. Und in diesen Pausen hast Du mich erfunden …« So begann Sris Brief, den Mulder nach dem Arztbesuch auf der Türmatte fand. In ebenmäßiger Schrift, auf Papier, das nach Pappe roch: »Aber jetzt wird es doch Zeit, mein Schweigen zu brechen und mich Dir besser vorzustellen. Ich hatte auch schon vor dem Brand ein Leben. Mein Mann und ich unterrichteten an derselben Grundschule, und wir waren die glücklichen Eltern zweier hübscher Töchter. Unsere Ideale führten uns in ein armseliges Fischerdorf an der Ostküste von Sri Lanka; wir wohnten an der Straße, die am Strand entlangführte, und im Hinterland besaßen wir einen kleinen Acker, den wir nach Schulschluss bearbeiteten. Gebückt und stolz. Am Sonntag der Flut waren mein Mann und ich schon früh auf dem Feld, bevor die Hitze kam, vor den Regenfällen. Die Kinder spielten zu Hause. Wir sahen die Welle und wollten zurückkehren, aber unser Dorf war verschwunden. Keine Spur von der Straße, von unserem Haus, von unseren Töchtern. Nach zwei Tagen fanden wir die ältere, um eine Palme gewickelt, gut hundert Meter landeinwärts. Als ob sie uns gesucht hätte. Sie erbrach Schlamm, als ich ihren leblosen Körper an mich drückte. Ihre kleine Schwester haben wir nie wiedergesehen.«

Die Turmuhr schlug elf, die Tauben flüchteten vor dem Dröhnen, und Mulder schenkte sich ein Glas Wein ein, um seine Rührung hinunterzuspülen. Es war viel zu früh für Alkohol, aber er nahm einen Vorschuss auf eine alkoholfreie Zukunft – wenn es noch eine Zukunft für ihn gab. Der Brief machte ihn ratlos. Was wollte Sri von ihm, worauf wollte sie hinaus? Ihn erweichen? Sollte er sich noch schlechter fühlen? Nun, das würde ihr nicht gelingen. In einer Aufwallung wollte er den Brief zerknüllen, das Papier knisterte schon – der Hund ging in Stellung: ein Ball, ein Papierball –, aber das ging Mulder doch zu weit, und er las das letzte Blatt leise vor: »Wurde unser Kind eins mit dem Land oder dem Meer? Gingen wir auf ihr? Schwammen wir in ihr? Wir suchten Trost, konnten ihn aber nicht finden. Es sei eine Strafe, sagten die Mönche im Tempel. Der Umgang mit westlichen Touristen hätte unsere Traditionen korrumpiert, die Nackten an den Stränden hätten unsere Sitten verdorben. Wir müssten uns abwenden von gutgemeinter, zerstörender Hilfe. Die Flut vernichtete Besitz, nahm uns unsere Lieben, aber auch das Netz unserer Gemeinschaft zerriss, und das war vielleicht am allerschlimmsten. Wir misstrauten uns gegenseitig.

Französische Helfer bauten eine neue Schule für uns. Eine Schule, aber keine Boote für die Fischer. Kinder lernen schlecht mit leerem Magen, und die Räume waren zu groß, die Hälfte der Schüler kam nicht wieder. Sie bauten für uns auch ein neues Haus neben der Schule. Kollegen zeigten uns neidisch die kalte Schulter. In den Stimmen auf dem Spielplatz hörte ich die Stimmen meiner Kinder. Ich brach zusammen. Eine französische Familie schenkte uns einen Urlaub. Wir kamen für zehn Tage nach Versailles und beschlossen, in Europa zu bleiben. Es war verantwortungslos, aber das Nachdenken fiel uns damals schwer. Wir tauchten unter, denn wir hatten das Vertrauen dieser Menschen enttäuscht. Aber wir konnten nicht zu einer Insel zurückkehren, die unsere Kinder verschlungen hatte. Vergessen wollten wir. Weg vom Tod, von der Gewalt und vom Neid.

Nach dem Wasser kam das Feuer, das meinen Mann verbrannte. Sein Körper war so schwarz wie der Schlamm im Mund meiner älteren Tochter. Ich habe ihn einmal im Leichenhaus besucht. Fach 271. Er dampfte wie eine Tiefkühlmahlzeit, die man aus der Gefriertruhe holt, wie Regen nach der Hitze auf unserem fruchtbaren Acker. Ich werde Dir immer dankbar sein, dass Du es ermöglicht hast, seinen Körper in sein Land zurückzuschicken, damit seine Asche mit dem Wasser eins werden konnte.«

Mulder legte den Brief auf den Küchentisch. Der Hund kratzte an seinem Knie und blickte ihn mit schief geneigtem Kopf an … Noch mehr? Hatte Mulder noch nicht genug gehört? Mulder schob seinen Stuhl zurück, stand auf und trat ihm im Vorbeigehen versehentlich auf die Pfote. Mit den Eisenbeschlägen. Er ging in die Knie, stimmte genauso laut ins Jammern ein, aber der Hund riss sich los und wollte nichts mehr von ihm wissen.

Ein angeschlagener Hund hinkte übers Parkett. Ein vorwurfsvolles Tapsen. Was Mulder auch tat, wo er auch saß, es verfolgte ihn. Verrückt machte ihn das. Trost, Hundekuchen, nichts half. Der Hund wollte nicht einmal mit hinaus. Dem Herrn Hund ging's zu schlecht. Dann eben allein in die schwüle Stadt. In ein klimatisiertes Kino, am liebsten in einen Film, wo sich alle gegenseitig abmurksten. Er war nicht weich.

Auf der Straße war viel los. Die Schule hatte wieder angefangen, die Erstklässler erkundeten die Stadt, das Parlament trat zusammen, und die Sirenen gellten wieder. Aber der Sommer blieb hängen, stinkender denn je, die Kakerlaken paradierten in den Rinnsteinen, und Mulder zertrat sie absichtlich. Er genoss das Knacken unter seinen Sohlen. Es flimmerte im Zentrum, Krawall hing in der Luft, ein paar Lokale verrammelten ihre Fenster. Er hatte sich in den letzten Tagen Ruhe gegönnt und die Zeitungen verpasst, kaum ferngesehen, aber wenige Straßen weiter sah er, dass die alten Stellungen wieder eingenommen waren: Die Randalierer rotteten sich auf den Plätzen zusammen, und auf jeder Kreuzung standen Einsatzwagen, Wasserwerfer tankten am Fluss. Die Schlagzeilen an den Kiosken waren bedrohlich. Nicht der richtige Tag, um Spannung in einem dunklen Kino zu suchen. Der Film spielte draußen, und Mulder lief durchs Bild. Demonstranten hatten die gusseisernen Roste um die Bäume herausgestemmt und damit die Frontscheiben von Autos eingeworfen – *er* sprang über die zerwühlte Erde. Der Müll wurde nicht abgeholt, die Müllsäcke lagen angenagt an den Hauswänden, Briefe, Monatsbinden, Orangenschalen quollen heraus – *er* marschierte mittendurch, atmete den Gestank geplatzter Därme ein. Farbbomben tropften an den Hauswänden herab, Äußerungen stummer Wut, sinnlosen Übermuts, nicht mehr einzudämmen. Die Gehsteige klebten vor Farbresten – auch *er* hinterließ Abdrücke. Sprang in andere Spuren, in die gerippten Sohlen von Polizeistiefeln, bis er auf ein Absperrgitter stieß und direkt in die Plastikvisiere aufgerüsteter Polizisten blickte. In böse Augen, die ihm Angst machten. Fäuste um Knüppel und gebeugte Ellbogen hinter durchsichtigen Schilden, aber er lief nicht weg. Eine fremde Macht durchzog ihn, eine Energie, eine ungekannte Wut.

Er spielte die Hauptrolle, aber niemand nahm Notiz von ihm. Die Polizisten warteten, Helm an Helm, fertig und ausgepumpt. Die ledernen Pistolenhalfter glänzten an ihren

Hüften. Mulder massierte seine rechte Hand geschmeidig, ihn juckten die Finger. Ein Ruck, ein gezielter Griff im Vorübergehen ... Finger am Abzug, und dann *en plein public* sich eine Kugel in den Kopf jagen. Schönes Echo. Am helllichten Tag. Eine bessere Pille gab es nicht.

Nein, nein. Andere Regie, neuer Take: Pistole packen und rüberrennen. Und schnell! zwischen den fahrenden Autos durchhechten, wie ein Gangster. Richtung Arkaden. Polizisten nehmen die Verfolgung auf. Pfiffe, Schüsse in die Luft. Heillose Verwirrung. Touristengedrängel vor der Glaspyramide. Geh auf im Gewühl, reih dich ein in die Schlangen vor den Kassen. Langsam. Ganz langsam. Schau nur, sie suchen, die Polizisten, ungelenk in ihren Rüstungen. Ivanhoe in Panik. Knüpf ein Gespräch an mit irgendeinem Wartenden, leih ihm den Stadtplan, beug dich vor, Nase im Straßenregister, kurzsichtiger Blick. Die Pistole steckt in der Westentasche. Knöpfe lockern. Ticket kaufen, sich einer Busladung Chinesen anschließen und kichernd die Sicherheitsschranken passieren. Kein Piepsen. Kein Blaulicht. Große Gruppen dürfen schneller durch.

Einen stillen Saal aufsuchen ... Die Oase von Mesopotamien, wo das Parkett so knarrt. In die Paläste, die assyrischen Innenhöfe, ausgestorben, nicht mal ein junger Araber, der sich im Glanz seiner Vorfahren spiegeln möchte. Spiegeln? Der Staub verschleiert die Vitrinen. Blas ihn weg und bestaune die heiligen Schriften, die jahrhundertealten Teppiche – Millionen Knoten Kinderleid –, Vasen, in denen man eine Leiche loswerden könnte.

Nur zu. Warum keine runde, bunte Vase? Eine Kugel reicht. Schöner Knall. Aber was bringt es, so ein Haufen Scherben?

Kintopp! Knallen muss es. Auf dem Weg zum Ruhm. Tantiemen. Renn die Treppe rauf (Vorsicht, die Pistole schlägt gegen die Brust), Tempo drosseln und gegen den Strom laufen. Verbeug dich vor Goya und Velazquez … sie haben das Reich ganz für sich. Leider nicht lange, eine Gruppe Spanier kommt auf Besuch. Sie betrachten sich selbst, ohne es zu sehen: Damen mit der gleichen hohen Stirn wie die porträtierten Prinzessinnen, Herren mit königlichem Kinn. Edle Züge, ins Volk durchgesickert. Keine Kugel wert.

Platz braucht es. Abstand. Spielraum.

Noch eine Treppe hinauf. Durch zwei Flure. Über eine Grenze: *l'École nordique*. Welch eine Stille. Leg den Pistolenhahn um – blind. Klingt wie ein Knall.

Nur keine Panik. Angst macht klar. Such dir ein Ziel. Dort, der holländische Saal. Vermeer, Frans Hals. Zehn, zwölf Rembrandts. Berühmte Porträts. Kein Mensch weit und breit. Nicht mal die Kamera schaut. Geh zu den großen Meistern, fühle ihre Präsenz. Der junge Rembrandt sieht dir direkt in die Augen. Doch so betrübt, als wüsste er, was ihm bevorsteht.

Sieh dich vor: Meide seinen Blick. Wegsehen. Weitergehen. Ohren zu und nüchtern bleiben: Kein Blickkontakt mehr, konzentrier dich auf die Kleidung. Hut, Strümpfe … ein Klöppelkragen! Ein Tropfen rinnt am Lauf entlang. Schweiß. Dreh zur Abkühlung eine Runde. Wo ist die Aufsicht? Essen. Zwischen eins und drei sitzt Paris bei Tisch. Gutes Timing – Mittag ist die beste Zeit.

Okay. Jetzt geht's ums Ganze. Nicht den Rembrandt, der hat's schon schwer genug. Schau, zwei Rahmen weiter sitzt Bathseba. Soeben aus dem Bad gestiegen, Brief in der Hand. Ein unleserlicher Brief. Der Brief verdient die Kugel. Ein Schuss, und nichts wie weg. Schließlich soll dein Bild nicht am nächsten Tag die Titelseiten schmücken.

Dein Aussehen! Fast vergessen: das Jackett, viel zu auffäl-lig. Gelbkariert mit grünen Lederbiesen an den Taschen, das werden sich die Leute merken. Also, nach dem Knall die Ja-cke auf links drehen und lose über den Arm. Es ist außerdem besser, aus der Brusttasche heraus zu schießen, durch den Stoff. Vom Herzen her.

Noch ein Kontrollgang. Die Luft ist rein. Zielen. Bath-seba. Bathseba. So weich ist ihr Fleisch, ihr Knie, so wahnsin-nig weich. Sieh, wie sie zittert, nach einem Gewand verlangt. Nein, nicht hinsehen. Sie gleicht niemandem. Erlöse sie nur von einem Brief.

Jacke aus, das Ausgefranste nach innen gefaltet, und un-schuldiger Abgang. Die Alarmanlage schrillt. Aufseher ren-nen vorbei. Erstaunter Blick zurück. Wenige Stunden später wird einer von ihnen in den Nachrichten behaupten, er sei noch eine Minute davor im Saal gewesen. Der Lügner. Sich zwei Säle weiter einer Gruppe erschrockener Touristen an-schließen, außer Atem über das Herz klagen, vor aller Augen eine Tablette nehmen.

Männer mit Walkie-Talkies. Jetzt wieder weiter, Rich-tung Ausgang – die kürzeste Strecke. Dabei vielfach den Kopf schütteln: In welch einer Welt leben wir bloß – dieser Blick.

Der Nachrichtensprecher wird berichten, dass zwei Stunden lang kein Mensch das Museum betreten oder ver-lassen durfte. Alle Ausgänge blockiert. Namen notiert, drei-zehntausend Besucher polizeilich erfasst – darunter fünf Busse Chinesen. Aber ein bisschen spät: eine halbe Stunde nach dem Anschlag.

Mulder stand die ganze Zeit draußen, vor dem Absperr-gitter mit handzahmen Polizisten. Kein Akteur hatte seinen Platz verlassen.

Fin. The End.

Der Star betrachtete sich in den spiegelnden Fenster-scheiben. Ein friedlicher Mann war zu sehen, von außen friedlich, in einem gelbkarierten Jackett mit grünen Biesen an den Taschen, sehr ländlich, sehr friedlich.

Welch ein Glück. Der Chinese existierte. Er hatte einen Namen, einen Geburtsort, ein Zeugnis. Sri hatte einen verschimmelten Fetzen in einer seiner Tüten gefunden. Der Mann ohne Papiere war Krankenpfleger. Ausgebildet im besten Krankenhaus der Stadt. Stand da schwarz auf weiß. Und sie hatte gleich Erkundungen eingeholt. Er stand noch im Archiv.

Sri war außer Atem vor Aufregung. »Weißt du, wie er heißt? Lá Thu!«

Mulder nickte wohlwollend. Ein wunderbarer vietnamesischer Name, fand Sri: Lá Thu... Fallendes Herbstblatt. Bäuerlich und erhaben, Erde und Himmel in einem Namen.

Es fiel auch ein Blatt, als sie es Mulder erzählte – die Trockenheit brachte einen frühen Herbst in die Stadt. Er sah das junge Glück einfach dasitzen, auf dem Rand des Vierwindebrunnens. Sri versuchte den Kater mit Essensresten zu locken, hoffte, ihn so von den Tauben abzuhalten – auch hier griff sie ein, auf ihrem alten Platz. Mulder empfand ihr gegenüber ein Unbehagen, seit Tagen mied er den Teil des Boulevards, wo der Chinese residierte, nicht seinetwegen, sondern um Sri aus dem Weg zu gehen.

»Mein Sekretär, mein guter Sekretär.« Der Chinese schlug ihm dankbar auf die Schulter. Ja, sein Leben hatte sich geändert: Keine Plastiktüten mehr an den Füßen, sondern ordentliche Schuhe, ein sauberes Hemd, geschnittene Nägel. Ein richtiger Herr. Auch wenn es ihm sehr schwerfiel, sich an seinen Namen zu gewöhnen: Seit dem Tod seiner Mutter hatte ihn keiner mehr so genannt. Und jetzt hatte er auch noch eine Nummer bekommen. Sri fand noch mehr vergessenes Leben in seinen Tüten: ein Sparbuch. Zwölf Jahre nicht angefasst. Sie war schon bei der Bank gewesen: »Aufgelöst.«

Für tot erklärt, abgebucht… Sri sprach über Geld. Der Chinese schüttelte lachend den Kopf.

Mulder begleitete sie ein Stückchen. Sri schob den Einkaufswagen, als wäre er ihr Baby. Die neuen Räder eierten, die plattgedrückten Pappschachteln lagen ordentlich gestapelt. Der Hund tollte vor ihnen her, keine Spur mehr von Hinken, froh, seine Freunde wieder vereint zu haben.

Sri sah gut aus, gebügelte Bluse, gewaschene Haare, sie roch nur ein bißchen nach Karton. »Wie schaffst du das?«, fragte Mulder. »Wie steigst du so frisch aus einer Schachtel?«

Sie ging nicht darauf ein. Der Verwaltungsbeamte im Krankenhaus hatte ihr gesagt, dass Lá Thu zwar ein Anrecht auf einen Pass habe, der Weg zur Staatsbürgerschaft aber lang und kompliziert sei.

»Wenn ihr heiratet, kannst du Französin werden«, sagte Mulder. Sri sah ihn verblüfft an. Daran hatte sie noch nicht gedacht. Sie war in Trauer und verrichtete als Gegenleistung gute Werke: anderen Berbern helfen, Wunden versorgen, weitere Wagen reparieren. Und die Straße erwies sich als dankbar, eine Frau hatte sie gebeten, zweimal in der Woche zum Bügeln zu kommen. Damit verdiente sie genug und durfte sich dort auch waschen. Nein, ihre Zukunft liege nicht auf der Straße, Mulder brauche sich keine Sorgen zu machen. Sie sei dabei, ihr Gleichgewicht wiederzufinden und sogar ein bißchen Glück.

Sie unterhielten sich noch über Fanta, und dann trennten sich ihre Wege. Es mussten noch Schachteln geholt, Häuser gefaltet, neue Formen erdacht werden. Lá Thu strahlte. Glück war einfach.

Die ersten Kastanien plumpsten auf den Platz. Mulder ließ den Dingen ihren Lauf. Er hatte Fanta angerufen, ihr einen Schlüssel zu seiner Wohnung versprochen, sie dürfe den Hund holen und bringen, wann immer sie wolle.

Sie kam noch am selben Tag, mit Kopftuch, versteckt unter langen Hosen und langärmliger Bluse. Sie kniete vor dem Hund, und ihre Finger kraulten sein Fell. Der Hund ließ es sich gefallen, sprang nicht an ihr hoch, als könnte er riechen, dass ihre Haut für Liebkosungen noch zu zart war. Wie ein Arzt untersuchte Fanta seine Narben, vor allem das wilde Fleisch am Schwanz, noch rot und schuppig vom Beißen. Nachdem sie genügend geforscht hatte, erkundete der Hund die rosa Flecken auf ihren Händen und leckte die zusammengezogene Haut hinter ihrem Fledermausohr. Sie umarmte ihn lange und ernst. »Wir gehören zusammen«, sagte sie, als sie aufstand. »Wir sind beide Feuerträger.«

Ihr erster Spaziergang schien Stunden zu dauern, doch sie waren nur kurz zu ihrem alten Haus gelaufen. Ganz gegen Fantas Willen, aber der Hund zog sie in die Richtung und ließ sich nicht aufhalten. Sie hatte einen Moment Angst gehabt, erst als sie an ihre Mutter dachte, wurde sie wieder ruhig. Auf der Hauswand waren Farbbomben zerplatzt, und auf die vernagelten Fenster waren Parolen geschmiert. Auch die Nachbarn waren herausgekommen, die beiden Schwestern. Demnächst dürfe Fanta sich in ihrem Möbelgeschäft einen Schreibtisch aussuchen, für ihr neues Zimmer. Alle waren unerwartet nett. Auf dem Rückweg hielten sie alte

Nachbarn an und fragten, ob der Hund jetzt ihr gehöre. »Richtig komisch.«

Der Hund drehte nervöse Runden in der Diele, als Fanta ihn zurückließ. Sollte er nun mit oder nicht? Am Abend wollte er kaum fressen, und im Bett schmiegte er sich ganz eng an Mulder. Er suchte auch seine Hand, wenn sie zusammen spazieren gingen, er bettelte um ein Streicheln, leckte ihn, wie in ihren ersten Tagen. Aber es war kein Kennenlernen mehr, sie nahmen Abschied. Und so liefen sie ihren vertrauten Parcours. Sie bückten sich noch einmal gemeinsam zu der kranken Berberin, die unter den Arkaden des Postamts ein Obdach gefunden hatte, halb verdeckt von drei miteinander verflochtenen Schachteln: ein Bauwerk des Chinesen – Mulder erkannte seine Handschrift. (Und die sorgende Hand von Sri.) Die Frau wollte für ihn ihr Hemd hochziehen, aber Mulder wandte den Blick ab. Sie flehte ihn mit gebrochener Stimme an und zeigte ihm zwei rote Schlitze. Man hatte sie in ein Krankenhaus gebracht, gegen ihren Willen, und dort hatte man ihr nicht nur beide Brüste amputiert, sondern auch noch alle Zähne gezogen. »Jetzt habe ich auch mein Lächeln verloren«, sagte sie. Die Ärzte wollten sie nicht mehr gehen lassen, da war sie wütend aus dem Krankenhaus weggelaufen, sie erstickte hinter all den Mauern. Der Hund leckte ihr Gesicht – sein vertrauter Gruß.

Ein paar Tage darauf fand man sie tot auf der Straße. Er hörte es von den Kellnern.

Sie suchten nach der einbeinigen Bettlerin, die man nach Père Brunos Weggang von ihrem Stammplatz an der Kirche vertrieben hatte. Sie fanden sie neben dem Geschäft von *monsieur Ed*, seine Plastiktüte um den Schuh ihrer Prothese – *le dernier cri* unter Berbern. Auch sie wurde abgeleckt.

Die Stammplätze wurden ordnungsgemäß bepinkelt,

sogar die Radkappen der letzten Polizeiwannen. Die Absperr-
gitter verschwanden, der Müll wurde wieder abgeholt, Gla-
ser trugen neue Scheiben herbei. Gehsteige und Gebäude
wurden geputzt. Die Unruhen waren vorbei, kein Mensch
wusste noch genau, wofür eigentlich gekämpft worden war,
nur in den Vorstädten brannten weiter die Autos.

Nach einer Woche gingen Mulder und Fanta gemeinsam
durch den Park. Der Hund wollte es so. Es war ein schöner
Nachmittag, leicht bewölkt, mit sanften Regenschauern – ein
Wetter, das ihre Haut gut vertrug. Fanta hatte ihr Kopftuch
abgenommen und lüftete ihre Narben. Der Hund sprang auf
die Parkmauer und lief brav neben ihr her, einen Kopf über
ihr. Sie wandte sich um und winkte Mulder, eingerahmt von
einem Bauch und hohen Läufen. Der Hund tat ihr sichtbar
gut, seine Schönheit strahlte auf Fanta ab, sie lachte so nett in
diesem milden Licht, und jeglicher Widerwille gegen ihre
Entstellung schwand.

Fanta probierte eine neue Leine aus, die sie von ihren
Pflegeeltern bekommen hatte, ein Plastikteil mit eingebauter
Seilrolle. Jetzt konnte der Hund meterweit frei laufen. Er
sprang von der Mauer, drehte übermütige Runden und ver-
hakelte sich mit den Pfoten in der Nylonschnur. Ein Platz-
regen ging nieder, und sie suchten Schutz unter geschorenen
Bäumen. Über dem Gras dampfte ein flacher Regenbogen.
Fanta erlöste den Hund und nahm ihm die Leine ab. Er
rannte vor ihnen her, sprang in die Höhe, schnappte nach
einem schwebenden Blatt und stand plötzlich in einem
Prisma von Licht still. Die buschige Rute glühte rot im Regenbogen. Er erschrak, als würde er sich verbrennen.

An diesem Nachmittag gab Mulder seinen Hund weg,
mit seinem Kissenbezug, um ihm seinen Geruch zu gönnen,
in den ersten fremden Tagen.

Die Zeit war weg, obwohl die Turmuhr schlug. Die Stunden blieben leer. Die Zimmer. Kein Stuhl besetzt, ein einziger Teller im Abtropfgestell. Auf dem Küchenboden Ringe, wo Fress- und Wassernapf gestanden hatten. Tauben gurrten auf der Fensterbank, sie wurden nicht verjagt. Die Lederleine hing an der Garderobe. Jacketts warteten, Schuhe. Nichts drängte zum Ausgehen. Den Tagen fehlte der Takt.

Keine Haare auf den Decken. Kein warmer Atem im Nacken. Nächtelang lag er wach. Reue füllte das Zimmer. Und das Licht erschien ihm kälter, wenn er morgens die Fensterläden öffnete. Die Musik von Hundekrallen auf dem Parkett fehlte. Das Bellen um Brekkies. Die Zeit war weg.

Der Hund hatte ihm nie gehört. Er war nur auf Zeit da gewesen, ein Zwischenspiel. Ein Luxus.

»Wie ist das Leben mit einem Kind?«, fragte er laut beim Rasieren. (Während der Wasserhahn geräuschvoll strömte und er kaum seine eigene Stimme hören konnte.) Und er sah sich um, ob der Hund hinter ihm stünde, aber auch der Spiegel war leerer. »Bist du glücklich? Nein? Das Essen schmeckt nicht? Mir auch nicht. Ich esse nur in Restaurants und werde die Käserinde nicht los. Du gehst nicht essen, musst früh ins Bett. Wo schläfst du jetzt? Darfst du mit ins Bett? Träumst du von mir? Träumst du, dass ich jemand anderen habe, wie du?«

Am Tag nach den Leichen saßen sie bei Tisch.

»Wie viele wurden angespült?«

»Über hundert«, sagte Père Bruno, »sie sind noch beim Zählen.«

»Und weiß man schon mehr über das Schiff?«, fragte Mulder.

»Keine Nationalität, nichts. Es ist ein Geisterschiff, irrte schon wochenlang durchs Mittelmeer, ohne Benzin, Wasser oder Lebensmittel.« Der Pater legte die Zeitung mit den neuesten Nachrichten neben seinen Teller, eben auf dem Weg zum Restaurant erstanden und kaum gelesen. Nach einem makaberen Fund an den Stränden hatte die italienische Küstenwache ein Schiff geentert und ein treibendes Totenhaus vorgefunden: Halb Lebende lagen neben verwesenden Leichen, die Schiffsbesatzung war zu erschöpft, um die letzten Toten über Bord zu werfen. Flüchtlinge aus Somalia und dem Sudan, das stand nun fest.

»Politische Flüchtlinge?«, fragte Mulder.

Nein, die Dürre. Menschen, die ihr Land verließen, weil die Wüste in ihr Dorf vorrückt, das Vieh nichts mehr zu grasen findet. »Hier, lesen Sie selbst.«

Der Pater schob Mulder die Zeitung zu. Seine Augen flogen über die Schlagzeilen: Verzweifelte Tat verzweifelter Menschen. Wenigstens zehntausend Soldaten benötigt, um europäische Küsten zu sichern. »Themenwechsel«, seufzte Mulder.

»Wer hat angefangen?«, fragte Père Bruno, und er hatte

recht. Kaum waren die ersten Fernsehbilder von dem Leichenschiff ausgestrahlt, da hing Mulder am Telefon. Entwöhnt, wie er war, die Nachrichten allein zu sehen, musste er einfach seinen Abscheu mit jemandem teilen. Der Pater hatte kein Fernsehen, freute sich aber, seine Stimme zu hören. Sie entschuldigten sich wechselseitig, sprachen über Ngolo, der noch nichts von sich hatte hören lassen, und über den Oberen. Nein, der Pater kam nicht mehr in seine Kirche zurück, man hatte ihn frühpensioniert. Zu viele Fragen für ein Telefongespräch. Und deshalb saßen sie sich gegenüber. In der Brasserie, ein Versöhnungsmahl.

Mulder hoffte auf einen Tisch in *le paradis*, aber beim Anblick von Père Brunos ausgeleiertem Pullover schickte sie der Geschäftsführer unerbittlich in *l'enfer*, nach oben, zu den Touristen. Da half auch kein teurer Champagner. Vielleicht war es auch besser so, denn als sie unten für die Reservierung anstanden, zwischen Beaumonde und Hautevolee, rann dem Pater vor Schreck der Schweiß aus den Poren. »Ich gehöre nicht hierher«, flüsterte er. Das alte Lied. »Warum nicht?«, fragte Mulder. »Sehen Sie, dort unter den Spiegeln sitzen Stars, die ich in Ihrer Kirche beim Begräbnis gesehen habe. Sie gehören wohl hierher. Und das geschniegelte Pärchen hier gegenüber, Albaner, meinen Sie nicht? Genießen Sie es, Sie sind eingeladen.«

In der Hölle saß Père Bruno ruhiger. Mit bestem Blick auf strahlende Amerikaner und einen Treppenschacht, in dem schnaufende Kellner hoch- und hinunterstiegen. Gelbe Meere von Îles flottantes schaukelten auf den Tabletts, unter Speck und Wurst begrabenes Sauerkraut, tropfende Schalen Fruits de mer und Crème brûlée – die in den Reiseführern empfohlenen Nachspeisen und Tellergerichte.

»Der Umgang mit den Reichen ist mir immer schwergefallen, wie sehr ich auch auf ihr Geld angewiesen war«, sagte der Pater. »Gepuderte Sünden, elegante Seelen, ich bin mehr für die ungewaschenen Sünden der Armen.«

Mulder roch seine Worte. Der Wein, dachte er zunächst, aber nein, der Pater hatte Korken. Er stank – Knoblauch, Tabak –, der Hundebiss auf seiner Hand war entzündet, und er schuppte: Wochenrationen Rasierschaum klumpten hinter seinen Ohren, sein Pullover war ein einziger Aschenbecher. Als wollte er durch die Vernachlässigung seines Körpers das Leiden der Menschheit auf sich nehmen.

Père Bruno studierte verdrießlich die Karte … Schlechte Gesundheit, das meiste durfte er nicht. Das Herz. Ja, auch er. Es war ein seltsamer Muskel.

»Gläubige leben länger«, sagte Mulder, »hat man herausgefunden. Kommt, lasset uns sündigen.«

Sie bestellten alles, was ihnen der Arzt verboten hatte.

»Finden Sie es schlimm, wenn ich vor dem Essen bete?«, fragte Bruno.

Mulder sah um sich.

»Ich bin ganz leise.« Bruno betete vor. Die alten Formeln, aber er legte auch ein gutes Wort für Ngolo ein. Und für Fanta. Und für alle Opfer des Brandes, die Toten wie die Lebenden. Der Brand, der sie zusammengebracht hatte.

Der Pater verstrich trübsinnig einen Klacks Foie gras auf seinem Toast. Um die Welt war es schlecht bestellt, fand er, und vorläufig würde es nicht mehr gut. Die westliche Zivilisation hatte versagt, weil ihr das Rückgrat der Religion fehlte. Gott war im sonntäglichen Stau aufgegangen. Der Westen konnte kein Vorbild mehr sein, weil er kein Vorbild mehr hatte, es zählte nur noch der Eigennutz. »Wir brauchen eine Richtung, ein Leitprinzip: Caritas.« Père Bruno ließ seine Kanzelstimme ertönen.

Mulder riss der Geduldsfaden. »Ich kenne Ihre Buß-
predigt: Blut und Elend über uns. Wir müssen besser teilen
lernen, wenn nicht, dann gehen wir an unserem Egoismus
zugrunde. Die Rechnung ist schon unterwegs ... aber Habgier lässt sich nicht wegbeten, sie steckt in unseren Genen,
und zwar aus gutem Grund. Die Habgier verbindet uns immer mehr miteinander, ob wir es wollen oder nicht. Globa-
lisierung ist eine Folge unserer Habgier und nicht mehr zu
stoppen. Die ganze Welt schaut jetzt schon dieselbe Soap.
Der Fortschritt presst uns alle in ein und dieselbe Schablone.
Und demnächst: Ein Chip in unserem Schädel, um uns geistig und körperlich fit zu halten für die Plagen einer überfüllten Welt. Wir sind Schritt für Schritt auf dem Weg zum
elektronischen Menschen.«

Der Château Margaux durfte etwas mehr Luft haben.
Aber kein Ober kam, um ihn zu dekantieren.

»Sie spotten«, sagte der Pater.

»Ich? O nein, nicht mehr, das habe ich mir abgewöhnt.
Ich bin seit kurzem ein Optimist.«

»Aber Ihr Bild von der Zukunft klingt ziemlich düster,
und Sie sehen dabei auch nicht fröhlich aus.«

Mulder reckte sich zu dem über ihren Köpfen hängenden
Spiegel. (Ringe unter den Augen von schlaflosen Nächten,
schiefer Mund.) »Ich bin Optimist, weil ich nicht alt werde.«

»Nach mir die Sintflut?«, fragte der Pater.

»Nach mir die nächsten Generationen, die sich, genau
wie die unsere, selbst helfen werden. Auf jeden Dezember folgt wieder ein Mai. Leben ist einfacher, als Sie es darstellen. Wir suchen Antworten, aber es gibt keine. Dinge
geschehen. Gute und schlechte. Man landet auf der Straße
oder nicht. Man bekommt einen Herzanfall oder nicht. Der
eine wird in der Wüste geboren, der andere in einem Pol-

der. Das Universum interessiert sich nicht für Sie oder mich.«

Der Pater runzelte die Stirn. »Was für ein Nihilismus.«

»Aber wir können durchaus noch etwas tun in dem bisschen Spielraum, der uns bleibt«, sagte Mulder. Er nahm einen Schluck, orderte eine neue Flasche. Der Wein löste seine Zunge. »Darf ich einmal beten?«

»Sie? Und Sie behaupten, dass Sie ungläubig sind.«

»Ja, ich glaube schon, aber nicht an alles. Ich glaube an die Hoffnung, weil nichts anderes übrigbleibt.« Und Mulder betete, faltete sogar die Hände. »Ich glaube an die Phantasie der Menschen. An ein paar geniale Erfinder, die unser Gehirn erweitern und eingefahrene Bahnen verbreitern, um unser Leben auf dem Planeten angenehmer zu machen. Ich glaube an Menschen, die sich mit Schönheit umgeben. An Menschen, die Dinge schaffen. Der Dinge wegen. Mit ihren Händen. Mit ihrem Kopf. Und mit Leidenschaft. Menschen, die an einer Feder ziehen, damit ein Schloss aufspringen kann, damit meine Verzweiflung, meine Wut und mein Glück herauskönnen. Ich glaube nicht an Pläne von oben. Der Mensch ist sein eigener Plan.

Ich glaube an den Menschen, wie er zufällig ist, und der versucht, das Beste daraus zu machen.«

Mulder verstummte und fröstelte, denn er glaubte wirklich an das, was er sagte, auch wenn er nicht richtig darüber nachgedacht hatte. Als trete er aus sich heraus und würde sich ungeniert gehenlassen. Eine Gänsehaut überzog seine Arme. Er war optimistisch, obwohl er nicht verstand, warum. Und warum jetzt? Verlassen und krank. Ihm gegenüber ein stinkender Hostienfresser, der ihm verdammt noch mal immer sympathischer wurde. »Ich glaube an ein bisschen Gutes tun«, sagte Mulder mit brüchiger Stimme.

»Und warum?« Bruno sah ihn streng an.

»Weil ich mich dabei besser fühle.«

»Gutes tun? Wer bestimmt, was gut ist?«

»Mein Gewissen.«

»Aber Ihr Gewissen nimmt Anleihen bei Gott. Ihre ganzen Vorstellungen von Gut und Böse stammen aus der göttlichen Quelle, in die Sie spucken. Sie blicken auf Gläubige herab, weil Sie sich intellektuell über sie erhaben wähnen, aber Sie haben nicht einmal den intellektuellen Anstand, oder besser den Mut, Ihr Quellenmaterial zu nennen: die Bibel.«

»Die Bibel ist ein Buch für eine kleine Welt«, sagte Mulder.

Der Pater wischte seine Worte beiseite. »Unsinn.«

»Die Welt ist heute größer als ein Streifen Wüste zwischen Samaria und Judäa. Selbst Monsieur Ngolos Welt ist größer. Wir brauchen ein anderes Buch. Warum können wir nicht anerkennen, dass Gott in uns ist, in unserer gemeinsamen Erfahrung, in unserer Intuition. Die Suche nach Wissen über Gott ist die Suche nach Wissen über uns selbst.«

Der Pater schob seinen Stuhl zurück und musterte Mulder erstaunt. »Sie reden zu viel, das kenne ich gar nicht von Ihnen.«

Sie wurden sich nicht einig und würden es auch nie werden, wie viel sie auch tranken. Es wurde heiß in der Hölle. Der Pullover wurde ausgezogen, sie duzten sich, die Intimität eines schmutzigen Hemds gebot es ihnen.

Sie verglichen die Etiketten ihrer Herztabletten.

»Hast du wirklich Gutes getan?«, fragte der Pater nach einer langen Pause.

»Ich habe für einen Hund gesorgt, den ich sehr liebte, und ich habe ihn weggegeben. Ich habe einem Freund zu

einer Frau verholfen, einer Frau, die ich hätte lieben können.«

»Du hast dir selbst geschadet.«

»Ohne einem anderen zu schaden.« Mulder sah auf seine
Réveil du Tsar. »Viel ist es nicht, aber ein kleines bisschen,
und das ist doch schön, meinst du nicht auch?«

Er bürstete seinen Dufflecoat auf. Der Winter hing in der Luft. Seine neue Tablette gab ihm Kraft für weitere Wanderungen, er durchbrach die Kreise seiner alten Runden und entdeckte neue Gegenden. Auch wenn er gelegentlich noch an dem Haus vorüberging, aus dem ihm der Hund in die Arme gesprungen war, um die auf der Hauswand zerplatzten Farbbomben zu betrachten – die beiden Schwestern, die nebenan wohnten, sprachen jeden, der es hören wollte, daraufhin an. Die Fotos und Briefe an Gott waren verschwunden. Auf die vernagelten Fenster hatte jemand eine vertraute Parole geschmiert: *On n'est pas content.* Die Tafel für Nicolas Martin war voll gelber Farbkleckse unter dem Protest verschwunden. Aber in der Altstadt war wieder Ruhe eingekehrt. In der Bauakademie brannte bis spät noch Licht, die Studenten büffelten wieder bis tief in die Nacht für ihre Prüfungen, und das Konservatorium durfte wieder auf der Kirchenorgel spielen.

Er suchte andere Geräusche und Gerüche. Schnupperte die süßen Öle des Friseurviertels, wo Dutzende junger Männer auf den Bürgersteigen die von weit her gekommenen Frauen ansprachen, um ihnen die beste Friseurin aufzuschwatzen, die mit dem Zauberkamm oder die mit den falschen Zöpfen oder die mit den goldenen Händen. Verführer auf Provisionsbasis. Und die Frauen, Hüftschwung, Hüftschwung, bummelten unschlüssig hin und her und wieder zurück, wählerisch an den Glasfronten entlangparadierend, hinter denen Dutzende von Friseurinnen den prächtigsten

Haarschmuck flochten. Senegal an der Seine. Sahara an der Seine. So viele Namen hatte Paris. Europäisch wollte es sein, aber es war auch die größte afrikanische Stadt jenseits von Afrika. Die Metropole. Vergoldete Lügenstadt. Auf der Straße hörte er ein gepfeffertes Französisch. Die Stadt ließ hören, wie sie wirklich war. Die sich ständig wandelnde Stadt.

Er ging auf in dem Gewühl, in dem Ausschauhalten, in dem Flüchtigen und dem Unendlichen. Ein Fremder, und dennoch Teil des Augenblicks. Dazugehören und nicht gesehen werden. Ein Ich, das sich danach sehnte, kein Ich zu sein. Ein Filmstar inkognito.

Er schlich an zwei in einem Hausportal vögelnden Berbern vorbei – hochgeraffter Rock, offene Hose –, sie besprangen sich wie Tiere. Ihr Stöhnen füllte die Straße.

Er ließ sich von einem Triple X umrempeln, einem großen Kerl mit weißer Krause und einer prallvollen Tüte von Tati unter dem Arm. Als ob er etwas gestohlen hätte. Eine Ecke weiter fand er ein Paar Socken, noch mit Preisschild.

Er hörte die Räder eines Einkaufswagens und meinte, Sri eine Kreuzung überqueren zu sehen. Er wollte ihren Namen rufen, winkte, doch sie sah ihn nicht, und da sprach er sie in Gedanken an. Sie wusste vom Hund und fragte, ob er nicht einsam sei.

Er verneinte.

»Warum suchst du dir keine Frau?«

»Weil ich auf dich warte.« Sie umarmten sich.

Auch das blieb ein Traum. Er träumte in geliehenen Bildern.

Es schlug elf. Immer elf Uhr.

»Schon so spät«, sagte sie. »Ich hab's eilig.«

Sie zögerten.

Er sah auf seine Uhr, das Erbstück seines Vaters.

Sie legte ihr Ohr auf das Glas und lauschte mit lachenden Augen dem feinen Ticken. Ein schöner, voller Ton.

Er nahm die Uhr ab. »Für dich«, sagte er.

Aber sie war schon Minuten außer Sichtweite.

Er ging allein, und er sah und roch alles.

Bei Fragen zur Produktsicherheit wenden
Sie sich bitte an den Carl Hanser Verlag:
Vilshofener Straße 10, 81679 München
info@hanser.de